U0560535

国家社科基金重大招标项目

"十四五"国家重点出版物
出版规划项目

湖北省公益学术著作
Hubei Special Funds 出版专项资金
for Academic and Public-interest
Publications

丛书主编

陈文新
余来明

民国时期中国文学史著作整理丛刊

中国文学史纲

欧阳溥存 著　潘志刚 整理

中国文学史

高不基 著　苏静 整理

长江出版传媒｜崇文书局

图书在版编目（CIP）数据

中国文学史纲 / 欧阳溥存著；潘志刚整理．中国文学史 / 高丕基著；苏静整理．-- 武汉：崇文书局，2024.1
（民国时期中国文学史著作整理丛刊 / 陈文新，余来明主编）
ISBN 978-7-5403-6601-8

Ⅰ．①中… ②中… Ⅱ．①欧… ②高… ③潘… ④苏… Ⅲ．①中国文学－文学史 Ⅳ．① I209

中国国家版本馆 CIP 数据核字 (2023) 第 197271 号

出 品 人　韩　敏
项目统筹　程可嘉
责任编辑　许举信　杨晨宇
责任校对　董　颖
装帧设计　甘淑媛
责任印制　李佳超

中国文学史纲　中国文学史
ZHONGGUO WENXUE SHIGANG　ZHONGGUO WENXUESHI

出版发行　长江出版传媒｜崇文书局
地　　址　武汉市雄楚大街 268 号 C 座 11 层
电　　话　(027)87677133　邮政编码　430070
印　　刷　湖北新华印务有限公司
开　　本　880 mm×1230 mm　1/32
印　　张　10.5
字　　数　227 千
版　　次　2024 年 1 月第 1 版
印　　次　2024 年 1 月第 1 次印刷
定　　价　49.00 元
（如发现印装质量问题，影响阅读，由本社负责调换）

　　本作品之出版权（含电子版权）、发行权、改编权、翻译权等著作权以及本作品装帧设计的著作权均受我国著作权法及有关国际版权公约保护。任何非经我社许可的仿制、改编、转载、印刷、销售、传播之行为，我社将追究其法律责任。

总目录

中国文学史纲

欧阳溥存 著　潘志刚 整理

前　言

　　欧阳溥存（1884—？），字仲涛，江西丰城人，清末江西诗人欧阳熙之子。1894 年，皮锡瑞（1850—1908）会试不中，南下江西，欧阳溥存在南昌拜其为师[①]。1910 年，与清末翰林黄大壎、留日学生汤本殷等人在南昌发起成立豫章法政公学学校[②]。1911 年，参加留学日本毕业生考试，取得优等，被授予法政科举人[③]。中华民国成立后，与孙雄（1867—1935)同在陆军第十九师师长兼江西庐山垦牧督办孙岳手下任职[④]，后在北洋政

①　皮名振：《皮鹿门年谱》，《民国丛书》第4编第86册，上海：上海书店，1992年，第28页。需要说明的是，皮氏将欧阳溥存籍贯误为"吉安"。
②　余洋、龚汝富：《近代江西法政教育与法律人才培养》，《江西师范大学学报（哲学社会科学版）》2019年第6期。南昌市地方志编纂委员会编：《南昌市志（五）》，北京：方志出版社，1997年，第465页。
③　金毓黻等：《大清宣统政纪》卷六十二"宣统三年九月（上）"，台北：华文书局，1968年，第1109页。
④　孙雄：《旧京诗存》卷五《欧阳仲涛溥存见示一律次韵奉答四首并柬王芳亭典型权使》，沈云龙主编：《近代中国史料丛刊》第55辑，台北：文海出版社，1973年，第187页。

府中担任内务部礼俗司司长一职，因祭孔肉糜烂一度被罢免[①]。1915 至 1916 年，在《大中华杂志》发表多篇文章声讨袁世凯倒行逆施、卖国求荣等行为。1919 年，调任甘肃省泾原道道尹[②]，1921 年请从平凉四十里铺开挖渠道，得甘肃省政府批令就地筹款修建，事不成[③]。20 世纪 20 年代，先后在陆军总长张绍曾、军事总长何丰林等手下任职。20 世纪 30 年代，日本侵华攻入北平后，辞官隐居。20 世纪 50 年代初，从北京移家南昌，寄居其弟欧阳瀚存家，受聘江西文史馆名誉馆员职务[④]。欧阳溥存浸润中、西两种文明，极为留心文化教育事业，在社会主义思想引进、泰戈尔介绍、《中华大字典》及中学教材编撰等方面贡

[①] 荣孟源、章伯锋主编：《近代稗海》第3辑，成都：四川人民出版社，1985年，第486页。

[②] 刘文戈编著：《革命烽火》附录《民国期间庆阳大事记》，兰州：甘肃文化出版社，2005年，第403—404页。

[③] 甘肃省水利志编辑部、甘肃省水利志编纂领导小组编纂：《甘肃省志》第23卷《水利志·附录·大事记》，兰州：甘肃文化出版社，1997年，第173页。

[④] 据欧阳溥存外孙肖云儒回忆，欧阳溥存民国年间住在北京，1951年左右移家南昌，1952为抗美援朝捐款时，年68岁。参见肖云儒：《讲书堂笔记（三题）》，《海燕（都市美文）》2006年第9期。

献不俗^①。

　　欧阳溥存《中国文学史纲》，是为中等以上学校编写的教材，上海商务印书馆1930年初版，前后刊印达6次之多^②。这部教材分上下两卷，共四编十九章：第一编"上古文学史"以秦为断，第二编"中古文学史"以隋为断，第三编"近古文学史"以明为断，第四编"近世文学史"专述清代。

　　1931年，金毓黻阅读欧阳溥存《中国文学史纲》，论道："昨日阅市，得欧阳氏所撰《中国文学史纲》，书仅八万言，既具古今之要删，复极文学之能事，读之不忍释手，此亦可诵之名著也。……欧阳氏之作，视诸作为最后，而意不矜饰，语无枝蔓，盖以简洁胜人，所谓后来居上，其此之谓乎！"^③1944年，戴逸在常熟读高三时，学校增设了一门中国文学史课程，教材即为欧阳溥存编著的《中国文学史纲》。正是这门课程帮助戴逸

---

① 欧阳溥存编撰、出版的著作有《中华大字典》（1915年）、《中华中学经济教科书》（1912年）、《母道》（1914年）、《新中学教科书经济学大意》（1925年）、《中国文学史纲（中等以上学校用）》（1930年）等。欧阳溥存文学创作多见于《大中华杂志》《东方杂志》《中华妇女界》等期刊，孙雄《旧京诗文存》亦有收录。1912年，欧阳溥存在《东方杂志》发表《社会主义》（第8卷第12号）、《社会主义商兑》（第9卷第2号）；在《新世界》发表《驳社会主义商兑》（第8期）。1915年，中华书局出版了其与陆费逵等人编撰的《中华大字典》，共收字4.8万多个，影响巨大。1916年，在《大中华杂志》发文《介绍太阿儿》（第2卷第2期）。

② 此后1931年、1932年、1933年、1938年、1976年均有再版。除1976年版系由台湾学生书局出版外，其它均由商务印书馆出版，1932年版标为"国难后第一版"，1933年版标为"国难后第二版"。

③ 金毓黻著，《金毓黻文集》编辑整理组校点：《静晤室日记》卷五十九，沈阳：辽沈书社，1993年，第4册，第2552页。

"奠定了历史研究的知识基础"①。这也许可以说明：《中国文学史纲》是一部值得重温的文学史著作。

一、在"纯文学观"风行时期依然秉持中道

20世纪初，第一部本土"中国文学史"诞生，它是清末林传甲（1878—1922）任京师大学堂国文教习时撰写的讲义。随后，"中国文学史"陆续撰写出版，至三十年代形成高潮。虽然都名为"中国文学史"，但三十年代的文学史与早期文学史的面貌已大有不同，其显著特征是"纯文学观"开始占据主导地位。1931年，胡云翼（1906—1965）在为他的《新著中国文学史》所作的《自序》中就这一现象作了评述："在最初期的几个文学史家，他们不幸都缺乏明确的文学观念，都误认文学的范畴可以概括一切学术，故他们竟把经学、文字学、诸子哲学、史学、理学等，都罗致在文学史里面，如谢无量、曾毅、顾实、葛遵礼、王梦曾、张之纯、汪剑如、蒋鉴璋、欧阳溥存诸人所编著的都是学术史，而不是纯文学史。"②胡云翼把欧阳溥存列入"最初期的几个文学史家"，其实就《中国文学史纲》的撰写出版时间而言，欧阳溥存与胡云翼属于同一年代。

胡云翼的评述是在"纯文学观"渐次风行的背景下做出的。二十世纪三十年代以降，"中国文学史"中"纯文学"的比重逐渐加大，最终成为"文学史"的主体。1935年出版的刘经庵

① 高亚鸣：《戴逸传》，南京：江苏人民出版社，2012年，第16页。
② 胡云翼著，刘永翔、李露蕾编：《胡云翼重写文学史》，上海：华东师范大学出版社，2004年，第4页。

《中国纯文学史》甚至明确以"纯文学"作为书名。以"纯文学观"选择文学史研究对象，其特点是强调诗、文、小说、戏曲为文学所特有的样式，不过传统的古文因其偏于载道而被入了另册；文学史要以"纯文学"文体为主要的叙述对象。符合"纯文学"观念的古代文体被划分到相应的领域，如诗、词、散曲属诗歌，古文、骈文、小品文属散文，等等。后来，"纯文学观"与"一代有一代之所胜"的思路结合，《诗经》、楚辞、汉魏乐府、唐诗、宋词、元杂剧、明清小说在文学史中的位置得到格外重视。

欧阳溥存对于"纯文学观"是了解的，也大致认同，他在《绪论》中明确指出，文学史"组织之要素固存夫集部"①。中国传统的知识门类，以经史子集为基本框架。比照现代的学科建制，子部与哲学较多对应，史部与史学较多对应，集部与文学较多对应；经部不是一个单纯的知识分类，而是意识形态地位的标志，所包括的作品可以分别划入哲学、史学或者文学，如《春秋》可划入历史，《诗经》可划入文学，《易经》可划入哲学。欧阳溥存以集部作为文学史研究的主要对象，赞赏昭明太子《文选》、姚鼐《古文辞类纂》等选集不收录经、子、史部的作品。他认为，相较于曾国藩《经史百家杂钞》将经、史归为"文学文章"，《文选》《古文辞类纂》的选文更为允当。此外，欧阳溥存在第十七章"元文学"设置了"南北曲章回体小说"一节，第十八章"明文学"设置了"戏曲"一节，第十九章"清文学"设

---

① 欧阳溥存：《中国文学史纲（中等以上学校用）》，上海：商务印书馆，1930年，绪论第1页。

置了"词、曲、小说"一节,显示出自觉与"纯文学观"衔接的理念,说明他的确不应该被划入"最初期的几个文学史家"。

与胡云翼、刘经庵等有所不同的是,欧阳溥存虽然了解并认同"纯文学观",但能秉持中道,致力于从中国文学传统理解传统中国文学。刘勰《文心雕龙》、颜之推《颜氏家训》都有文学"出于经"的说法①。这一说法,现代学者通常视为一种虚与委蛇的门面话,或者视为一种陈腐观念的延续。其实,这句在中国古代习以为常的话,确实说出了一个由来已久的事实:中国古代的儒家经典,是中国文化传统的一个核心部分,它不仅深刻影响了朝廷政治、社会生活,也深刻影响了古代作家的人生和创作,构成了中国文学传统中一个有机而重要的部分。子书和史书的影响虽然不那么大,却也不能忽视。欧阳溥存对这一事实深有体察,所以他赞许"文学源自儒家经典"的观点,说文学史"不能置经、子、史于不谈"②。这一理念,与原生态的杂文学观已有所不同:不是对作为理论的"纯文学观"的否定,而是对具体文学史研究中已产生偏差的"纯文学观"的矫正。例如,《中国文学史纲》设有"两汉文学起源及其流变""经术及玄学""诗文体格之变迁及各种学术之发达""道学与文学之关系""宋人征实之学""清代文学昌盛之由""考证及翻译"等小节,并非为了附和"文以载道之说",欧阳溥存明确说过,他对"文以载道之说,深所弗取"③,而是为了揭示影响文学发展的文化因素。

---

① 刘勰《文心雕龙》有《原道》《征圣》《宗经》等篇章,颜之推《颜氏家训》有《文章》等篇章,均将文学的源头推至儒家经典。
② 欧阳溥存:《中国文学史纲(中等以上学校用)》,绪论第1页。
③ 欧阳溥存:《中国文学史纲(中等以上学校用)》,编辑大意第2页。

欧阳溥存在《中国文学史纲》中安排了他认为不可忽略的"文字"知识。他提出："言中国文学，略应析为三事：其一曰文字，考求形声、训诂之本原；其二曰文法，指示安章宅句之程式；其三曰文学史，叙述历代文章体制之变迁，而评骘其异同得失。"① 文字、文法、文学史，这三大知识板块，涉及现代学科中的文字学、文章学和文学史等诸多门类。文学史作为中国文学的文化基础，欧阳溥存确信其有讲述的必要。

欧阳溥存对唐以后的文学进程"多依当世文章体制为别"②，以"诗歌""散文""小说""词""戏曲"作为小节标题，与唐以前的章节设置迥然有别。唐以前的讲述，如第一编有"儒家之文学""道家之文学""法家之文学""名家墨家之文学""纵横家词赋家之文学""杂家之文学""兵家之文学"；第二编有"传注之文"，第三编有"注疏之文""佛教之文"等等；上编第四章以"孔子文学"为题，下分"易之文学""书之文学""诗之文学""礼之文学""春秋之文学""余经之文学""孔门弟子之文学""纬书之文学"等小节。这种体例上的前后差异，显示了欧阳溥存对实际文学发展状况的尊重，他不想让事实迁就一刀切的所谓"纯文学观"。

二、在写法上有述有作，述作并重

欧阳溥存"编辑大意"指出："以八万言叙论中国四千年文

---

① 欧阳溥存：《中国文学史纲（中等以上学校用）》，绪论第1页。
② 欧阳溥存：《中国文学史纲（中等以上学校用）》，编辑大意第1页。

学，稍欲求备，则满纸皆人名书目，将令读者了无所得。"① 如何用不足九万字的篇幅展现中国几千年文学的面貌，做到既不罗列篇目、跑马观花，又让中等学校以上的学子开卷有益？欧阳溥存的办法是："提纲挈领，其为一代精神所表现、后来著作之渊源者，特加详述，余从简略。"② 他之所以能够做到详略有度、言之有物，在于他卓有成效地采取了以述为作、有述有作的写法。

在文学史写作对象的选择上，欧阳溥存以传统史志、书目为依据，努力将"一代精神所表现、后来著作之渊源者"纳入教材，抉择审慎。欧阳溥存接受过中国私塾教育，他认为"今世所谓文学史者，比况旧籍，其范围视《唐书·艺文志》所列文史为广，其性质与后汉以来《文苑传》略同"③。他把中国文学史取材的范围大体划定在史志、图书目录、总集、选集等所覆盖的领域之内，尤其是史书和图书书目所覆盖的领域之内，使用最多的是《汉书·艺文志》《隋书·经籍志》《旧唐书·经籍志》《新唐书·艺文志》《宋史·艺文志》《明史·艺文志》等。史志之外，《七略》《郡斋读书志》《直斋书录题解》《文献通考》《四库全书总目》《四库简明目录》等图书书目，以及《文选》《唐诗纪事》《唐宋八大家文钞》《唐贤三昧集》《古文辞类纂》《唐宋诗醇》《十八家诗钞》等总集或选集也多所参证。凭借这些著作，加上他的中西教育背景，他对历朝历代文学面貌的

---

① 欧阳溥存：《中国文学史纲（中等以上学校用）》，编辑大意第1页。
② 欧阳溥存：《中国文学史纲（中等以上学校用）》，编辑大意第1页。
③ 欧阳溥存：《中国文学史纲（中等以上学校用）》，绪论第2页。

把握，基本达到了"提纲挈领"的要求。

例如欧阳溥存对"文苑传"的倚重。历代正史的"文苑传"，本是史书"列传"体例下的一个门类，与"儒林传""列女传"等并列。自从曹丕倡言"文章经国之大业，不朽之盛事"[①]，专以文章名世的才俊开始受到史家的关注，范晔撰《后汉书》，专设"文苑传"，并为后世史家递相沿袭。"文苑传"与"文学史"的区别当然不少，比如，"文学史"重视历代作家之间的纵向联系，注重前代文学对后代文学的影响与启示，以及后代文学对前代文学的继承与创新，而"文苑传"只是作为一个朝代政治、经济、文化的一部分，注重的是历史人物之间的横向联系；"文学史"以展示各个时代有代表性的文学成就为中心，重在演绎某种"规律"统领下的文学发展进程，而"文苑传"则以排列传主关乎天下治化的生平行事为主，秉笔"实录"，不强调"规律"的统领作用；"文学史"通常将不同文体、不同作家、不同作品按文学成就的高下排出先后，安排篇幅大小，文学之外的生平事迹以及那些被确定为文学成就不高的文体、作家、作品，只是与社会政治制度、思想文化状况一起作为背景被提及，那些与文学成就较为疏远的内容则被消解，而"文苑传"则按史家的标准而非文学的标准进行安排，所著录的文章与传主生平事迹之间也没有主体与背景的分别[②]。但总体看来，"文学史"写作借鉴"文苑传"，确实是现代中国文学史著述中一个行

---

① 魏宏灿：《曹丕集校注》，合肥：安徽大学出版社，2009年，第313页。

② 参见陈文新、甘宏伟：《古今文学演变与中国文学史研究》，《河北学刊》2009年第2期。

之有效的方式。以唐代散文部分为例，欧阳溥存抓住"燕许大手笔"这一枢纽，不仅介绍了苏颋、张说的大致情况，而且分别附录了两篇文章。不是说欧阳溥存偏爱苏、张二人，而是他们两人在当时的确具有很大影响。如此取材，有个性，也有理据。

对具体作家作品的评述，欧阳溥存主要依据史书记载和古代的诗文评，与胡适等人的"重新评价"形成鲜明对照。如司马迁、司马相如等人的叙述文字，几乎全部来自《史记》《汉书》的相关记载。这里摘录苏洵部分为例：

《宋史》：苏洵，字明允，眉州眉山人。年二十七始发愤为学，岁余举进士，又举茂才异等，皆不中。悉焚常所为文，闭户益读书，遂通六经、百家之说，下笔顷刻数千言。至和、嘉祐间，与其二子辙、轼皆至京师。翰林学士欧阳修上其所著书二十二篇，既出，士大夫争传之，一时学者竞效苏氏为文章。宰相韩琦善之，奏于朝，遂除秘书省校书郎。会太常修纂建隆以来礼书，乃以为霸州文安县主簿。为《太常因革礼》一百卷，书成，方奏未报，卒，特赠光禄寺丞，敕有司具舟载其丧归蜀。

《嘉祐集》十六卷，《谥法》四卷，均传于今。老苏所著《权书》《衡论》，最为世所称。本传载其《心术》《远虑》二篇。《易》《书》诸论，笔势雄畅。《名二子说》，虽寥寥三数行，而深远可味。其论文自比贾谊，而评者谓其得力于《孟子》，用笔纵横矫变，而字句简峻。曾南丰称之曰："修能使之约，远能使之近，大能使之微，小能使之著，烦能不乱，肆能不流。"①

以上内容是欧阳溥存对苏洵的完整叙述。比照《宋史·苏洵传》可知，第一段文字录自《宋史·苏洵传》，第二段"《嘉祐集》十六卷"至"本传载其《心术》《远虑》二篇"也主要来自《苏洵传》，仅"《易》《书》诸论"以下文字来自他处。对苏洵文风的评价则引自曾巩的《苏明允哀词》。作为编著者的欧阳溥存，他本人的议论极少。这不是说他没有见解，而是说，他的见解是经由材料的选择而表达出来的。

中国古代本有"抄书为学"的传统。梁启超指出，古人为学，"每人必置一'札记册子'，每读书有心得则记焉"②。宋人苏轼《东坡志林》、陆游《老学庵笔记》、明人郎瑛《七修类稿》、胡应麟《少室山房笔丛》等，均是集腋成裘，通过记录平时所见所闻而成的书。清人将这种学术方法发挥得淋漓尽致，清初三大家顾炎武、黄宗羲、王夫之，清代中期的乾嘉学派，无不如此。今人张舜徽的《清人笔记条辨》、来新夏的《清人笔记随录》等，也是这方面的代表作。这样的"述而不作"，其实是以述为作，既显示了对前贤的尊重，也避免了信口开河的发挥。

一方面以述为作，另一方面自抒心得，构成了欧阳溥存这部文学史教材的特色。他本人也承认，"书中评论，其为编者自抒心得者，亦复不少，阅者审之"③。

《中国文学史纲》单列《八股文》一节，与唐诗、宋词、元

---

① 欧阳溥存：《中国文学史纲（中等以上学校用）》，第162—163页。
② 梁启超：《清代学术概论》，上海：上海古籍出版社，1998年，第62页。
③ 欧阳溥存：《中国文学史纲（中等以上学校用）》，编辑大意第1页。

曲并举，予以高度推崇，"八股文，明人为之最工，几如唐人之诗，元人之曲"①。这个论断，揭示了明清科举文学繁盛的事实，符合中国文学发展的历史语境。"作为文体，八股文兼具策、论等源于子部的作品和诗、赋等集部作品的某些属性。其体制主要有两方面的要求：代圣贤立言；体用排偶。'代圣贤立言'具有论的意味，即传统所说的'义理'，不过并非表达自己的思想，而是用圣贤的口气表达圣贤的思想。'体用排偶'则是继承了诗、赋、骈文的修辞技巧，包括词句、辞藻、历史故事和典故的运用等，即传统所说的'词章'和'考据'。"②与清人经常鄙薄八股文不同，明人倒是不乏喝彩之声，晚明文化名人李贽、袁宏道等，都曾豪迈地以八股文作为"我明"最有代表性的文体。明清人对于八股文的这种态度差异，除了清人的"弑父"情节、凡事爱与明人唱反调的原因之外，也与明人的八股文写得足够精彩有关。一种新兴的文体，在其成熟之初，可以发挥创造力的空间极大，因而也格外动人。唐诗、宋词、元曲之成为"一代文体"，这是重要原因之一；八股文成为明代的代表文体，也与这一原因密切相关。

欧阳溥存在评价《颜氏家训》时指出："之推著《归心篇》，盖亦自命为杂家，然则清《四库书目》从儒家迁《颜氏家训》于杂家中，名为退抑，实深知之也。"③颜之推《家训》，《隋书·经籍志》没有著录，新、旧《唐书》均归入子部儒家

---

① 欧阳溥存：《中国文学史纲（中等以上学校用）》，第211页。
② 陈文新主撰：《明代文学与科举文化生态》，北京：高等教育出版社，2016年，第161页。
③ 欧阳溥存：《中国文学史纲（中等以上学校用）》，第114页。

类，而宋代陈振孙《直斋书录解题》、明代《文渊阁书目》和清代《四库全书总目》均划入子部杂家类。欧阳溥存确认《颜氏家训》实属杂家，故并不认为将其别出儒家类别是贬斥，反而强调这是对颜之推的理解和尊重。

清代乾嘉学派常指责宋人征实之学荒疏，欧阳溥存则专设"宋人征实之学"一节，罗列了宋人的小学著作如邢昺《尔雅疏》、陆佃《埤雅》，考证著作如洪迈《容斋随笔》、王应麟《困学纪闻》，史家著作如《新五代史》《新唐书》《资治通鉴》，目录学著作如《通志》《郡斋读书志》《直斋书录题解》，以及总集《太平御览》《册府元龟》《文苑英华》《太平广记》，等等，得出了"宋人征实之学，当时亦颇发达"的结论①。这些地方，都足以见出欧阳溥存的个性与学养。

欧阳溥存也不免有其偏见，这跟他的个人趣味有关。如《孔雀东南飞》一诗，欧阳溥存认为该诗"絮絮至一千七百四十五字，为古今最长之诗，读之莫不倦而欲寐"②。在他看来，好诗应该"片言可以明百意"，"尚简练，黜冗长，乃文词公例"③。甚至在将《孔雀东南飞》与唐初永嘉禅师的《证道歌》比较时，后者得到的评价也高于前者。

中国古典诗歌以抒情诗为主，叙事诗兴起较晚，数量也少。《诗经·大雅》中的《生民》《公刘》《绵》《皇矣》《灵台》《大明》《文王有声》等，朴实简略，不成规模。汉代乐府诗中

① 欧阳溥存：《中国文学史纲（中等以上学校用）》，第154页。
② 欧阳溥存：《中国文学史纲（中等以上学校用）》，第66页。
③ 欧阳溥存：《中国文学史纲（中等以上学校用）》，第66—67页。

的《陌上桑》《羽林郎》《东门行》《病妇行》《上山采蘼芜》以及《古诗为焦仲卿妻作》（《孔雀东南飞》）等，才终于撑起了叙事诗的门面。唐代杜甫的"三吏""三别"等，白居易的《长恨歌》《琵琶行》等，缘事而发，将叙事诗推进到一个新的阶段。与篇幅短小、讲求含蓄的抒情诗相比，发轫于汉乐府的叙事诗通常篇幅较长、叙述明晰[1]。对于古典叙事诗的这一特点，欧阳溥存不能欣赏，与极为推重叙事诗的胡适形成一个有趣的对照[2]。

三、在内容上重视"私德"培育

在知识传递之外，《中国文学史纲》也极为重视学生的"私德"培育。

民国最初的二十年间，中小学的德育导向较为混乱。晚清政府建立新式学校之后，提出了"忠君、尊孔、尚公、尚武、尚实"的德育观念[3]，其培育方式是读经和研习儒家言论。1909年，顾实在《教育杂志》上发表文章，谴责要求小学生读经的做

---

① 参见陈文新：《明代诗学·绪论》，长沙：湖南人民出版社，2000年。

② 笔者所见欧阳溥存创作的古体诗词中也有乐府叙事诗，但他偏爱篇幅简短的作品，且颇具唐人风韵。如《初夏》："花与春俱尽，佳禽空复还。幽人玩初夏，榆荚柳丝间。"见《大中华杂志》1916年第2卷第6期"文苑"栏目。

③ 李桂林、戚名琇、钱曼倩编：《中国近代教育史资料汇编（普通教育）》，上海：上海教育出版社，2007年，第187页。

法[1]，缪文功也就修身课程专讲儒家言论作了批评[2]。国民政府在西方平等、博爱等理念的基础上，提倡"爱国、孝悌、亲爱、信实、义勇、恭敬、勤俭、清洁"，但也未能得到一致认可。在南京国民政府 1927 年建立之前，国内各种思想碰撞，运动迭起，德育导向呈现出混乱状态。一方面，传统的忠君、忠父、忠夫观念在蔡元培改革、新文化运动等冲击下，处于崩溃边缘，另一方面，各种舶来的思想、主义也让青少年无所适从。

欧阳溥存一向重视青少年的培养。1914 年，欧阳溥存编译了《母道》一书，较早从科学角度解释了母亲道德的必要性以及母亲道德如何培育等内容。该书一共十五章：《妇人之本分》《母氏当如何尽其天职》《母当如何养成儿童顺从之美德》《母当如何养成诚实之美德》《母当如何养成廉正之美德》《母当如何养成儿童之自信力及自觉心》《母当如何养成勉励与秩序之精神》《母当如何养成勤俭之精神》《母当如何养成礼让之观念》《母当如何养成爱及同情之观念》《母当如何养成美及清洁之习惯》《母当如何赏罚儿童》《母氏对于儿童交游当如何注意》《母当如何处置儿童轻微之过失》《母氏管理不逊儿童之法》；附录列举了 24 种为母不当的行为。该书虽名为《母道》，但欧阳溥存说其主旨在于"述养儿童道德之教育方法"[3]，最终指向的是儿童的培养。

---

① 顾实：《论小学堂读经之谬》，《教育杂志》1909年第4期"社说"栏目。

② 缪文功：《论修身教授不可专用儒家言》，《教育杂志》1909年第12期"社说"栏目。

③ 欧阳溥存：《母道》，上海：中华书局，1914年。

　　欧阳溥存对"私德"的偏重，也与杜威教育思想的影响有关。1921年，元尚仁翻译、出版了杜威的《教育上的道德原理》（中文译名《德育原理》，中华书局版），其"译者小言"说道："道德到底是什么东西呢？说来是平常得很的。它就是一种完全生活底（的）法则，一种做人底（的）法则；并不是什么'四勿''三从'一类的消极的防范，和那些足以斫伤性灵的道德的毒药。这个界说关系儿童底（的）一生一世，我们不但要自己记牢，而且还要劝告人家去了解。"① 欧阳溥存赞同杜威"教育即生活""学校即社会""以儿童为中心"等命题②。作为新旧时代的跨越者，亲历了封建旧式道德崩溃与民国新式道德体系建构的变迁，他既认同传统中国的"私德"观念，也接受西方现代的"公德"思想。

　　在《中国文学史纲》"编辑大意"第六条中，欧阳溥存说："本书于历代作家行事足资法戒者，时加取录，冀于德育有少助焉。"③ 也就是说，教材中既有可资效法的榜样，也有可引以为戒的负面例证。

　　杜甫是欧阳溥存高度赞美的榜样之一，博识而旷达："诗人不得志于时，辄用没世名称，矜傲当代。而甫不然也，其《梦李白诗》云：'千秋万岁名，寂寞身后事。'《醉时歌》云：'德尊一代常坎坷，名垂万古知何用。'论者谓王维学佛，李白学

① 李景文、马小泉主编：《民国教育史料丛刊（思想政治教育、德育）》，郑州：大象出版社，第168册，2015年，第315页。
② 吴健敏：《杜威的教育思想对20世纪中国教育改革的影响》，《教育评论》2001年第6期。
③ 欧阳溥存：《中国文学史纲（中等以上学校用）》，编辑大意第2页。

仙，甫则崇笃儒术。实则甫识旷通，非暖暖姝姝专以儒为悦者。故曰：'儒术于我何有哉，孔丘盗跖俱尘埃。'"[1] "诗人每悉心于吟风弄月，叹老嗟卑，即白之使酒学仙，亦只求一己之解放，而甫则平生歌哭，多为民众呼吁。"[2]杜甫曾经满怀热情与理想，生活的磨难让他将热情变为思考，将目光投向现实，由关心个人转向关注社会民生。《兵车行》《丽人行》等诗的问世，标志着杜甫诗风的转变和人格的提升。传统的《从军行》，反映的多是赏罚不公、战事残酷和士兵埋骨荒野的命运，杜甫则站在整个社会的角度来观察和思考战争，将战争与统治者的政策、百姓的生活联系在一起。他之所以能"穷年忧黎元，叹息肠内热"[3]，固然与其儒家信仰有着重要关系，但表达得如此深切，正在于他能由己及人，从自身的不幸看到了时代的苦难。这是杜甫的特点，也是其伟大之处。欧阳溥存对杜甫的推重，既在其诗，更在其人。

另外一个有趣的例子是李商隐。李商隐写了一些无题诗，风格"艳冶"，很多人因而揣测李商隐人品不端。欧阳溥存节录了李商隐的《上河东公启》："至于南国妖姬，丛台妙伎，虽有涉于篇什，实不接于风流。……伏惟克从至愿，赐寝前言，使国人尽保展禽，酒肆不疑阮籍。"[4]李商隐借柳下惠和阮籍的例子说明自己不是一个风流浪子，他在丧偶之际拒绝了河东公将乐籍美

---

① 欧阳溥存：《中国文学史纲（中等以上学校用）》，第142页。
② 欧阳溥存：《中国文学史纲（中等以上学校用）》，第141页。
③ ［唐］杜甫著，［清］仇兆鳌注：《杜诗详注》，上海：上海古籍出版社，1992年，第111页。
④ 欧阳溥存：《中国文学史纲（中等以上学校用）》，第146页。

人张懿仙送给他的好意，足以澄清其人格品性。欧阳溥存将李商隐和温庭筠、杜牧等人进行比较，结论是："商隐为人，与温庭筠、杜牧殊异。"①他为李商隐洗刷污名，也是着眼于对"私德"的重视。

欧阳溥存尤其厌恶"文人无行之弊"②。其"对于建安文人之批评"一节，最后一段几乎指斥了建安时代所有成就较高的文人：

> 建安文家，寿算多促，比方两汉，其贾生、王子山之俦欤。其人器质，大都不甚闳厚。《颜氏家训》尝历数之曰："自古文人，多陷轻薄。吴质诋忤乡里；曹植悖慢犯法；路粹隘狭已甚；陈琳实号粗疏；繁钦性无检格；刘桢屈强输作；王粲率躁见嫌；孔融、祢衡，诞傲致殒；杨修、丁廙，扇动取毙。"又云魏太祖、文帝"皆负世议，非懿德之君也"。③

北齐颜之推（531—约591）《颜氏家训》二十篇，以儒家教义为立身治家之道，不论是才高八斗的曹子建，抑或位至帝王的曹操、曹丕，都未能逃过他的批评。欧阳溥存完整引用颜之推的话，说明他"私德"观与之一脉相承。

又如，关于谢朓，欧阳溥存详细叙述了其屡屡告发亲朋好友、不得好死的下场："朓尝为宣城太守，建武四年，告王敬则反。敬则诛，朓迁尚书吏部郎。敬则，朓妻父也。其妻常怀刀欲

---

① 欧阳溥存：《中国文学史纲（中等以上学校用）》，第146页。
② 欧阳溥存：《中国文学史纲（中等以上学校用）》，编辑大意第2页。
③ 欧阳溥存：《中国文学史纲（中等以上学校用）》，第75—76页。

报朓，朓不敢相见。及为吏部郎，沈昭略为朓曰：'卿人地之美，无忝此职，但恨刑于寡妻。'明年，朓以江祏等谋废立告人，反为祏等构奏，下狱死，年三十六。"[1] 这一类记叙，意在告诫学生，千万不能做道德败坏的小人。把人格培养和专业教育有机结合在一起，欧阳溥存的做法至今仍有借鉴意义。

最后需要说明的是，欧阳溥存《中国文学史纲》六个版本只有个别字存在不同、舛误的情况。本次整理以 1930 年初版为底本，主要参校 1933 年版，将繁体竖排改为简体横排。为保证原版原貌的再现，对原书中的人名、书名、译名及引文，除明显排印错误外，均未经改，必要之处均以脚注方式予以说明。民国时期学者引述文献多据记忆，常有讹误脱漏；除明显的字词差错外，亦不校补。由于整理者水平所限，疏误之处还望读者方家谅解、指正。

---

[1] 欧阳溥存：《中国文学史纲（中等以上学校用）》，第101页。

目　录

编辑大意

（一）本书分为四编，勒成上下两卷，约计八万字，以供中等以上各学校讲习之用。

（二）分编分章，俱以时代为断；分节则多依当世文章体制为别，一纵一横，各因其便也。

（三）以八万言叙论中国四千年文学，稍欲求备，则满纸皆人名书目，将令读者了无所得。本书提纲挈领，其为一代精神所表现、后来著作之渊源者，特加详述，余从简略。

（四）篇幅有限，不能多载作品，除必须附登者外。其所举为寻常选本习见者，惟标揭篇名，并随时叙列参考书目，以便稽求。

（五）凡所称引，一一皆有来历；惟书中评论，其为编者自抒心得者，亦复不少，阅者审之。

（六）文以载道之说，深所弗取。而文人无行之弊，亟宜坊正。本书于历代作家行事足资法戒者，时加取录，冀于德育有少助焉。

绪　论

　　言中国文学，略应析为三事：其一曰文字，考求形声、训诂之本原；其二曰文法，指示安章宅句之程式；其三曰文学史，叙述历代文章体制之变迁，而评骘其异同得失。

　　中国文学，溯其源，莫不出于经。《文心雕龙》《颜氏家训》俱详论之矣。然自荀勖分别四部，经史子集各有区宇，后世所谓文章，实皆属于集部。梁昭明太子序《文选》已发其义，桐城姚氏《古文辞类纂》亦不录经子史，所见实较湘乡曾氏为允。文学史虽不能置经子史于不谭，而其组织之要素固存夫集部。

　　今世所谓文学史者，比况旧籍，其范围视《唐书·艺文志》所列文史为广，其性质与后汉以来《文苑传》略同。上溯往古，爰迄近今，盖通史之遗则；分析流派，指示渊源，乃学案之成规。惟是中国文学史之作，始于最近二十稔间，外人虽已先我而为之，其于诸夏高文未必衡量悉当。故编纂法例，欲期精善，犹有待于研求。

卷上

第一编　上古文学史

第一章　唐虞文学

伏羲画八卦、作书契。神农制医药经方。黄帝立仓颉、沮诵为左右史官，制六书、作内经。少昊、颛顼、帝喾亦俱纪官作乐，定历分州。此皆可谓焕乎有文者已。然上古事属传闻，纪述多由伪托。《诗谱序》云："大庭、轩辕，逮于高辛，其时有亡载籍，亦蔑云焉。"惟孔子删《书》断自唐虞。盖自唐虞，乃昭昭乎有信史可稽，言文学者固宜求诸粲然者也。

唐虞之散文，载在《尚书》，若《尧典》《舜典》《大禹谟》《皋陶谟》四篇①皆是也。唐虞之韵文，则如《尚书·益稷》篇载舜歌"敕天之命"及"元首起哉"两阕，皋陶歌"元首明哉"及"元首丛脞哉"两阕。此外，舜有《卿云》等歌，又有《八伯歌》，均见《尚书大传》。舜又有《南风歌》，见《家语》。

《卿云歌》曰：卿云烂兮，纠缦缦兮。日月光华，

---

① 原作"编"，改作"篇"。

旦复旦兮。

《八伯歌》曰：明明上天，烂然星陈。日月光华，弘于一人。

帝乃载歌曰：日月有常，星辰有行。四时从经，万姓允诚。于予论乐，配天之灵。迁于圣贤，莫不咸听。夔乎鼓之，轩乎舞之。菁华已竭，褰裳去之。

《南风歌》曰：南风之薰兮，可以解吾民之愠兮。南风之时兮，可以阜吾民之财兮。

以上皆所谓贵族文学。然其时平民亦有韵文，流传甚盛。如尧时有《康衢》童儿谣，见《列子》；壤父《击壤歌》，见《帝王世纪》；《被衣之行歌》，见《庄子》。

《康衢谣》曰：立我蒸民，莫匪尔极。不识不知，顺帝之则。

《击壤歌》曰：日出而作，日入而息。凿井而饮，耕田而食，帝力何有于我哉。

《被衣歌》曰：形若槁骸，心若死灰。真其实知，不以故自持。媒媒晦晦，无心而不可与谋，彼何人哉。

第二章 夏商文学

第一节 夏文学

《尚书》之《益稷》《禹贡》《甘誓》《五子之歌》《胤征》五篇，皆夏文也。《岣嵝碑》世所盛称。然宋以前人皆未之见，《集古录》不载，至明杨慎乃有拓本释文，岂足信据？《山海经》，世传禹作，或称伯益撰。其中乃有帝启、周文王及秦汉地名，知者以为伪。惟《夏小正》一篇，录于《大戴礼记》，似为当代授时之宪书，《月令》之先河也。《礼运》称孔子之杞得夏时，司马迁谓孔子正夏时，学者多传《夏小正》云。

夏代韵文，《五子之歌》外，帝启作《九辩》《九歌》，其词不传，至汉、晋人书所载，词旨滑易，而别无印证者，疑皆杜撰傅会。惟《夏箴》见《周书》，《墨子》纪"使翁难雉乙卜于白若之龟"繇词，有足稽焉。至《孟子》所引夏谚，则当时之白话诗欤。

《夏箴》曰：小人无兼年之食，遇天饥，妻子非其有也。大夫无兼年之食，遇天饥，臣妾舆马非其有也。戒之哉！弗思弗行，至无日矣。

《翁难雉乙卜于白若之龟》曰：鼎成三足而方，不炊而自烹，不举而自藏，不迁而自行，以祭于昆吾之墟上。

乙又言兆之繇曰：飨矣，逢逢白云，一南一北，一西一东。九鼎既成，迁于三国。

31

《夏谚》曰：吾王不游，吾何以休？吾王不豫，吾何以助？

第二节　商文学

《尚书》之《汤誓》《仲虺之诰》《汤诰》《伊训》《太甲》《咸有一德》《盘庚》《说命》《高宗肜日》《西伯戡黎》《微子》等，共十七篇，皆商代散文也。《商颂》之《那》《烈祖》《玄鸟》《长发》《殷武》五篇，皆商代韵文也。至《大濩》之乐，不存其词。诸器之铭，惟传"日新"三语。《归亳》之歌，见于《大传》。《大旱祝辞》，详于《说苑》。篇章无多，盖殷人尚质也。苏辙曰："商人之书，简洁而明肃，其诗奋发而严厉。"殆于商一代文学之定评欤。

《汤盘铭》曰：苟日新，日日新，又日新。

《归亳歌》曰：盍归于亳，盍归于亳，亳亦大矣。觉兮较兮，吾大命格兮。去不善而就善兮，何不乐矣。

《大旱祝辞》曰：政不节邪？使人疾邪？苞苴行邪？谗夫昌邪？宫室崇邪？女谒盛邪？何不雨之极也。

夷坚志怪，不见竹素。宋洪迈因以名其书曰《夷坚支志》，盖亦以夷坚为小说初祖也。《汉志》十五家，列《伊尹说》于首。班固自注谓其浅薄依托，与《务成子》之称尧问、《天乙》之称汤，同非古语也。惟《山海经》侈谈神怪，如《西游记》。厥志殊不在方舆，词藻博丽，后人多喜捃摭。其书为司马迁所称、班固所志，虽不尽出于大禹、伯益，盖本夏、商之遗闻坠绪，而周秦以来文士递为增益，实不可不目为小说之最古者已。

第三章　周文学

第一节　周代之散文韵文

成周文盛，举其最著者。散文若《尚书》之《泰誓》以下三十二篇，皆《周书》也。（不摈绝《伪古文》，说见后）又若文王所作《易卦辞》，周公所作《易爻辞》，《仪礼》《周礼》《尔雅·释诂》《太公丹书》，录于大戴。鬻熊诸子撰述，《国语》《左传》所征引，于今具存。韵文若《诗》三百篇，（三百五篇除《商颂》五篇数之）而国风诸什，则平民之文学弥彰。此外则有周宣王之《石鼓诗》，《史记》所载箕子《麦秀诗》，伯夷、叔齐《西山歌》。而《左传》所载《虞箴》，实为后世箴文模范。小说则《穆天子传》六卷，清纪文达公信为当时之杂记，龚定庵复为旁摭逸文，欲媲《国语》。

《麦秀》之诗曰：麦秀渐渐兮，禾黍油油，彼狡童兮，不与我好兮。

《西山歌》曰：登彼西山，采其薇矣。以暴易暴兮，不知其非矣。神农虞夏，忽焉没兮，我安适归矣。吁嗟徂兮，命之衰矣。

《虞箴》曰：芒芒禹迹，画为九州。经启九道，民有寝庙，兽有茂草。各有攸处，德用不扰。在帝夷羿，冒于原兽。亡其国恤，而思其麀牡。武不可重，用不恢于夏家。兽臣司原，敢告仆夫。

第二节 《洪范》、《周易》、六书

姬周文学，与吾民族社会关系最重要者有三物焉。其一曰《洪范》。箕子陈洪范九畴，盖以解释《洛书》。今《书》所录首节之六十五字，即《洛书》本文也。其二曰《易卦》。前此《河图》《八卦》，但有名象。泊文王重而演之为六十四卦，周公析为三百八十四爻，于是有辞可玩，有数可占。夫五行阴阳之说，支配中国人心脑博矣、深矣，实东方哲学之基本法则也。其三曰"六书"。周公制礼设官，使保民教国子"六书"，于是中国文字，有规律可循，有义类可说。不惟当日同文，思想得渐趋夫统一，抑中古以来华夏文化之流传发达，胥系于此也。

《洛书》：初一日五行，次二日敬用五事，次三日农用八政，次四日协用五纪，次五日建用皇极，次六日义用三德，次七日明用稽疑，次八日念用庶征，次九日向用五福、威用六极。

《六十四卦》：乾、坤、屯、蒙、需、讼、师、比、小畜、履、泰、否、同人、大有、谦、豫、随、蛊、临、观、噬嗑、贲、剥、复、无妄、大畜、颐、大过、坎、离咸①、恒、遁、大壮、晋、明夷、家人、睽、蹇、解、损、益、夬、姤、萃、升、困、井、革、鼎、震、艮、渐、归妹、丰、旅、巽、兑、涣、节、中孚、小过、既济、未济。

"六书"：一日指事，指事者，视而可识，察而可

---

① 编者按：通行本《周易》离、咸各为一卦，底本合为一卦。

见，"上""下"是也。二曰象形，象形者，画成其物，随体诘诎①，"日""月"是也。三曰形声，形声者，以事为名，取譬相成，"江""河"是也。四曰会意，会意者，比类合谊，以见指扬，"武""信"是也。五曰转注，转注者，建类一首，同意相受，"考""老"是也。六曰假借，假借者，本无其字，依声托事，"令""长"是也。

第三节　籀文

周宣王太史籀，作《大篆》十五篇，此亦与文学有重大关系者也。籀以前文字皆用仓颉古文，今所谓钟鼎文是也。孔子六经、左丘明②《春秋传》，皆古文也。然籀文与古文异，当时更令史官以教学童，国家定为通行文字，一变仓颉古文之旧。秦焚书，惟《易》与籀书不毁，至李斯始改小篆。汉代犹以试士，能通者补兰台令史。王莽之乱，亡其六篇，晋世遂废。《石鼓诗》十章，即籀所书。十《鼓》今均陈列北平旧国子监。

---

① 编者按：原作"绌"，改作"诎"。
② 编者按：原作"左邱明"，改作"左丘明"，下同。

第四章　孔子文学

六经固在孔子以前，然自孔子删《诗》《书》、订《礼》《乐》、赞《易》、作《春秋》以为后王法，则是孔子之六经，非复唐虞三代以来固有之六经。盖至孔子而文学革新矣。孔家之学，尚文而重历史。故其称颂本朝也，曰"周监于二代，郁郁乎文哉"；其自明责任也，曰"文王既没，文不在兹乎"；其教授弟子也，以文学为四科之一；其门下之表彰师承也，曰"夫子之文章可得而闻也"，曰"子以四教，文、行、忠、信"。六经皆史矣，而《春秋》则汇辑百二十国旧史以成，尤为史之大宗。故孔子实可称为历史派之政治哲学家，此其与老、墨不同之点也。乌乎，孔子在中国文学史上，不可不为一特别之纪元。欲考孔子文学，当观群经。

第一节　《易》之文学

《周礼·太卜》称三《易》，而《连山》《归藏》已亡，今惟存《周易》也。孔子于《易》作上彖下彖、上象下象、系词上下、文言、说卦、序卦、杂卦，是谓"十翼"。费直专用"十翼"以说经，论者韪之。而欧阳文忠公极不信"十翼"，著《易童子问》，攻剽之无完肤。近日异邦之人治《易》，亦多疑"十翼"为伪，恐其中诚不免后人窜益之词耳。关于易学，问题甚多，兹但就文而论，则"十翼"之美复绝千古。《文心雕龙》云："《易》之《文》《系》，圣人之妙思也。序《乾》四德，则句句相衔；龙虎类感，则字字相俪。乾坤易简，则宛转相承；

日月往来，则隔行悬合。虽句字或殊，而偶意一也。"

《乾文言》一篇，八百字，制作精工，殆骈文之祖也。清阮元《文韵说》曰："《文言》固有韵矣，而亦有平仄声音焉，即如'湿燥龙虎睹上下'八句，何等声音。无论'龙虎'二句不可颠倒，若改为'龙虎燥湿'，即无声音矣。无论'其德'、'其明'、'其序'、'其吉凶'四句不可错乱，若倒'不知退'于'不知亡'、'不知丧'之后，即无声音矣。"又《文言说》曰："古人以简策传事者少，以口舌传事者多；以目治事者少，以口耳治事者多。故同为一言，转相告语，必有衍误。是必寡其词，协其音，使人易于记诵，无能增改。且无方言俗语杂于其间，始能达意，始能行远。此孔子于《易》所以著《文言》之篇也。""为文章者，不务协音以成韵，修词以达远，使人易诵易记，而惟以单行之语，纵横恣肆，动辄千言万字，非言之有文者也，非孔子之所谓文也。"又云："《文言》不但多用韵，抑且多用偶。"

《文心雕龙》云："论说辞序，则《易》统其首。"《颜氏家训》云："序述论议，生于《易》者也。"

第二节　《书》之文学

汉唐经生，皆以《书》序为孔子所作，而《书经》本文，但由孔子删定。惟东汉王充，直以《尚书》出于孔子之笔。（《论衡》卷二十）吾观后世选编诗文者，皆借前贤篇章，表示一己宗旨，欲以播为风尚，非漫然缀集故纸已也。何况孔子乃改制垂教之大圣，其于旧闻故事，自出手眼，翦裁点窜，如司马迁、袁宏之所为，曾何足以为非常可怪者乎。故读《尚书》者，应知即读孔子之文。

今文《尚书》，传于秦博士伏生。汉廷使晁错受之于伏女之口，计《尧典》《皋陶谟》《禹贡》《甘誓》《汤誓》《盘庚》《高宗肜日①》《西伯戡黎》《微子》《牧誓》《洪范》《金縢》《大诰》《康诰》《酒诰》《梓材》《召诰》《洛诰》《多士》《无逸》《君奭》《多方》《立政》《顾命》《吕刑》《文侯之命》《费誓》《秦誓》二十八篇是也。除《舜典》从《尧典》析出，《益稷》从《皋陶谟》析出，《康王之诰②》从《顾命》析出，此外二十五篇，皆东晋梅赜③所传，而称为即汉孔安国所得壁中本也。宋、元、明儒均已讼言其伪，至清阎若璩而案乃大定。然毛奇龄又著《古文尚书冤词》，以谓孔传伪而古文不伪。焦循亦力为古文及孔传辩护。平情论之，此谳仍当存疑。

今姑舍考据而论文章。凡二十五篇之伪古文，皆文从字顺各识职。凡二十八篇之今文，皆诘屈聱牙。清曾文正公好《吕刑》，钞备课诵以资模范，谓其安章宅句与后世卿、云、班、马、韩、柳诸人蹊径相近，然而不能尽通其读也。夫梅赜所传伪矣，司马迁之古文不伪也。《史记》诸本纪所载唐虞三代之词，亦皆文从字顺，迥异今文。盖晁错颍川人，伏女济南人，方言不同。卫宏云错所不知者凡十二三，略以其意属读而已，则其中有不可究诘者矣。且凡人习一经，则其平生著述，未有不染所习采色者。汉儒尤然。今汇观错文，壹以其少所习刑法立义，于典谟

---

① 编者按：原作"高宗肜日"，改作"高宗肜日"。
② 编者按：原作"康王之命"，改作"康王之诰"。
③ 原作"梅颐"，改作"梅赜"。

训诰莫之取也，不亦异哉。

《文献通考》引石林叶氏曰："《书》，非一代之言也，其文字各随其世不一其体，然大抵简质渊悫，不可强通。自《立政》而上，非伊尹、周公、傅说之辞，则仲虺、祖乙、箕子、召公；其君臣相与往来，告诫论说，则尧、舜、禹、汤、文、武是也，是以其文峻而旨远。自《立政》以下，其君则成王、穆王、康王、平王，其臣则伯禽、君陈、君牙，下至于秦穆公，其辞则一时太史之所为也。是以其文亦平易明白，意不过其言。"

《文心雕龙》云："诏策章奏，则《书》发其源。"《颜氏家训》云："诏命策檄，生于《书》者也。"

第三节　《诗》之文学

三百五篇，上从周始，下暨鲁僖，盖取四百年间朝野歌吟，以为后世法戒。孔子曰："吾自卫反鲁，然后乐正，雅颂各得其所。"《史记》云："古者《诗》本三千余篇，去其重，取其可施于礼义者三百五篇。"是孔子所删者十分之九也。欧阳文忠公云："删去者非止全篇，或篇删其章，或章删其句，或句删其字。"是孔子于诗，多所改造，非止辑录已也。《诗》有四始：风也、小雅也、大雅也、颂也。《诗》有六义：一曰风，二曰赋，三曰比，四曰兴，五曰雅，六曰颂。一国之事系一人之本谓之风。言天下之事、形四方之风谓之雅。雅者正也，言王政所由废兴也。政有大小，故有小雅焉，有大雅焉。颂者美盛德之形容，以其成功告于神明者也。周之盛也，国风雅颂，炳然可观。懿王、夷王以后，政教日隳，诸夏衰乱，于是有变风、变雅。变风者，自邶至豳，十三国之诸篇是也。而周南、召南之二十五篇为正风。小雅自《六月》至《何草》诸篇为变雅，而自《鹿鸣》至《菁莪》为正雅。大雅自《民劳》至《召旻》诸篇为变雅，而自《文王》至《卷阿》诸篇为正雅。

子夏作诗序而传之其徒，至汉有齐、鲁、韩三家之学，皆今文，列于学官。毛亨、毛苌为古文家，未得立，然其学，子夏所传。毛公为《诗》传，郑君作笺，遂流行至今，而三家者废。

《诗》学大问题在音韵，不可不辨。古称协韵，宋、明人乃言古音。夫孔子时本无韵谱，亦无四声，及其被诸管弦，不能不求其协，犹如现时文士新编戏曲，岂中律吕？然伶人排而歌之，径施以工尺，遂与琴板合焉。此本至浅至显之理，而宋吴棫、明陈第、清顾炎武、江永盛演古音古韵之说。今观《佩文》诗韵，已不与明《洪武正韵》同，《洪武正韵》又不与宋《集韵》同。孙愐之《唐韵》既亡，而赵宋重订《广韵》，迥非陆法言之旧本。故六朝以来音韵，已不易理。而顾、江等乃欲于二千年后，用宋、明人音韵标准以测三百篇，又杂取楚词、汉诗以传之，曷其诬哉！段玉裁一生殚精音韵，迄晚岁贻书友人，言"终不知支、之、脂何以分为三部，如有能言其故者，愿为执鞭"，即此亦足以见古韵之说不尽可通也。

孔疏云："《诗》之见句，少不减二，即'祈父''肇禋'之类也。三字者，'绥万邦''屡丰年'之类也。四字者，'关关雎鸠''窈窕淑女'之类也。五字者，'谁谓雀无角''何以穿我屋'之类也。六字者，'昔者先王受命''有如召公之臣'之类也。七字者，'如彼筑室于道谋''尚之以琼华乎而'之类也。八字者，'十月蟋蟀入我床下''我不敢效我友自逸'是也。其外更不见九字、十字者。"挚虞《流别论》云：
"《诗》有九言者，'泂酌彼行潦挹彼注兹'是也。"遍检诸
本，皆云"泂酌"三章章五句，则以为二句也。颜延之云："诗
体本无九言者，将由声度阐缓，不协金石。"仲洽之言，未可
据也。

《文心雕龙》云："诗人感物，联类不穷。故'灼灼'状
桃花之鲜，'依依'尽杨柳之貌，'杲杲'为出日之容，'瀌
瀌'拟雨雪之状，'喈喈'逐黄鸟之声，'喓喓'学草虫之韵。
'皎日'、'嘒星'，一言穷理；'参差'、'沃若'，两字连
形。"《渔洋诗话》曰："余因思《诗》三百篇，真如化工之肖
物。如'燕燕'之伤别，'籊籊竹竿'之思归，'蒹葭苍苍'之
怀人，'小戎'之典制。《硕人》次章写美人之姚冶，《七月》
次章写春阳之明丽，而终以'女心伤悲，殆及公子同归'。《东
山》之三章'我来自东，零雨其濛。鹳鸣于垤，妇叹于室'，
四章之'其新孔嘉，其旧如之何'，写闺阁之致，远归之情，
遂为六朝、唐人之祖。《无羊》之'或降于阿，或饮于池，或
寝或讹。尔牧来思，何蓑何笠，或负其餱。''麾之以肱，毕
来既升'，字字写生，恐史道硕、戴嵩画手，未能如此极妍尽
态也。"

《虞书》曰："诗言志。"《诗》序曰："诗者，志之所之
也。在心为志，发言为诗。情动于中而形于言也。言之不足，故
嗟叹之；嗟叹之不足，故永歌之；永歌之不足，不知手之舞之
足之蹈之也。"《文心雕龙》曰："赋颂歌赞，则《诗》立其
本。"《颜氏家训》曰："歌咏赋颂，生于《诗》者也。"

第四节 《礼》之文学

"子所雅言，《诗》《书》执礼。"孔子自谓能言夏礼、殷礼，居恒勖子弟以不知礼无以立，又问礼于老聃。《史记》云："适鲁观仲尼庙堂车服礼器，诸生以时习礼其家。"又云："中国言六艺者折中于夫子。"六艺固兼《礼》也，惟孔子所言及诸生所习，果为何《礼》乎？二戴所记，无与于此矣，《周礼》即不伪。而体国设官，亦必非雅言时习之典。孔子当日所治之《礼》，盖即汉高堂生所传《士礼》十七篇，今所谓《仪礼》是也。《汉志》言《礼》古经者出于鲁淹中及孔氏。孔氏所出为古文，与高堂生所传今文相似也。古文《仪礼》既藏孔子宅壁中，其《士冠》义记，载孔子之言。《丧服》全传，又子夏所作。则子所雅言，诸生时习，均属此本，灼然无疑矣。惟周公摄政，何为专详《士礼》？后仓言推《士礼》而致于天子。其说非也，班固讥之矣。吾谓周公所制，原不止此。孔子与弟子不欲僭王侯仪容，故惟节取《士礼》以资讲习，而威仪三千，遂仅传今本。考《礼记·杂记》，哀公使孺悲之孔子学《士丧礼》，《士丧礼》于是乎书。然则《士丧》一篇，乃孔子手撰，其中兼用商祝、夏祝，殆亦通三统之意。而余十六篇词况，皆与《士丧》一律，或皆经孔子鸿笔删益也。

《仪礼》奇奥难读，韩昌黎已苦之，不知此经乃如后世行礼之礼单，不可以文词求者也。即离其句度，绘为图式，亦不能尽通。盖古人治礼，须实习其揖让盘辟之容。叔孙通所以必之野外设绵蕞。汉世世为礼官若徐氏、张氏，皆善为容，并不知经。后人既无师授实习，而张尔歧、方苞等徒欲从文词求之，难矣。

《仪礼》中亦有韵文，如《士冠礼》之祝辞、醴辞、醮辞、字辞，皆琅琅可诵。

《仪礼》《周礼》《礼记》，世所谓"三《礼》"。《周礼》古称周公致太平之书。汉河间献王始得之，止五篇，阙《冬官》，补以《考工记》。《周礼》如后世章程，词义明核。而《考工记》措语独精工，论文者尚焉。《礼记》四十九篇，汉戴圣纂辑，原皆仲尼弟子及后学者所记，如《缁衣》出于公孙尼子，《中庸》出于子思，《月令》出于《吕览》，《王制》出于汉文帝时博士。宋儒程子、朱子，表章《大学》《中庸》，与《论语》《孟子》列为"四子书"。而朱氏谓《大学》为曾子所述作，莫知所据也。《礼运》《儒行》《哀公问》《仲尼燕居》等篇皆美文。而《檀弓》尤隽妙，即其"申生自裁"一章，与《左传》《国语》比较读之可见。是以操觚之士，咸揣摩焉。

《文心雕龙》云："铭诔箴祝，则《礼》总其端。"《颜氏家训》云："祭祀哀诔，生于《礼》者也。"

第五节　《春秋》之文学

"春秋"本国史之通名，《释名》所谓"举春秋则冬夏可知也"。孔子因《诗》亡而作《春秋》，以待后王取法。盖使子夏等求得百二十国宝书，汇而约之，文成数万，其指数千，一言之发，数例具举，而大纲存夫三科九旨，意在黜周改制，革命主义也。不可以书见，故口授弟子子夏。子夏传公羊高、穀梁赤[①]。高、赤口传累叶，至汉乃著竹帛为二传。孔子曰："吾志在《春

[①] 编者按：底本"穀"与"榖"混用，今统一改正，下文不再注释。

秋》，何志乎尔，志在改制耳。"故治《春秋》，必由《公》
《穀》二传，方足以上窥大圣之志，不同断烂朝报。左氏其人，
果为丘明与否，后儒疑之。其传实与《国策》《国语》等耳。至
刘歆始引以解经，欲立学官而博士不与。汉儒皆谓左氏不传《春
秋》也。二《传》为今文，《左氏》为古文，惟《左氏》文则雄
视千古，无美不备。自汉以来，谈藻扬华之士，靡不钻研。

郑君《六艺论》云："左氏善于《礼》，公羊善于谶，穀
梁善于经。"晋范宁《穀梁传序》云："左氏艳而富，其失也
诬。穀梁清而婉，其失也短。公羊辩而裁，其失也俗。"唐萧
颖士《与韦述书》云："于《左氏》取其文，于《穀梁》师其
简，于《公羊》得其核。"三《传》短长，大略如是。然《公》
《穀》二传，大半记录口语，非若左氏之一意属文，此不可以并
论者也。

魏王粲云："《春秋》辨理，一字见义。"韩昌黎亦云：
"《春秋》谨严。"今观《春秋》于时月日例，一字不苟。《穀
梁传》云："信以传信，疑以传疑。"洵谨严之至矣。"僖公
十六年，春，王正月，戊申^①朔，陨石于宋五。是月，六鹢退
飞，过宋都。"《公羊传》云："曷为先言陨而后言石？陨石记
闻，闻其磌然，视之则石，察之则五。曷为先言六而后言鹢？六
鹢退飞，记见也，视之则六，察之则鹢，徐而察之则退飞。"
《穀梁传》云："先陨而后石何也？陨而后石也。于宋四竟之内
曰宋。后数，散辞也，耳治也。六鹢^②退飞过宋都。先数，聚词

---

① 编者按：原作"戊寅"，改作"戊申"。
② 编者按：原作"鹢"，改作"鹢"。

也，目治也。子曰：'石无知之物；鹢微有知之物。石无知，故日之。鹢微有知之物，故月之。君子之于物，无所苟而已。石、鹢且犹尽其辞，而况于人乎？'"

兴化刘熙载《艺概》云："公、穀两家，善读《春秋》本经。轻读、重读、缓读、急读，读不同而义以别矣。"《庄子》逸篇："仲尼读《春秋》，老聃踞灶觚而听。"虽属寓言，亦可为《春秋》尚读之证。

《文心雕龙》云："纪传移檄，则《春秋》为根。"《颜氏家训》云："书奏箴铭，生于《春秋》者也。"

第六节　余经之文学

《乐经》无传。《周官》之《大司乐》章，小戴氏之《乐记》，虽言其义而不能纪其铿锵鼓舞之节。乐官能纪其节而又不能言其义。吹律之工，与载笔之士，末由合作，故不得以文求焉。《论语》者，孔子应答弟子时人，及弟子相与言而接闻于夫子之语也。当时弟子各有所记，夫子既卒，仲弓、子游、子夏等相与辑而论纂之以成书。今所诵习之本为鲁《论》。其齐《论》暨古文《论语》不传。鲁《论》虽纪口语，顾与后世语录迥异。缉字属词，致极精妙，最宜潜玩。"季氏将伐颛臾"章甚畅而辩。《孝经》者，《史记》以为曾子作，郑君以为孔子作。观经中有"子曰"、有"曾子曰"，疑为其他门人所作也。《孝经纬》，孔子曰："欲观我褒贬诸侯之志在《春秋》，崇人伦之行在《孝经》。"是知《孝经》虽居六籍之外，乃与《春秋》为表矣。有今文、古文二本，今所行者今文。《尔雅》者，古称"释诂"，为周公作，余篇为孔子所增。或言子夏所益，莫能详也。惟大戴《礼》"孔子三朝记"称孔子教鲁哀公学《尔雅》，则《尔雅》之来远矣。《汉志》列之于孝经家。《文心雕龙》云："《尔雅》者，孔徒之所纂，而《诗》《书》之襟带。"然其书可目为最古之类钞，纂言者所莫能含也。

第七节　孔门弟子之文学

孔子弟子三千，通六艺者七十二。游、夏擅文学，故其传最显。西汉经师，上溯渊源，莫不及之矣。扬雄谓《尔雅》为游、夏所记（见《西京杂记》），则其衣被词苑尤广。子游《礼运篇》、子夏《诗大序》，匪独谊精，其文最胜。至曾子之书，多载《大戴礼》。宓子、漆雕子所著，见于《汉志》。若夫陶潜《圣贤群辅录》所云："颜氏传《诗》，为讽谏之儒；孟氏传《书》，为疏通致远之儒；漆雕氏传《礼》，为恭俭庄敬之儒；仲良氏传《乐》，为移风易俗之儒；乐正氏传《春秋》，为属辞比事之儒；公孙氏传《易》，为洁净精微之儒。"此乃缘附《礼记·经解》暨《韩非子·显学篇》，为之缀词，不足据信。考西汉儒林，师承所自，不如是也。

第八节　纬书之文学

经之外有纬。经乃雅言，纬为秘记，亦犹释迦之有显、密二教也。汉唐儒生，均称纬为孔子所撰。何劭公、郑康成俱据纬以通经，惟后来符谶繁兴，时多伪托，不可不辨而黜之。至如亡秦者胡、刘秀作天子，俱见正史。《山颓》《梁壤》之歌，登诸《檀弓》。辰龙巳蛇之合，载在本传。灼然不诬者已。试翻世界史传，各国古圣，咸能前知，悬记后事，通人不以为怪诞也。纬书散佚，其目列于《隋书·经籍志》者八十一篇。近代搜辑，略可考览。明孙毂编《古微书》三十六卷，采录古纬，其义多与经传相发明。故纬书者，中国文学史上一大问题。《文心雕龙》但谓其事丰辞富，有助文章，所见犹其末也。

第五章　战国诸子文学

文章之本原基于五经，而其法式衍于诸子。诸子盛于春秋、战国之世，盖自王纲不振，姬周同文之化，不能规范九州人士思想，于是擅智辨者，上托三皇，旁征八海，各欲出一术以变易政教，而百家腾跃矣。惟诸子者类皆博明万事，越世高谈。盖以立意为宗，不以能文为本。又其为书，一干众枝，自成统系，势难截取，是以近代桐城家法，祖祢汉唐，不用子书。惟恽敬、包世臣、龚自珍、魏源，言文盛推周秦诸子。诸子之学，非此编所能备详。兹惟就其文词最著者论列大略。

第一节　儒家之文学

儒家诸子文章，两戴所记之外，其书今存者若《孔子家语》《孔丛子》，俱伪作。《晏子》，虽刘向称其文章句可观，然亦多窜托之词。惟《孟子》《荀子》，实儒流钜宗，书亦完善。孟、荀，《史记》有传。

孟子生卒岁月不能确定，大约当周显王至赧王之世。日本人谓孟子生当西历纪元前三百七十一年，而希腊柏拉图死时，孟子恰二十三岁云。孟子好辩，然其论性，实未足以破告子。故龚自珍有《阐告子》之作，王充刺孟，司马温公疑孟，殆皆好辩之反应耶？其书七篇，词笔雄奇而出以简易。韩、柳辨论文实皆学之，苏洵亦揣摩焉。有评点之本传世。宋儒特尊崇其书列诸四子，亦以其文胜，足以宣扬圣道鼓动天下也。"有为神农之言者"一章，洋洋千言，尤为杰构，堪为作文楷式。清戴震作《孟子字义疏证》，欲用训诂谭性命，可谓方枘圆凿，所引释老，尤为不知而言，治《孟子》者勿为所蔽也。

荀卿年五十始来齐游学，齐襄王时卿最为老师，三任祭酒。适楚，春申君以为兰陵令。按汪中所制年表，荀卿享年百余岁。李斯、韩非皆其弟子。卿亦儒流之杰哉。其书三十三篇，始以《劝学》，终于《尧问》，盖仿《论语》。孟子之学长于《诗》《书》，荀则长于《礼》（二戴《记》多录其文）。其致力不同，文体亦异。孟子疏通，专工辨论。荀则丽密，兼善词赋。（书中有《成相篇》《赋篇》）后世诋其非十二子、言性恶。夫子思、孟子，至赵宋始尊。在荀子视为侪伍，八儒反唇，未足深怪。善恶本依时地而标准不同，且名言皆相对者也。一方面言善，即他一方面可以言恶，惟性体实不可以善恶名。王阳明无善无恶之说，虽暗袭内典，而于义最允。瞀儒执此以短荀，或又曲解以护荀，夏虫不足与语冰也。近人治《荀子》者众，惟包世臣最好《荀子》之文，其摘钞《韩》《吕》二子题词云："文之奇宕至《韩非》，平实至《吕览》，斯极天下能事矣。其源皆出于《荀子》。盖韩子亲受业，而吕子集论诸儒，多荀子之徒也。《荀子》外平实而内奇宕，其平实过《孟子》，而奇宕不减《孙武》。然吾读其《非相篇》，中幅以后，别论余事，与《相》无涉。古人为文首尾不相顾者，莫此为甚矣。"

第二节　道家之文学

道家钜子推老、列、庄。老、庄，《史记》有传。然老子名字与其生时，考据家大有疑问。其书号称"五千言"，分上下篇，八十一章。太史公谓老子深远，著书辞称微妙难识，言政、言兵、言心性、言丹诀者，胥托焉，言佛法者亦援引焉。后汉桓帝时，襄楷上疏，言老子西入夷狄为浮屠。则老子皈佛，其说已古矣。然吾观其云："吾所以有大患者，为吾有身。及吾无身，吾有何患？"此实涅槃义也。又"无名天地之始，有名万物之母"，吾谓当从"无"字、"有"字读，方与下文"常无""常有"相应。

列子御寇，郑人，与郑缪公同时。其书八篇，庄子数称之。《文心雕龙》云："列子御寇之书，气伟而采奇。"柳宗元云："其文辞类《庄子》而尤质厚，少伪作。"龚自珍云："《列》与《庄》异趣。庄子知生之无足乐，而未有术以胜生死也。列子知内观矣。庄子见道十三四，列子见道十七八。"石棣杨居士文会《冲虚经发隐》，于列子通佛，阐之弥详。吾观其《力命》《杨朱》二篇，尤可葆重。孟子以杨、墨并诋，而杨朱学说惟见于此。其意旨实与英人边沁乐利主义相近。《力命》㞞抒前定之说，较孔孟之片言单词为大昌，足以正墨翟（墨子有《非命篇》）而启王充。（《论衡》说禄命之文有多篇）又所载鲍氏子言，发明人不应食生物之理。转观远庖厨之说，乃掩耳盗铃者矣。

庄子名周，蒙人，与梁惠王、齐宣王同时。史传称其学无所不窥，其要本归于《老子》。善属书离辞，指事类情，用剽剥儒、墨。其言洸洋自恣以适己。今按其书，分内、外、杂三篇，别为目三十三。论者谓内篇七，大都非赝。其文异于《老》之简、《列》之质，善纵横而兼有词赋之意。（《说剑》尤属赋体）苏轼壮岁以前最喜学之，宋以后文人莫不究治。惟文既奇肆，复多古字古言，伪文脱简。《养生主》一篇，蹊径较平实易追求，故习者尤众。庄子通佛，无待于琐琐比附。《齐物论》言有大觉而后知此其大梦。《三十唯识论》、《二十唯识论》最后之立破，均不越夫此义也。

第三节 法家之文学

法家有管仲、商鞅、申不害、慎到、韩非。非最显，盖文章之豪也。《史记》有传，其书五十五篇。当时秦王见其《孤愤》《五蠹》之书，嗟叹以谓得见此人，与之游，死不恨。史传特载其《说难》。蜀先主敕曰："申、韩之书，益人智意，可观诵之。"诸葛武侯手写其书以教后主。内外《储说》为后世连珠之权舆。《文心雕龙》云"韩非著博喻之富"，殆专指《储说》等篇。包世臣《再与杨季子书》云："八家工力至厚，而得体势于韩公子、《吕览》者尤深。徒以薄其为人，不欲形诸论说。"刘氏《艺概》云："《韩非》锋颖太锐，《庄子·天下篇》称老子道术所戒曰'锐则挫矣'。惜乎，非能作《解老》《喻老》而不鉴之也。"吾谓以文而论，在诸子中，孟、庄而外，此堪鼎峙。

第四节 名家、墨家之文学

名家书今存者，《尹文子》一篇、《公孙龙子》六篇。尹文子曾说齐宣王，先于公孙龙。龙，赵人，以坚白之辩著。墨翟，宋大夫，或曰并孔子时，或曰在其后。韩非言墨分为三，足见其徒属满宇内。清汪中考周、汉人书，孔墨对举者百余事，（按至唐时，杜、韩犹以孔墨并称）则墨学之盛可想。庄子言墨者俱诵

《墨经》，而倍谲不同。以坚白同异之辨相訾，以觭偶不仵之辞相应。盖墨家注意于正名，名家固与之支别而宗同者也。惟名学为思辨之准绳，而于载笔修词之术，实无预焉。故《墨子书》五十三篇，无论为自撰，为门弟子所记，辞甚冗拙。（伪夺及旁行者勿论）尹文、公孙龙亦术通而文钝者也。墨子名学，如《非命上》所立三表，亦可比迹因明。所谓上本于古者圣王之事，近于圣言量矣。中原察百姓耳目之实，近于现量矣。发以为刑政，观其中国家人民之利，近于比量矣。然中篇所列三法，则又自相违乱。又云："有闻之有见之谓之有，莫之闻莫之见谓之无。"夫有无之界说，惟以亲见亲闻为断，浅谬已甚。试问墨家上而高曾，下而云仍，旁而九州，均能恃一己耳目闻其声见其物者耶？故今日而求名学于诸子，真庄生所讥为敝跬誉无用之言者也。吾读《墨子书》独取《明鬼》下篇（上篇、中篇俱佚），三千余言，有物有则，气势充畅。盖墨流出于清庙之守，右鬼乃其当行。夫昌言有鬼，著为长篇，此为最古。与列子昌言力不胜命，同为杰构也。兼爱之义，合于大同。而孟子巧诋深文，目以无父，极为不合论理者已。

第五节　纵横家、词赋家之文学

六国与秦相图，于是有合纵连横之术。苏秦事六国为纵，张仪事秦为横。南北为纵，东西为横。横则秦帝，纵则楚王也。秦、仪与孟子同时，《史记》有传，传称秦、仪俱师鬼谷先生。《鬼谷子书》始见录于《隋志》，盖伪作。知者谓秦欲神秘其道，故假名鬼谷，未必真有其人。《汉志》《苏子》三十一篇、《张子》十篇，今不传。然即《国策》所登、史传所载，其辞已大足以资揣摩。近世选文者皆录而诵习之，以为奏议书说之祖。秦、仪之说，虽炜晔谲诳，顾皆博考当世各邦方舆军实，非纯逞虚诞，与名家不同。治苏、张之文者，其注意于此。秦有二弟，曰代、曰厉，亦均有说。

词赋虽不入九流，然与纵横家支别而宗同者也。班固称纵横家出于行人之官，又引孔子"诵诗三百"一章以申之。赋者，古诗之流也。固叙诗赋家，引《传》云："'不歌而诵谓之赋，登高能赋可以为大夫。'古者诸侯卿大夫交接邻国，以微言相感，当揖让之时，必称诗以谕其志。"此可寤词赋与纵横同出于行人矣。盖敷陈其事、劝讽人主，两家之志一也。特词赋较纵横之说，加以声韵，于文体之美，尤为进步焉耳。然若淳于髡讽齐威王之类，于文体亦当属之词赋云。

词赋宗工，首推屈原。原生与孟、荀、苏、张同时，作《离骚》《九章》《九歌》《天问》《远游》《卜居》《渔父》等篇。《史记》列传云："屈原者名平，楚之同姓，为楚怀王左徒。《离骚》者，犹离忧也。国风好色而不淫，小雅怨诽而不乱。若《离骚》者可谓兼之矣。其文约，其辞微，其志洁，其行廉。其称文小而其指极大，举类迩而见义远。"特载其《渔父篇》及《怀沙赋》于传。赞云："余读《离骚》《天问》《招魂》《哀郢》而悲其志。"《文选》特创编"骚"一门，收录《离骚经》《九歌》《九章》《卜居》《渔父》。《文心雕龙·辨骚》云："自铸伟辞，惊采绝艳，衣被词人，非一代也。才高者菀其鸿裁，中巧者猎其艳辞，吟讽者衔其山川，童蒙者拾其香草。"

荀卿虽亦作赋，然质而不华，弗逮原。原死，楚有宋玉、唐勒、景差之徒，好辞，以赋见称，而皆祖屈原之从容辞令。玉最显，所作《九辩》《招魂》《对楚王问》及《高唐》《神女》《登徒子好色》等赋，《文选》录之。又与景差诸人同作《大言》《小言》赋，均工。后世称"屈宋"。刘向辑屈、宋以来同类诸作为《楚词》十六篇。王逸又稍增益之，为作注，勒成十七卷，亦一家之学也。

屈子既作《怀沙赋》，遂自投汨罗江以死。适当五月五日，后人哀之，以竹筒贮米为祭。至今夏节，国人皆作粽，即其遗风。斯亦文学史上一纪念日也。

第六节　杂家之文学

杂家之文，《吕览》为巨擘。《史记·吕不韦传》云："乃使其客人人著所闻，集论以为八览、六论、十二纪，二十余万言，号曰《吕氏春秋》，布咸阳市门，悬千金其上，延诸侯游士宾客，有能增损一字者予千金。"此亦足见其事核而言练矣。故考古者证其义，驰说者掇其辞。戴记《月令》即纂取其十二纪首篇也。包世臣云："夫韩非因秦，《说难》《孤愤》；不韦迁蜀，世传《吕览》。史公次之《易象》《春秋》，引以自方，其爱而重之至矣。史公推勘事理，兴酣韵流，多近韩；序述话言，如闻如见，则入吕尤多。子厚《封建论》、永叔《朋党论》，推演《吕览》数语，遂以雄视千秋。"又云："蒯通、贾生出于《韩》，晁错、赵充国出于《吕》。"（《艺舟双楫·论文二》）

第七节　兵家之文学

兵家不预九流，而出于古司马之职。今所传《吴子》《司马法》《尉缭子》皆美文，而《孙子》十三篇，书最古、文最工。《史记·孙武传》载吴王阖庐曰："子之十三篇吾尽观之矣。"太史公曰："世俗所称师旅，皆道《孙子》十三篇。"可见今本十三篇，均完而无伪者矣。十三篇不谈阴阳技巧，义虽精玄，词虽廉峻，而文从字顺，如《老子》、如《孟子》、如《论语》，好文者莫能废也。日本兵法步趋欧洲，而言权谋仍祖《孙子》。往者其名士赖襄评《孙子》之文云："《庄》妙于用虚，《左》妙于用实，兼之者《孙子》之论兵也。"

第六章　秦文学

秦祚既短，兼因法家少文。战国词章，至是中替。物盛而衰，固其变也。况乎焚书坑儒，中国古代文学几为之尽绝。然其两世之中，与文学大有关系者，亦有数事。

一、文字之改造。丞相李斯变大篆为小篆，作《仓颉》七章。中车府令赵高作《爰历》六章。太史令胡毋敬作《博学》七章。《汉志》云："《仓颉》《爰历》《博学》，文字多取《史籀篇》，而篆体复颇异，所谓秦篆者也。"又有狱吏程邈作隶书，务为简便。于是毁圆成方，去繁趋约，而古文象形指事之本义，浸不可识矣。

二、公文程式之规定。秦并天下，定尊号为"皇帝"，自称曰"朕"，印曰"玺"。博士等并议定皇帝之命为制，令为诏。而臣下之上言为奏，称之为陛下。后世君臣皆沿用之，直至清而弗改。

三、宣传威德之碑文盛兴。李斯既博学于荀门，又本楚人，习闻词赋，故善韵语，所撰为秦纪功之会稽山、之罘、碣石、泰山诸刻石文，均四言、三句一韵。惟琅琊台刻石文，四言、二句一韵。其各安其宇以下二百余言，为碑阴之肇祖。诸篇文皆壮美。夫《岣嵝碑》既非真物，《石鼓歌》不无疑义，穆天子弇山刻石则未撰词。斯之诸作，固的然无伪，又焕乎有文，其为摩崖勒功之最古者矣。

秦世文学，惟在李斯。太史公称斯知六艺之归，盖斯为荀卿高足弟子。荀卿本主张法后王者也，斯燔《诗》《书》，杀术士之政策，实元胎于此。当时儒生，即后世之政客。其是古非今，即如缘饰法理反对政府耳。斯《上书请禁私学》，此篇为文学史上极有关系之作，而词笔亦简峻明切，胜于余篇。《谏逐客书》反覆洄漩，文浮于理，苟以义法裁之，殆可斧削过半。刘勰不云乎："文以辨洁为能，不以繁缛为巧。"（《议对篇》）然若李兆洛以其为骈体文而取之，则又当别论。

李斯《上书请禁私学》（此录《秦始皇本纪》，与《李斯传》少异）：

> 丞相臣斯昧死言：古者天下散乱，莫之能一，是以诸侯并作，语皆道古以害今，饰虚言以乱实，人善其所私学，以非上①之所建立。今皇帝并有天下，别黑白而定一尊。私学而相与非法教，人闻令下，则各以其学议之，入则心非，出则巷议，夸主以为名，异取以为高，率群下以造谤。如此弗禁，则主势降乎上，党与成乎下。禁之便。臣请史官非秦纪皆烧之。非博士官所职，天下敢有藏《诗》、《书》、百家语者，悉诣守尉杂烧之。有敢偶语《诗》《书》者②弃市。以古非今者族。吏见知不举者与同罪。令下三十日不烧，黥为城旦。所不去者，医、药、卜筮、种树之书。若欲③有学法令，以史④为师。制曰：可。

---

① 编者按：原作"公"，改作"上"。
② 编者按：底本缺"者"字。
③ 编者按：底本缺"欲"字。
④ 一作"吏"。

第二编 中古文学史

第七章 两汉文学

第一节 两汉文学起源及其流变

汉高祖起于亭长，其左右乃屠贩，高者为刀笔吏，故不尚文学。诸客冠儒冠来，辄解其冠溺其中，语人曰："乃公马上得天下，安事诗书为？"盖自秦焚书坑儒，中国风气，执政者皆贱儒而恶诗书矣。洎叔孙通起朝仪，高祖始知为皇帝之贵。乃过鲁祀孔子，儒家者流，于是仰首伸眉。

武帝嗣位，董仲舒进大一统之说，曰："今师异道，人异论，百家殊方，指意不同，是以上无以持一统。臣愚以为诸不在六艺之科、孔子之术者，皆绝其道，然后统纪可一，而法度可明。"案自文、景以来，汉以诸王为患。楚元王交、吴王濞、梁孝王武、淮南王安，各招文士，聚简册，势倾朝廷。武帝得仲舒之说，知颛尊儒学以统一天下思想，于治为便，遂行其策。用利禄为招，擢公孙宏①于布衣，上跻丞相。征收书籍，策试贤良，置五经博士弟子。顾视李斯，方略为不同矣。风气既成，人才辈出。经术、词赋、历史、诗歌，皆分途而竞进。马迁、相如，亦俱乘时成其大业。

西汉文学，武帝时为最盛。而两司马（迁、相如）为其时代之代表者。宣、元以降，刘氏父子（向、歆）更为巨魁。桐城姚氏云："刘向之文，如睹古之君子。右徵角、左宫羽，趋以《采齐》，行以《肆夏》，规矩揖扬，玉声锵鸣之容。"包世臣谓："其外奇宕而内平实，合《韩非》《吕览》而变其体势，以上追荀子。文与子分，自子政始云。"刘歆于古文经术，功绩卓著，而所撰辑略、六艺略、诸子略、诗赋略、兵书略、术数略、方伎略，即《汉书·艺文志》蓝本。《七略》为校勘目录之学鼻祖，抑亦文史之先河也。

东汉文风，渐趋茂密，与西汉雄肆不同，盖由于所学有异。西汉治经尚大义微言，故为文易奇。东汉治经在声训名物，故为文易实。声训名物之学，以班固撰集《白虎通义》、许慎《说文解字》为其结晶。《白虎通》集今文家言，《说文》则取古文家言，二②书均为时代之潮流所汇归而成也。

班固《汉书》，虽以剿袭见讥，然断代为史之肇祖。其文亦自成体势，非《史记》所能掩。蔡邕续撰《汉史》不成，所著诗文凡百余篇，而碑文独为后世楷式。

武帝《柏梁诗》为七言联句之祖。苏武、李陵《赠答诗》，

---

① 一作"公孙弘"。
② 《中国文学史纲》1933年版，此处作"三"。

《古诗十九首》为五言诗之祖。是皆创通独造，江河不废者也。

后汉明帝遣使至印度，请迦叶摩腾及竺法兰，用白马驮佛经至洛阳，造白马寺，译《四十二章经》，此为佛法入震旦之始。而郑君弟子孙炎，因见梵书以字母十四摄一切音，遂造反语，为中国切音之权舆。

元帝时，史游作草书。至后汉章帝，命上章表亦用草书，时称章草。于是隶书渐替，一变为八分，再变为真楷，斯亦文学上一大变迁。

两汉四百五十余年[1]，文学之美备，异代难与比方。兹复就文体类别，析为四事，以叙论之。一曰传注之文；二曰记载之文；三曰论说之文；四曰诗歌词赋之文。

第二节　传注之文

说经为汉学之特色，传注于辞笔虽非美，然亦文之一体，言汉代文学者莫能舍置也。此体之文，若伏胜《尚书大传》、毛亨《诗传》、何休《公羊解诂》、郑玄《诗笺》《三礼注》、赵岐《孟子注》、王逸《楚词章句》，均最昌显，至今家弦户诵者矣。又有不专一经，而总集群籍义旨，自成条贯。若扬雄《方言》、班固《白虎通义》、许慎《说文解字》、蔡邕《独断》、刘熙《释名》、应劭《风俗通义》，其文亦皆传注体也。后生不遑遍肆诸儒传注，至班、许二书，治文学者不可不读。

《白虎通》，具言之曰《白虎通德论》。后汉章帝建初四

---

[1] 编者按：汉朝自公元前202年刘邦称帝，至220年献帝禅位，除去新朝、更始政权，共计享国406年。原文如此。

年，校书郎杨终言"章句之徒，破坏大体，宜如宣帝石渠故事，永为后世则。"于是诏太常、将、大夫、博士、议郎、郎官及诸儒，会白虎观，讲论五经同异，哀其议奏。帝亲称制临决，令班固撰集其事以成书。书凡四十四篇，于宇宙事物，咸加评判，多主《公》《榖》二家言，兼采古纬。其考定典制，辨于《独断》，其以谐声诂字，精于《释名》，句容陈立，为作疏证。

　　许慎，字叔重，汝南召陵人也，《后汉书》有传。《说文解字》十四篇，五百四十部，九千三^①百五十三文，重一千一百六十三，始一终亥，解说凡十三万三千四百四十一字。其自序云："今叙篆文，合以古籀，博采通人。至于小大，信而有证。稽撰其说，将以理群类，解谬误，晓学者，达神旨，分别部居，不相杂厕，万物咸睹，靡不兼载。厥谊不昭，爰明以谕。其称《易》孟氏、《书》孔氏、《诗》毛氏、《礼》周官、《春秋》左氏、《论语》、《孝经》皆古文也。"知者以谓，居今日可以考见三代以来古人制作之本者，惟赖此书。近世注之者众，段玉裁最辩而多失，朱骏声义多允惬，而其书编次稍嫌繁晦。

第三节　记载之文

　　记载之文，首推司马迁《史记》。迁字子长，汉太史公谈之子，生于龙门，其后继纂父职。世系行事，具详《史记·自序》暨《汉书》本传。迁十岁，诵古文。二十，南游江淮上会稽，探禹穴，窥九嶷，浮沅、湘，北涉汶泗，讲业齐、鲁之都，观夫子

---

　　① 《中国文学史纲》1933年版，此处作"二"。

之遗风，乡射邹峄，阨困蕃薛、彭城，过梁、楚以归。苏辙云："太史公行天下，周览名山大川，与燕赵间豪俊游，故其文疏宕自有奇气。"迁既仕于朝，因论救李陵，被腐刑，于是发愤，承父遗志，上法孔子《春秋》，编撰《史记》，卒以成书。其《报任安书》云：

> 盖西伯拘而演《周易》；仲尼厄而作《春秋》；屈原放逐，乃赋《离骚》；左丘失明，厥有《国语》；孙子膑脚，《兵法》修列；不韦迁蜀，世传《吕览》；韩非囚秦，《说难》《孤愤》。《诗》三百篇，大氐贤圣发愤之所为作也。此人皆意有所郁结，不得通其道，故述往事，思来者。及如左丘明无目，孙子断足，终不可用，退论书策以舒其愤，思垂空文以自见。仆窃不逊，近自托于无能之辞，网罗天下放失旧闻，考之行事，稽其成败兴坏之理，凡百三十篇，亦欲以究天人之际，通古今之变，成一家之言。

观此，则《史记》乃迁一家之言。后人以读其他书史之眼光读之，不足以喻迁志也。《史记》凡五十二万六千五百字，变革编年之体，创分为本纪、世家、表、书、列传五类，其自叙云：

> 上记轩辕，下至于兹，著十二本纪，既科条之矣。并时异世，年差不明，作十表。礼乐损益，律历改易，兵权山川鬼神，天人之际，承敝通变，作八书。二十八宿环北辰，三十辐共一毂，运行无穷，辅拂股肱之臣配焉，忠信行道，以奉主上，作三十世家。扶义俶傥，不令己失时，立功名于天下，作七十列传。

自刘向、扬雄博极群书，皆称迁有良史之材，服其善序事理，辨而不华，质而不俚。其文直，其事核，不虚美，不隐善，故谓之实录。然后汉明帝以《秦始皇帝本纪》赞语为非，诏谓迁微文刺讥，贬损当世，非谊士，不若相如言封禅之忠贤。其后王允忿诛蔡邕时，亦上诋《史记》为谤书。此皆一时偏激之谈，不足据。惟班彪讥迁云：

> 其论术学，则崇黄老而薄五经；序货殖则轻仁义而羞贫穷；道游侠则贱守节而贵俗功。

> 若序司马相如，举郡县，著其字。至萧、曹、陈平之属，及董仲舒并时之人，不记其字，或县而不郡者，盖不暇也。

彪为此评，盖不喻迁志，至摘发其不载诸闻人之字，诚迁之失。然《汉书·司马迁传》即未载迁字。若非扬雄《法言》、张衡《应间》，后世谁知子长者？班固既为彪子，又躬事显宗，故《迁传》作赞，搀以讥弹，殆秉承君父之旨。然迁文自与日月争光，不足为点也（案《史记·相如传》赞引扬雄言，当是《汉书》赞词，写书者误入诸《史记》）。品《史记》之文者，自《文心雕龙》《史通》以降众矣。然迁文神变，《史记》一书，无美不兼。读者宜各依其量以求自得，殆难以寻常评骘文词之法御之。若必扼要以举例，则论者皆赞迁文曰雄、曰逸。在唐宋八家中，韩得其雄，欧阳得其逸，高山仰止，有欲求之此其躅。

班固，字孟坚，扶风安陵人。父彪，字叔皮。《后汉书》俱有传。彪才高，专心史籍，见《史记》自太初以后阙而不录，乃继采前史遗事，傍贯异闻，作后传数篇。彪卒，固以彪所续前史未详，乃潜精研思，欲就其业。既而人告固私作国史，诏收系固。固弟超，诣阙上书，召见，具言固所著述意。显宗奇之，召固除兰台令史，迁为郎，遂见亲近。帝复使终成前所著书，固乃探撰前记，缀集所闻，以为《汉书》。起元高祖，终于孝平王莽之诛。十有二世，二百三十年，纪十二、表八、志十、列传七十，凡百篇。固自永平中始受诏，潜精积思，二十余年，至建初中乃成。当世甚重其书，学者莫不讽诵焉。

范晔论曰："司马迁、班固父子，其言史官载籍之作，大义粲然者矣，议者咸称二子有良史之才。迁文直而事核，固文赡而事详。若固之序事不激诡、不抑抗，赡而不秽，详而有体，使读之者亹亹而不厌。信哉，其能成名也。彪、固讥迁，以为是非颇谬于圣人，然其论议常排死节，否正直，而不叙杀身成仁之为美，则轻仁义，贱守节愈矣。"刘勰谓"固十《志》该富，赞序宏丽，儒雅彬彬，信有遗味"，而以遗亲攘美为固罪。唐宋以来，论迁、固者褒贬不一，惟清曾文正公《圣哲画像记》为之平议，其词曰：

> 太史公称《庄子》之书皆寓言，吾观子长所为《史记》，寓言亦居十之六七。班氏阅识孤怀不逮子长远甚。然经世之典，六艺之旨，文字之源，幽明之情状，粲然大备。

> 司马子长，网罗旧闻，贯串三古，而八书颇病其略。班氏《志》较详矣，而断代为书，无以观其会通。

> 固为洛阳令，种兢陷诸狱死。《汉书》之八《表》及《天文志》未及竟。和帝诏固妹昭，就东观藏书阁踵成之。固天才长于词赋，所作《两都赋》《幽通赋》及《答宾戏》均传诵后世。故其《汉书》之文，亦平整赡密，与子长之奇肆异趣。

后汉献帝以班固《汉书》文繁难省，令荀悦改造，依《左氏传》体以为《汉纪》三十篇，辞约事详，论辨多美，历代皆重其书。

刘向大儒，著述綦富，然其所撰《古列女传》七卷，实为史家之创制，女界之鸿规。《续列女传》一卷，或云班昭所作。今本分为七目，曰《母仪》《贤明》《仁智》《贞慎》《节义》《辨通》《孽嬖》。

赵煜《吴越春秋》十卷、袁康《越绝书》十五卷，均佳构，传于今。袁书尤博奥伟丽。

第四节　论说之文

论本出于子书，是以庄周《齐物》以论为名，不韦《春秋》，六论昭列。自汉以来，单篇之论盛行，然贾谊《过秦》乃《新书》之一篇。故《淮南》《潜夫》诸作，实论之正也。说原于纵横家，后世奏、议、书、记、移、檄，皆说之支裔。凡以宣己意而晓对方，体裁稍殊，质性则一。兹皆并为同类，分条以叙之如后。

单篇之论，夙推贾谊《过秦》。《史记·秦始皇本纪》赞、《汉书·项羽传》赞俱引列之。包世臣谓："谊他文无此雄骏，疑为子长所修润。"今观荀悦《汉纪》录此论亦有删易，而贾子《新书》诸篇，持比此论，如出异手，包生殆不为无见也。顾此论枚举叠陈，词胜于理。李兆洛《骈体文钞》取之。昔范晔自序，谓所作《循吏》诸传序论，不减《过秦》，则亦以《过秦》偶俪，取比己文也。谊实工赋，此论亦有赋心也。《史记》《汉书》均有谊传。

《文选》目东方朔《答客难》、扬雄《解嘲》、班固《答宾戏》为设论。朔之《非有先生论》、王褒《四子讲德论》、司马相如《难蜀父老》，亦可谓为设论也。然两汉单篇之论，求其文实兼至，精微朗畅者，无逾于司马谈《论六家要指》、班彪《王命论》，二文足资模范也。

右第四节之一。

汉臣奏议，大篇推贾生《陈政事疏》，小篇推司马长卿《谏猎书》，俱千古奇作。董子《对贤良三策》，亦缅缅巨观。顾所持皆儒家理论，起而行之，节目未具。贾生明申商，故虽年少，而疏中所言，皆可以见诸措施。刘子政称生通达国体，虽古之伊、管未能远过。以文论，董醇而弗肆，故三册[①]制辞，谓其文采未极。贾则骏发酣恣。《谏猎》辞义简切，足为章奏准绳。

贾山《至言》、贾让《治河议》，亦当代名篇。让《议》尤致用之文，后世治河者胥主之。晁错言事，与贾生齐名，亦法家者流也。其削夺诸侯，本遂行贾生遗策。《论贵粟书》，亦与贾生《论积贮疏》若笙磬之应。

匡、刘并称。刘向《条灾异封事》《论起昌陵疏》，极谏外家封事。匡衡《上政治得失疏》《论治性正家疏》《戒妃匹劝经学疏》，均浑融遒逸，如珠玉之辉，如鸿鹄之鸣而入寥廓，尚阴柔之美者宗之。

东京二百载，奏议见称者甚罕。葛龚虽以善奏记名，而莫睹其传作。《文苑传》二十二人，只黄香有奏疏一首。刘勰标举杨秉、陈蕃之骨鲠，张衡、蔡邕之博雅，然其词不为世所录。盖此

---

① 《中国文学史纲》1933年版，此处作"二册"。

代学风，趋重考订，去战国纵横之习已远，以抗议世务为业者鲜矣。

右第四节之二。

邹阳上书、枚乘上书，仍奏疏之属也。平交往复之简，《文选》则首登《李陵答苏武书》。刘知幾谓"是书文体，不类西京，且班史不录"，定为赝作。苏东坡《答刘沔书》则谓"为齐梁间小儿所拟作"。太史公《报任安书》，古今传诵，然词旨繁复。李兆洛亦目为骈文，包世臣云："书中数千言，十七八皆如醉如狂，读者不知其所以然，二千年无能通者"。盖少卿来书求援，史公为之讳，故以推贤荐士四字约之。"是故文澜虽壮，而滴水归源，一线相生，字字皆有归著也。"（《复李迈堂书》《复石赣州书》）

两京书简，当以杨恽《报孙会宗》、朱浮《为幽州牧与彭宠书》为正轨。盖辞达理举，不可增删，文章之上乘也。恽本子长外孙，其书乃胎息于《报任安》之作。顾语既镕裁，气殊壮密。朱书虽近偶俪，而体势骞腾。至如陈遵占辞，百封各意。祢衡代书，亲疏得谊。斯又尺牍之偏才也。

文帝《赐南粤王书》、光武《赐窦融书》，均开诚布公，语无泛设。司马长卿《谕巴蜀檄》、刘子骏《移让太常博士书》，均辞刚而义辨。皆公牍文之至工者也。

教训子侄，发夫至情，情至则文亦自然入妙，绝殊绣其馨帨者，马援《诫兄子严敦书》、郑君《戒子益恩书》是也。古贤多有此类之文。两汉若刘向、司马徽，所为不逮马、郑之善。厥后若魏王昶、蜀诸葛亮、晋羊祜、陶潜、唐李德裕，其词皆可玩，然皆祖述马、郑者也。清曾文正公家书，则累卷积册矣。马、郑书俱载本传。马书村塾皆诵，而郑书世少称者。惟近人刘熙载《艺概》谓其"雍雍穆穆，隐然涵《诗》《礼》之气"。兹附录之：

郑玄《诫子益恩书》

吾家旧贫，不为父母昆弟所容，去厮役之吏，游学周秦之都，往来幽、并、兖、豫之域，获觐乎在位通人。处逸大儒，得意者咸从捧手，有所授焉。遂博稽六艺，粗览传记，时睹秘书纬术之奥。年过四十，乃归供养，假田播殖，以娱朝夕。遇阉尹擅势，坐党禁锢，十有四年而蒙赦令。举贤良方正有道，辟大将军三司府，公车再召。比牒并名，早为宰相。惟彼数公，懿德大雅，克堪王臣，故宜式序。吾自忖度，无任于此。但念述先圣之元意，思整百家之不齐，亦庶几以竭吾才，故闻命罔从。而黄巾为害，萍浮南北，复归邦乡，入此岁来，已七十矣。宿素衰落，仍有失误，案之礼典，便合传家。今我告尔以老，归尔以事，将闲居以养性，覃思以终业；自非拜国君之命，问族亲之忧，展敬坟墓，观省野物，胡尝扶杖出门乎？家事大小，汝一承之。咨尔茕茕一夫，曾无同生相依，其勖求君子之道，研钻勿替，敬慎威仪，以近有德。显誉成于僚友，德行立于己志，若致声称，亦有荣于所生，可不深念邪！可不深念邪！

吾虽无绂冕之绪，颇有让爵之高，自乐以论赞之功，庶不遗后人之羞。末所愤愤者，徒以亡亲坟垄未

成；所好群书，率皆腐敝，不得于礼堂写定，传与其
人。日西方暮，其可图乎！家今差多于昔，勤力务时，
无恤饥寒。菲饮食，薄衣服，节夫二者，尚令吾寒恨。
若忽忘不识，亦已焉哉！
右第四节之三。

仁和龚自珍云："汉初至于孝武，能成一家之言者甚众。
昭、宣以降，书不逮古，下沆魏世，合而论之，譬适于野焉。或
千里鼠壤，不逢可材，则扬雄《法言》、荀悦《申鉴》是也。平
芜生之，灌木丛之，剔而薙之，乃觌瑶草，拾而佩之，如桓宽
《盐铁论》、刘向《说苑》、王符《潜夫论》是也。若倾筐量
芝，到橐载大药，其徐幹《中论》邪。"龚氏谓《中论》论儒
者之弊①，击中要害。七十子后，不数觌也。惟吾观两汉诸子之
书，以《春秋繁露》《论衡》为最奇。余子徒以文鸣，弥纶群
言，而未必能精研一理者也。兹列举其著者数家而评骘之。其书
不传，或后人伪托者，不复加议。

陆贾《新语》十二篇，其大旨主于崇王黜霸而归于修身用
人，皆老生之常谈。在汉初儒术未兴，高祖乍闻此语，不能不目
之为新也。

贾谊《新书》五十八篇，颇有后人割裂《汉书》谊传以附益
之者。然谊散文除《过秦》及《论政事》《封建》《积贮》诸疏
之外，无复菁华。

刘向《新序》十卷，所录皆春秋至汉初轶事可为法戒者。又

---

① 编者按：原作"蔽"，改作"弊"。

69

《说苑》二十卷，与《新序》体例相同。其所以分为两书之故，莫之能详。韩婴《韩诗外传》十卷，大旨亦与相类，惟韩多引《诗》，而文笔较为简古。

扬雄《法言》十卷、《太玄经》十卷。雄词赋殊绝，小学甚深。惟作《法言》以摹《论语》，作《太玄》以拟《易》，甚可怪也。唐宋诸贤，多赞美雄文，而苏东坡《答谢民师书》，谓雄"好为艰深之辞，以文浅易之说"。独司马温公为《法言》集注，又本《太玄》而撰《潜虚》，可谓雄之知己矣。然吾观《法言》最无谓，尚不如文中子之明通。《太玄》非常人所解，尚不如焦延寿《易林》、京房《易传》，可施诸占卜。刘歆覆酱瓿之讥，殆不为过也。

淮南王刘安所撰《淮南鸿烈》二十篇、《要略》一篇，曼词连犿，诡异自憙，亦扬雄之同志。惟安书大旨依托道家，雄则儒者。安词笔纵肆，雄则练核。然安招致宾客方术之士数千人，共为此一书，与不韦作《吕览》同。雄独纂众籍，则安才远弗及雄明矣。

历览西京诸子，无能接迹周、秦，非谓其文体降而益颓，乃其质干不足以自立。缘渠等所学，咸滞于粗迹。若乃直领玄圣之微言，上寻皇王之坠绪，开启秘奥，自阐宗风，惟董子仲舒。

董子书，今存者《春秋繁露》十七卷，多公羊家言，又通名理，知谶纬，能祈禳，其书有类似《抱朴子》内篇者。孝武称"子大夫明于阴阳所以造化"。董子治国，以春秋灾异之变，推阴阳所以错行。故求雨，闭诸阳、纵诸阴，其止雨反是。行之一国，未尝不得所欲。汉室推尊孔氏，抑黜百家，立学校之官，州郡举茂材孝廉，皆自董子发之。故董子为对于列国嬴秦以来学界革命者也。董子有言曰："正其谊不谋其利，明其道不计其功。"宋儒即以此两言为传统，程、朱并称董子知道之本原，度越诸子。由斯以谭，董子不但为汉学大师，抑亦宋学之远祖。

刘向云："董仲舒有王佐之材，虽伊、吕亡以加。管、晏之属，伯者之佐，殆不及也。"歆反唇，以父言为过，殆由经生门户之习。歆治《左氏》，与董异趣也。子政习《穀梁》，与董学家法大致相同，故知之深。然歆亦云仲舒遭汉承秦灭学之后，六经离析，下帷发愤，潜心大业，令后学者有所统壹，为群儒首。

东京子书，以王充《论衡》、王符《潜夫论》、仲长统《昌言》最显。《后汉书》列三人传于一卷，韩昌黎作《三贤赞》，实则符、统远非充比。谢夷吾尝荐充曰："虽孟轲、荀卿、扬雄、刘向、司马迁不能过也。"吾谓仲任乃中国思想界之杰，惟文则下笔不能自休，弗及节信、公理之絜。

《论衡》，今本三十卷，八十四篇，廿余万言。范晔称其"释物类同异，正时俗嫌疑。始若诡异，终有理实"。充，会稽上虞人。其书中土初无传者，蔡邕入吴始得之，隐藏帐中，秘玩以为谈助。其后王朗为会稽太守，又得其书，及还许下，时人称其才进。或曰不见异人，当得异书，问之，果以《论衡》之益。《论衡》虽推崇董子、刘子政，而力辟灾异祸福。信骨相，与孙卿子异。不信天鬼而信命，与墨子异。又著《问孔》《刺孟》，儒家者流，至今莫能解辩也。其特色尤在言命，八十四篇中，《论命》最详，古所未有也。文虽冗漫，顾皆按切事物，求尽其理，殊无夸饰。又时时用名理自检，冀无乖违。独惜充历明、章之世，未闻佛法，不与楚王英、牟太尉融，一论桑门之旨，共理凡夫之惑。

《潜夫论》，今本十九卷，凡三十五篇，又《叙录》一篇。符著书讥当时失得，不欲章显其名，故号曰《潜夫论》。其指讦时短，讨谪物情，多所切中。非迂儒矫激，务为高论之比也。符亦言卜相占梦，蔚宗特录其《贵忠》《浮侈》《实贡》《爱日》《述赦》五篇。

《昌言》，蔚宗称凡三十四篇（《魏志》注引缪袭表称《昌言》凡二十四篇）。十余万言，惟《理乱》《损益》《法戒》等篇附存本传中。东海缪袭常称统才章足继西京董、贾、刘、扬。统常以为凡游帝王者，欲以立身扬名耳。而名不常存，人生易灭，优游偃仰，可以自娱，欲卜居清旷以乐其志，因著《论》一首，其词可嘉。

仲长统《乐志论》

使居有良田广宅，背山临流，沟池环匝，竹木周布，场圃筑前，果园树后。舟车足以代步涉之难，使令足以息四体之役。养亲有兼珍之膳，妻孥无苦身之劳。良朋萃止，则陈酒肴以娱之；嘉时吉日，则亨羔豚以奉之。蹰躇畦苑，游戏平林。濯清水，追凉风，钓游鲤，弋高鸿。讽于舞雩之下，咏归高堂之上。安神闺房，思老氏之玄虚；呼吸精和，求至人之仿佛。与达者数子，论道讲书，俯仰二仪，错综人物。弹《南风》之雅操，发清商之妙曲。消摇一世之上，睥睨天地之间。不受当时之责，永保性命之期。如是，则可以陵霄汉，出宇宙之外矣。岂美夫入帝王之门哉！

公理生灵、献之间，故不就命召，作《论赋诗》，有遗荣辟世之操。节信当和、安之后，世务游宦，而不得升进，故蕴愤著书，訾贬当时风政。仲任阅光武、明、章之世，炎政方隆。虽不甚贵，而曾为治中，年渐七十，始罢州职。故撰《宣汉篇》，谓汉治太平，盛于姬周。凡文学与作者身世之关系如此。

右第四节之四。

第五节　诗歌词赋之文

汉高虽恶儒不事诗书，然能歌《大风》之辞，此亦所谓感物吟志，莫非自然者也。孝武始立乐府，以李延年为协律都尉，多举司马相如等数十人，造为诗赋，作《十九章》等歌。《汉书》"郊祀""礼乐"诸志载之。武帝自为《瓠子歌》，《沟洫志》载之。而帝所为《秋风辞》殊工，远胜《大风》《垓下》二作。延年故倡家，每为新声变曲，闻者莫不感动。武帝闻其歌《北方有佳人》，叹息以谓："世岂有此人乎？"因得以进其女弟李夫人。延年歌辞云：

北方有佳人，绝世而独立。一顾倾人城，再顾倾人

国。宁不知倾城与倾国，佳人难再得。

清沈德潜云："汉时诗、乐始分，乃立乐府，《安世房中歌》系唐山夫人所制，而清调、平调、瑟调，皆其遗音，此风之变也。朝会道路所用，谓之鼓吹曲。军中马上所用，谓之横吹曲。此雅之变也。武帝以李延年为协律都尉，与司马相如诸人略定律吕，作《十九章》之歌，以正月上辛用事。此颂之变也。"

《文选》所登汉诗，韦孟《讽谏诗》一首，四言；李陵诗三首，苏武诗四首，《古诗十九首》，班婕妤《怨歌行》一首，均五言；汉高祖《大风歌》一首，武帝《秋风辞》一首，张衡《四愁诗》四首，俱七言谣曲。苏、李诗，论者疑之。考《苏武传》

载武将归，李陵置酒贺，为武起舞，歌曰：

> 径万里兮度沙幕，为君将兮奋匈奴。路穷绝兮矢刃
> 摧，士众灭兮名已隤。老母已死，虽报恩，将安归？

观此，则苏、李赠答之什，似非当时所为。然词气深厚，亦非曹、刘以下所能拟也。《十九首》为五言之冠冕，《文心雕龙》以《冉冉孤生竹》一篇为傅毅作。《玉台新咏》以《青青河畔草》《西北有高楼》《涉江采芙蓉》《庭中有奇树》《迢迢牵牛星》《东城高且长》《明月何皎皎》七篇为枚乘作。或云《驱马上东门》及《游戏宛与洛》，此则东都之词也。明王世贞谓中间杂有张衡、蔡邕作，莫能详也。韦孟诗，出《韦贤传》。自孟至贤五世，或曰其子孙好事，述先人之志而作是诗也。是诗不为甚工，以汉人四言论，尚不若东方朔《诫子诗》之可诵。朔诗，孟坚于其传赞曾举之：

东方朔《诫子诗》

> 明者处世，莫尚于中。优哉游哉，于道相从。首阳
> 为拙，柳惠为工。饱食安步，以仕代农。依隐玩世，诡
> 时不逢。才尽身危，好名得华；有群累生，孤贵失和；
> 遗余不匮，自尽无多。圣人之道，一龙一蛇；形见神
> 藏，与物变化；随时之宜，无有常家。

朔传载所作有七言诗上、下篇，今不存。元帝时，黄门令史游撰《急就篇》三十四章，解散隶体，创兴章草。其词雅奥，中多七言之句，尤为俊拔。后世言字书者稽之，而不称其诗。至如武帝君臣共作《柏梁台诗》，八代以来，言七言及联句者，咸尚之。顾其中实有鄙秽之语：

《柏梁诗》

（元封三年，作柏梁台。诏群臣二千名[①]有能为七言诗者，乃得上坐。人各一句，句皆用韵。后世仿之，称"柏梁体"。）

日月星辰和四时，（帝）骖驾驷马从梁来。（梁孝王武[②]）郡国士马羽林材，（大司马）总领天下诚难治。（丞相石庆）和抚四夷不易哉，（大将军卫青）刀笔之吏臣执之。（御史大夫倪宽）撞钟伐鼓声中诗，（太常周建德）宗室广大日益滋。（宗正刘安国）周卫交戟禁不时，（卫尉路博德）总领从官柏梁台。（光禄勋徐自为）平理请谳决嫌疑，（廷尉杜周）修饰舆马待驾来。（太仆公孙贺）郡国吏功差次之，（大鸿胪壶充国）乘舆御物主治之。（少府王温舒）陈粟万石扬以箕，（大司农张成）徼道宫下随讨治。（执金吾中尉豹）三辅盗贼天下危，（左冯翊盛宣）盗阻南山为民灾。（右扶风李成信）外家公主不可治，（京兆尹）椒房率更领其材。（詹事陈掌）蛮夷朝贺常会期，（典属国）柱枅欂栌相枝持。（大匠）枇杷橘栗桃李梅，（大官令）走狗逐兔张罘罳。（上林令）啮妃女唇甘如饴，

---

① 一作"命"，一作"石"。

② 编者按：原作"梁孝武五"，改作"梁孝王武"。顾炎武《日知录》："汉武《柏梁台诗》本出《三秦记》，云是元封三年作，而考之于史，则多不符。……又按《孝武纪》，元鼎二年春起柏梁台。是为梁平王之二十二年，而孝王之薨至此已二十九年，又七年始为元封三年……（按《百官公卿表》）反复考证，无一合者。"此后学界遂有柏梁台诗真伪之辩。此处标"梁孝王武"，可能是后人所加。

（郭舍人）迫窘诘屈几穷哉。（东方朔）

诗歌之道，不宜太质，五七言尤然。汉人诗美者不多，弗若其颂赞箴铭之作也。瞀儒惟论古今，不辨是非。言诗每尊汉，并谓汉诗之不可及，正惟其质，贵媵买椟，夫复何言。锺嵘品评汉诗，苏、李而外，惟重班姬。其言曰："自王、扬、枚、马之徒，词赋竞爽，而吟咏靡闻，从李都尉讫班婕妤，将百年间，有妇人焉，一人而已，诗人之风，顿已缺丧。东京二百年中，惟有班固《咏史》，质木无文致。"

汉末建安中，有《孔雀东南飞诗》一篇。时人为焦仲卿妻所作也。絮絮至一千七百四十五字，为古今最长之诗，读之莫不倦而欲寐。无作者主名，大抵好事者杂凑以成，故雅言俚语，错综迭见。三百篇皆短歌微吟，唐人亦谓工诗者片言可以明百意（见《刘宾客集》）。杜、韩大篇，亦诗之变也。尚简练，黜冗长，乃文词公例。《孔雀东南飞诗》岂足以为训者哉！

右两汉诗歌。

三百篇变而为楚词，楚词变而为汉赋。汉人长赋，亦一创格也。当时为赋者滋众。《艺文志》所录已千余篇。赋者，敷陈其事。大氐如子长所讥虚词滥说者居多。古者类书未兴，缀缉不易，故人皆惊服，以博雅归之。太史采诗之制既废，天子览词人奏赋，亦犹之听里巷歌谣耳。

汉赋莫先于贾谊，所为《鵩赋[①]》《吊屈原赋》，均备具骚之神理，而文质彬彬，不流于侈靡。《惜誓》气体清峻。清刘熙

---

① 编者按：原作"鹏赋"，改作"鵩赋"。

载云："惜者，惜己不遇于时，发乎情也。誓者，誓己不改所守，止乎礼义也。"此与篇中语意俱合。惟谊齿甚少，而《惜誓》首句即云"惜余年老而日衰兮"，何其不类也。

枚乘《七发》，创意造端，与宋玉《对问》、扬雄《连珠》，均为杂文之祖。《七发》者，谓七窍所发嗜欲不正也，以此启告太子。犹楚词《七谏》之流，实则裁数千言之赋为八章。移宫换羽，时时令人易视改听，将为之乐而弗罢。枚叔固善于进言者哉。《汉书》本传云："梁客皆善辞赋，乘尤高。"则知乘当日赋名，重于相如矣。

司马相如，字长卿，蜀郡成都人，其乡扬雄赞之曰："如孔门用赋，则贾谊升堂，相如入室矣。"其始为《子虚赋》，武帝读而善之，曰："朕独不得与此人同时哉！"狗监杨得意，蜀人也，侍帝，曰："臣邑人司马相如自言为此赋。"帝惊，召相如，令尚书给笔札，使更为《子虚上林赋》，赋成，以为郎。又有《大人赋》，仿《远游》而意存讽谏。《长门赋》为陈皇后作。后时别居长门宫，奉黄金百斤为相如、文君取酒，相如为赋以悟武帝，后复得幸。垂没，作《封禅文》以遗天子。桐城姚范云："《封禅文》，相如创为之，体兼赋颂，其设意措词，皆翔躔虚无，非如扬、班之徒，诞妄贡谀，为跖实之文也。通体结构，若无畔岸，如云兴水溢，一片浑茫骏迈之气。观扬、班之作，而后知相如文句句欲活。"（以上姚说）卓文君私奔相如，孙权^①犹怪异其事，用以姗笑蜀人。至明李贽著书称文君能自择夫，贽竟因以得罪于时以死。若在今世，岂复成为问题？

---

①《中国文学史纲》1933年版，此处作"孙机"。

扬雄，字子云，蜀郡成都人。好辞赋，常拟相如以为式，年四十余，游京师。大司马车骑将军王音荐雄文似相如，成帝召雄待诏。雄先后献《甘泉》《河东》《羽猎》《长扬》四赋，除为郎。久次转为大夫。雄以为屈原文过相如，遇不遇命也，何必湛身哉，作《反离骚》，自岷山投诸江流以吊原。又作《解难》，自明平生著书之志。哀帝时，丁傅、董贤用事，诸附离之者或起家至二千石。时雄方草《太玄》，有以自守，泊如也。仿东方曼倩《答客难》作《解嘲》，伟丽恢奇，非孟坚《答宾戏》所能比迹。后世讥弹其《剧秦美新》，此殆投阁之余，故自污以辟祸，君子哀其遇可也。

孟坚《两都》，气足以举其体，可谓丽以则者已。萧《选》登为压卷。张衡仿之以制《二京》，研练十年，藻彩过之而无其遒壮。《南都》则益靡靡矣。孟坚《幽通》、平子《思玄》则用骚些之芬芳，陈性命之要眇，眠《鵩赋》而加弘辨，亦赋家之别境也。

王延寿，字文考，南郡宜城人。与父逸游鲁，作《灵光殿赋》，年才弱冠。蔡邕亦造此赋，未成，及见延寿所为，甚奇之，遂辍翰而止。评者以为雄劲苍古，有西京遗意。《蜀志》："刘琰侍婢数十，悉教诵《鲁灵光殿赋》。"六朝时人，尤好此赋。《颜氏家训》云："吾七岁时诵《鲁灵光殿赋》，至于今日，十年一理，犹不遗忘。"

《文心雕龙》于汉赋以贾生、枚叔、长卿、子云、孟坚、平子、文考、子渊八家为英杰。子渊姓王名褒，亦蜀人，有《洞箫赋》。然如傅毅《舞赋》、马融《长笛赋》，亦俱为世所录。

曹大家《东征赋》明核健举，可以继述其父《北征》之作。

大家名昭，字惠姬，适同郡曹世叔。马融从受业。两汉女文学家，以大家为上首。明德马皇后、蔡文姬，并皆博雅，富有造述。马后，援之女。文姬，名琰，重嫁董祀，邕之女。三人均育于名父，秉承家学故也。班婕妤亦工赋，退处东宫，曾作一赋以自伤悼，其辞载本传。

右两汉辞赋。

第八章　建安文学

第一节　建安七子

后汉献帝于兴平二年之次岁，改元建安，为曹操迁都于许。建安虽只二十五年，然在文学史上，自为一特殊时期。《文心雕龙》云："魏时话言，必以元封为称首。宋来美谈，亦以建安为口实。"又云："自献帝播迁，文学蓬转。建安之末，区宇方辑。观其时文，雅好慷慨，良由世积乱离，风衰俗怨，并志深而笔长，故梗概而多气也。"时运交移，质文代变，良有以哉。

建安文人，时称"七子"，魏文帝尝著《典论》，其《论文》略云：

> 今之文人：鲁国孔融文举、广陵陈琳孔璋、山阳王粲仲宣、北海徐幹伟长、陈留阮瑀元瑜、汝南应玚德琏、东平刘桢公幹。斯七子者，于学无所遗，于辞无所假，咸以自骋骥骤于千里，仰齐足而并驰。

> 王粲长于辞赋，徐幹时有齐气，然粲之匹也[1]。如粲之《初征》《登楼》《槐赋》《征思》，幹之《玄猿》《漏卮》《员扇》《橘赋》，虽张、蔡不过也。然于他文未能称是。琳、瑀之章表书记，今之隽也。应玚和而不壮。刘桢壮而不密。孔融体气高妙，有过人者。然不能持论，理不胜辞。至于杂以嘲戏，及其所善，

---

[1] 《中国文学史纲》1933年版，此处作"然非粲之匹也"。

扬①、班俦也。

又《与吴质书》，其略云：

> 观古今文人，类不护细行，鲜能以名节自立。而伟长独怀文抱质，恬淡寡欲，有箕山之志，可谓彬彬君子者矣。著《中论》二十余篇，成一家之言，辞义典雅，足传于后。此子为不朽矣。德琏常斐然有述作之意，其才学足以著书，美志不遂，良可痛惜。间者历览诸子之文。孔璋章表殊健，微为繁富。公幹有逸气，但未遒耳；其五言诗之善者，妙绝时人。元瑜书记翩翩，致足乐也。仲宣续自善于辞赋，惜其气弱，不足起其文，至于所善，古人无以远过。

按是书作于建安二十二年，孔融已于十二年为魏武侯族诛，故此不复及之。陈承祚评曰："惟粲等六人，最见名目。"盖亦据是书而云也。融，《后汉书》有传，遗集今存一卷。粲，《魏志》有传，琳、幹、瑀、场、桢附焉。

第二节　曹氏父子

建安文体，所以画然特起，为世推崇者，盖缘建武以来，琐碎之考订，繁重之词赋，人心厌倦已甚。魏文乃言以气为主，陈思王植所作，以气质为体。而魏武自撰教令，《祭桥玄文》《与孔融书》《短歌行》，均质健明爽，于是世士慕习，风尚丕变。上比东京，祛其蔓衍；下眎江左，蔑此清刚也。

三曹文学，子建实逾于父兄。梁锺嵘云："嗟乎，陈思之于

---

① 原作"杨"，改作"扬"。

文章也，譬人伦之有周、孔，鳞羽之有龙凤，音乐之有琴笙，女工之有黼黻。俾尔怀铅吮墨者，抱篇章而景慕，映余辉以自烛。故孔氏之门如用诗，则公幹升堂，陈思入室。"

三曹七子，其篇什最胜者，均为《昭明》所录，可以翻寻。子建造述滋多，遗集今存十卷。

第三节　祢衡、繁钦

祢衡，字正平，平原般人也。建安初，来游许下，与孔文举同为建安文学之开先者也。繁钦，字休伯，颍川人，卒于建安二十三年。是时应、刘诸子，胥已逝矣。衡文章多亡。《鹦鹉赋》词采甚丽，登于《文选》。为黄祖作书记，轻重疏密，各得体宜。祖持衡手曰："处士，此正得祖意，如祖腹中之所欲言也。"钦既长于书记，又善为诗赋。其《与魏文笺》《论薛访车子》，能喉啭与笳同音，文甚妙丽。又有定情诗，深婉工雅，均为世传诵。二君虽不预七子之列，实为当时之豪，其艺能殆逾于杨修、吴质。衡《后汉书》有传，钦附《魏志·王粲传》。

第四节　对于建安文人之批评

观魏文《论文》暨《与吴季重书》，当时于"七子"已有定论矣。至《文心雕龙》则云："孔融气盛于为笔，祢衡思锐于为文，有偏美焉。"又云："仲宣溢才，捷而能密，文多兼善，辞少瑕累，摘其诗赋，则七子之冠冕乎！琳、瑀以符檄擅声；徐幹以赋论标美；刘桢情高以会采；应场学优以得文。路粹、杨修，颇怀笔记之工；丁仪、邯郸，亦含论述之美，有足算焉。"

（《才略篇》）锺仲伟《诗品》，褒扬子建，几乎前无古人，后无来者，列诸上品，置子桓中品，孟德下品。刘桢、王粲虽同在上品，而于桢则曰"自陈思以下，桢称独步"，于粲则曰"方陈思不足，比魏文有余"。而彦和则视三曹齐等，故云："魏武以相王之尊，雅爱诗章；文帝以副君之重，妙善辞赋；陈思以公子之豪，下笔琳琅。并体貌英逸，故俊才云蒸。"（《时序篇》）彦和并不以子建之诗殊绝于诸子也。故云："暨建安之初，五言腾踊。文帝、陈思，纵辔以骋节；王、徐、应、刘，望路而争驱。并怜风月，狎池苑，述恩荣，叙酣宴，慷慨以任气，磊落以使才。造怀指事，不求纤密之巧；驱辞逐貌，惟取昭晰之能。此其所同也"（《明诗篇》）且彦和尤不以扬子建而抑子桓为然，故云："魏文之才，洋洋清绮。旧谈抑之，谓去植千里。然子建思捷而才俊，诗丽而表逸；子桓虑详而力缓，故不竞于先鸣。而乐府清越，《典论》辩要，迭用短长，亦无懵焉。但俗情抑扬，雷同一响，遂令文帝以位尊减才，思王以势窘益价，未为笃论也。"（《才略篇》）

建安文家，寿算多促，比方两汉，其贾生、王子山之俦欤。其人器质，大都不甚闳厚。《颜氏家训》尝历数之曰："自古文人，多陷轻薄。吴质诋忤乡里；曹植悖慢犯法；路粹隘狭已甚；陈琳实号粗疏；繁钦性无检格；刘桢屈强输作；王粲率躁见嫌；孔融、祢衡，诞傲致殒；杨修、丁廙，扇动取毙。"又云魏太祖、文帝"皆负世议，非懿德之君也"。

第九章 三国文学

第一节 总论

三国继汉季丧乱，分置角力四十年。文学固弗逮汉、晋闳美，然亦不乏异材。明梅鼎祚之《三国文纪》虽亡，而宋人所辑《三国文类》六十卷，犹足考见。曹氏承袭旧鼎，宅中洛阳。文物师儒，并皆丰备。秘书所藏，由荀勖更著《新簿》，分为甲、乙、丙、丁四部者，近三万卷，即此一端，已非蜀、吴所及。上章叙述建安文学，涉入魏室范围者，兹不复衍。夫扢藻铺菜之士，何代蔑有，求其制作为当世精神所表现，后来思想之渊源者，标举数家，分列于后。

第二节 魏国文学

阮籍，字嗣宗，陈留尉氏人，瑀之子，传在《晋书》，《魏志·王粲传》亦附及之。籍卒于魏元帝景元四年也。封关内侯，官至步兵校尉。以庄周为模则，倜傥放荡，善啸，行事多可怪笑。与嵇康、山涛、向秀、刘伶、王戎，暨兄子咸，时为竹林之游，世称"竹林七贤"。籍才藻艳逸，居乱世虑祸患，作《咏怀诗》八十余篇。评者谓出于《小雅》《离骚》。《昭明》录其十七首。颜延之、沈约等为之注。《为郑冲劝晋王笺》及《奏记诣蒋公》亦佳构，俱载《文选》。又作《通易》《达庄》诸论，撰《大人先生传》万余言以见其胸怀本趣。尔时名士，少有全者。籍尝沉醉六十日以辟晋武求婚①，其不欲为大人先生决矣，故以考终。此《传》间用韵，略似刘伯伦《酒德颂》，盖兼《答难》《解嘲》之风。兹节录之，其词云：

> 世之所谓君子，惟法是修，惟礼是克。手执圭璧，足履绳墨。行欲为目前检，言欲为无穷则。少称乡间，长闻邻国。上欲图三公，下不失九州牧。

> 独不见群虱之处裈中，逃乎深缝，匿乎坏絮，自以为吉宅也。行不敢离缝际，动不敢出裈裆，自以为得绳墨也。

> 然炎丘火②流，焦邑灭都，群虱死③于裈中而不能出也。君子之处域内，何异夫虱之处裈中乎？

嵇康，字叔夜，谯国铚人。传在《晋书》，《魏志·王粲传》亦附及之。康见法亦在景元中也。康好言老庄而尚奇任侠，文词壮丽，善弹琴，官中散大夫。撰上古以来高士为之传赞，欲友其人于千载也。顾与魏宗室婚，不能自脱于世网。所作《养生论》《与山巨源绝交书》《幽愤诗》最工，均载《文选》。《与巨源书》非薄汤、武，晋帝闻而恶焉。复构憾锺会，会遂谮陷，谓康与吕安非毁典谟，害时乱教，宜因衅除之，以淳风俗。康竟刑死。《嵇中散集》今存十卷，《晋书》本传略载其《君子无私论》，足以见其期向。文亦甚有条理。魏、晋清言高议，其大旨亦不外夫此也。兹采录之，其论云：

---

① 编者按：据《晋书·阮籍传》，实为文帝司马昭为其子武帝求亲。
② 编者按：原作"大"，改作"火"。
③ 编者按：原作"处"，改作"死"。

夫称君子者，心不措乎是非，而行不违乎道者也。何以言之？夫气静神虚者心不存于矜尚，体亮心达者情不系于所欲。矜尚不存乎心，故能越名教而任自然。情不系于所欲，故能审贵贱而通物情。物情顺通，故大道无违；越名任心，故是非无措也。是故言君子则以无措为主，以通物为美；言小人则以匿情为非，以违道为阙。何者？匿情矜吝，小人之至恶；虚心无措，君子之笃行也。是以大道言："及吾无身，吾又何患？"无以生为贵者，是贤于贵生也。由斯而言，夫至人之用心，固不存有措矣。故曰："君子行道，忘其为身。"斯言是矣。君子之行贤也，不察于有度而后行也；任心无邪，不议于善而后正也；显情无措，不论于是而后为也。是故傲然忘贤，而贤与度会；忽然任心，而心与善遇；傥然无措，而事与是俱也。

王弼，字辅嗣，山阳人，有《周易注》十卷。何晏，字平叔，南阳人，有《论语集解》二十卷。王、何俱正始谈玄之宗也。是时说经，大都遵奉汉儒家法，吴蜀之士皆然。王肃虽著《圣证论》讥切康成，不过门户殊异。平叔所为《集解》，亦哀录两京故训。惟弼注《易》，拨弃象数，举焦、京、马、郑之义，一扫而空，独用老庄为解，下开宋人以性理言《易》之端，经学一大变也。晋孙盛讥其以附会之辨，笼统玄旨。顾弼注得唐孔颖达为作正义，遂流行到今。自弼以《老》《庄》《周易》并为一谈，俗儒多为所蔽，思想率趋于浑沌缴绕，莫可理董。弼尚有《老子注》。卒才年二十四，亦有夙慧者，附《魏志·锺会传》。

　　刘劭，字孔才，邯郸人，《魏志》有传。自郭林宗、司马德操藻鉴人伦，魏晋之世，好题目人士，浸至演成国宪，有九品中正之设，乡里月旦之评。劭撰《人物志》十二篇，裁量古昔，殆亦风会使然。其书主于论辨人材，以外见之符，验内藏之器，分别流品，研析疑似。其学出于名家，而大旨则不悖于儒术。北魏刘昞为作注，今本三卷。唐李德裕则论之曰："观其索隐精微，研几玄妙，实天下奇才。然品其人物，往往不伦。"劭尝受诏集五经群书，以类相从，作《皇览》，是为类书之始。

　　李康，字萧远，中山人。著《运命论》一首，词义雄辨，《文选》载之。叔皮仲任云没，此其嗣音，而彦和乃谓同《论衡》而过之。其后刘孝标《辨命论》、顾恺之《定命论》，无此朗邑也。魏明帝异其文，遂起家为寻阳长，有美绩，病卒。

　　后汉王次仲作楷法，刘德升作行书，其矩度尚未尽备。洎夫锺繇行、楷二体，遂以大成。二王以下，咸师法焉。此亦当时文艺上一创制也。

第三节　蜀国文学

　　西蜀虽卿云之乡，至是，则华国之业，不复如前世之盛。惟郤正《释讥》，犹有《解嘲》遗韵。承祚搜罗文儒，仅得杜微等十余人，而卓然不朽者，实只诸葛武侯、谯周、杨戏。武侯著作二十四篇，赖承祚写定表上，列目传中，后人得据目为之搜辑。其《出师表》一首载本传，千古传诵。刘彦和谓其"志尽文畅，章表之英"。姚姬传谓"此文乃似刘子政东汉奏议，蔑有逮者"。承祚云："论者或怪亮文彩不艳，夫武侯志在经世，又本法家，故不当以藻饰求之。"晋范頵亦表称陈寿文艳不及相如而质直过之。此亦足以见魏晋时西蜀文风矣。

谯周，字允南，巴西西充国人，博通经纬，颇晓天文。蜀儒有周群、杜琼，业最精，周均从问故。于晋文之殂，己身之卒，皆前知时期。承祚少师事之。周预断承祚后日遭遇悉谂。凡所撰述百余篇，世称其《仇国论》，载本传。

杨戏，字文然，犍为武阳人。著《季汉辅臣赞》如干首，承祚悉录之于《志》。《志》无传者并为注疏本末于其辞下，赞雅而质。袁彦伯《三国名臣赞》殆弗如也。

第四节　吴国文学

世称文词艳丽，辄举六朝，吴固六朝之首。今观其文苑，乌睹所谓艳丽者哉。即士衡才多，而二百余篇之佳构，均在金陵瓦解、典午统一之后。惟吴人虽乏高文，顾多朴学，若虞翻、陆绩、韦昭是已。

虞翻，字仲翔，会稽余姚人，善《易》。夫《易》以象数示教，与《诗》《书》《礼》制不同，两汉经师传授，家法分明。若于纳甲、飞伏、卦气、爻辰等说，未能通其义例，不足与言《易》也。王弼、韩康伯假经设谊，空谈事理，去四圣微言甚远。虞氏五世习孟氏《易》，至翻发挥其学，所著《易注》九卷，《隋志》著录，其后散亡。唐李鼎祚《周易集解》颇存纪其说。至清惠栋、张惠言，乃理其坠绪，时号为"《周易》虞氏学"。翻卜筮奇验。孙权谓之曰："卿不及伏羲，可与东方朔为比。"翻不信神仙，然后汉魏伯阳著《参同契》，则又以《易》通于神仙丹诀矣。翻于《老子》《论语》《国语》均有训注，惟于《易》自负过于马、郑。有《奏》两首、《论易注》，《吴志》裴注载之。

陆绩，字公纪，吴人也。博学多识，星历算数，无不该览，作《浑天图》，注《易》，释《玄》。其《易注》十五卷，《隋志》著录，其后散佚。明姚士粦采唐人《经典释文》《周易集解》及绩《京氏易传注》，辑为《陆氏易解》一卷，凡一百五十条。今存。承祚云："陆绩之于杨《玄》，是仲尼之左丘明，老聃之严周。"孙权惮其直，出为郁林太守。绩自知亡日，预为辞曰："有汉志士，吴郡陆绩，幼敦《诗》《书》，长玩《礼》《易》，受命南征，遘疾遇厄，遭命不幸。呜呼悲隔。"又曰："从今已去，六十年之外，车同轨，书同文，恨不及见也。"

韦昭，字弘嗣，史避晋讳，改书其名为曜。吴郡云阳人。著《国语注》二十一卷，今存。郑众、贾逵、虞翻诸注并佚，惟昭此注为最古。读《国语》者所必稽焉。与当时陆玑所撰《毛诗草木鸟兽虫鱼疏》，同为后世考据家之要典。昭有《博弈论》一首，本传、《文选》均载。夫博行恶道，孔子言之矣。昭此论可以教训正俗，不独矫当时之敝已也。唐李卫公论文章如日月，光景常新。若斯论其庶几焉！

第十章 两晋文学

第一节 总论

常人言念晋贤，每与刘义庆《世说新语》成一联想，以为祖尚玄虚，清谈挥麈，当日胜流，滔滔皆是矣。顾一检览梅鼎祚①《西晋文纪》，则核议典章，振励风俗。其远猷弘制，炳焉与大汉同风。足见社会之变迁，乃错综而循环，不能一方面单纯进化，一方面遽斩然中摧。故好《老》《庄》者启其新机，而稽文物者复衍其旧绪。

《晋书·文苑》惟列应贞、成公绥、左思、赵至、邹湛、枣据、褚陶、王沈、张翰、庾阐、曹毗、李充、袁宏、伏滔、罗含、顾恺之、郭澄之，序词称张载、陆机、潘安、夏侯湛，陈诸别传，而标举贞、思、毗、阐为秀杰。唐太宗特于陆机、陆云暨王羲之、献之列传制赞，以谓陆之文、王之书，独冠终古也。

晋代文风，太康为盛。锺嵘以三张、二陆、两潘、一左为其代表。三张者，张载及其弟协与亢。二陆者，机、云。两潘者，安、尼。左即思也。永嘉以后，刘琨、郭璞名最高。然此皆就诗赋杂文为之品第。若夫笺经修史，及自成一家之言者，不尽于斯。

《文心雕龙》之《明诗》《时序》《才略》等篇，于两晋文家，扬榷备至。词多兹不移录。至于名章佳什，萧《选》亦已广

---

① 编者按：原作"梅光祚"，改作"梅鼎祚"。

收，可以展诵。

天竺鸠摩罗什，东来长安，《大乘经论》流传此土。翻译之美，有非唐代新译所能掩者。雁门贾慧远，少为儒士，博极群书。及从道安闲法，叹曰："九流，糠秕耳。"遂出家，与高僧隐士一百二十三人结莲社于庐山，创兴净土宗，广造论说，至今缁白信奉弥众。盖嗣此以降，庄、老告退，释教弘宣矣。

第二节　经术及玄学

杜预，字元凯，京兆杜陵人，著《春秋左氏传注》。范宁，字武子，顺阳县人，著《春秋谷梁传集解》。今并为学者诵习。预督荆州，平吴，位至征南大将军、开府，封当阳县侯。宁为豫章太守，其反对王弼、何晏玄学，可谓独立不惧，尝著一论，其词曰：

> 或曰："黄唐缅邈，至道沦翳。濠濮辍咏，风流靡托。争夺兆于仁义，是非成于儒墨。平叔神怀超绝，辅嗣妙思通微。振千载之颓纲，落周孔之尘网。斯盖轩冕之龙门，濠梁之宗匠。尝闻夫子之论，以为罪过桀纣，何哉？"

> 答曰："子信有圣人之言乎？夫圣人者，德侔二仪，道冠三才，虽帝皇殊号，质文异制，而统天成务，旷代齐趣。王、何蔑弃典文，不遵礼度；游辞浮说，波荡后生。饰华言以翳实，骋繁文以惑世。搢绅之徒，翻然改辙；洙泗之风，缅焉将坠。遂令仁义幽沦，儒雅蒙

尘，礼坏乐崩，中原倾覆。古之所谓言伪而辩、行僻①
而坚者，其斯人之徒欤？昔夫子斩少正卯于鲁，太公戮
华士于齐，岂非旷世而同诛乎？桀、纣暴虐，正足以灭
身覆国，为后世鉴戒耳。岂能回百姓之视听哉！王、何
叨海内之浮誉，资膏粱之傲诞；画螭魅以为巧，扇无检
以为俗；郑声之乱乐，利口之覆邦，信矣哉！吾固以
为一世之祸轻，历代之罪重，自丧之衅小，迷众之愆大
也。

范氏自为《穀梁传集解序》，杜氏自为《左氏传注序》，均
为杰构，可玩读也。

范氏所论，专为诋斥王、何之敝，与王坦之《废庄论》，意
不尽同。庄、列玄学，终不可废也。时注《庄子》者数十家。郭
象《注》八卷，今存。《世说新语》载象《注》乃攘窃诸向秀
者，然秀《注》今佚，象《注》为最旧，肆《南华经》者靡不探
索焉。又有张湛，为《列子注》八卷，行于今。范宁尝患目痛，
就湛求方。湛戏答以书，甚有理趣，其词曰：

古方，宋阳里子少得其术，以授鲁东门伯，鲁东门
伯以授左丘明，遂世世相传。及汉杜子夏、郑康成、魏
高堂隆，晋左太冲，凡此诸贤，并有目疾，得此方云：
用损读书一，减思虑二，专内视三，简外观四，旦晚起
五，夜早眠六，凡六物，熬以神火，下以气篩，蕴于胸
中七日。然后纳诸方寸，修之一时，近能数其目睫，远
视尺捶之余。长服之不已，洞见墙壁之外。非但明目，

---

① 编者按：原作"行伪"，改作"行僻"。

乃亦延年。

郭璞，字景纯，河东人。有《尔雅注》传于今。璞著述及所纂录，共数十万言。史称其好经术，词赋为中兴之冠，妙于阴阳算历，精卜筮，虽京房、管辂，不能过也。又善相墓，能前知。为王敦所害。本传之外，册籍复多称其遗事，异人也。《尔雅注》，后人虽有补正，终不能易其大纲。

古文《尚书》及孔安国《传》，近世考定为晋豫章内史梅赜伪托。毛奇龄谓《传》伪而古文《经》不伪。庄存与则以为篇籍虽伪，而中皆征集旧文以成，上古圣训，赖兹弗坠。由斯以言，梅赜手笔，可谓伟矣。即所为孔安国自序，亦醇茂不类魏晋间文词。自孔颖达作疏以来，是书为黉序弦诵者，千余年矣。

第三节　史志及小说

晋代史家，有陈寿、王长文、虞溥、司马彪、王隐、虞预、孙盛、干宝、邓粲、谢沈、习凿齿、徐广，史传合为一卷。此外尤有华峤、袁宏，其造述俱堪不朽。而常璩《华阳国志》，文词典雅，亦流行至今。

陈寿，字承祚，巴西安汉人。入晋任著作郎、巴西中正，撰《三国志》六十五篇，时人称其善序事，有良史之才。夏侯湛时著《魏书》，见寿所作，便坏己书。张华深善之，谓寿曰："当以晋书相付耳。"刘勰以为文质辨洽，比于迁、固。后世诮人，必求溢美，见寿于《诸葛武侯传》稍致抑扬，遂不核当时事实，谬撼传闻，指为报怨。三国鼎峙，本非一尊。习凿齿著《汉晋春秋》，以蜀为正，意在裁抑桓温非望耳，而后世史家之正统论，遂因以喧嚣。

司马彪续《汉书志》三十卷，在今《后汉书》中，华峤论赞，范蔚宗袭用最多。孙盛《魏晋史论》，为裴松之、刘孝标作注所引列，均词直而理正。王隐《晋书》，唐人诉其芜舛，而旧日最为风行。

袁宏，字彦伯，陈郡人。《后汉纪》三十卷，仿荀悦《汉纪》体，网罗张璠、谢承诸家之作，翦裁点窜，具有史才。今观所载当时人文词，与范书所载甚异，足见袁、范于所载文词，均行改造，使与己书笔势相类。

干宝，字令升，新蔡人，著《晋纪》二十卷，时论以谓良史。其总论词笔雄丽，《文选》登之。又撰《搜神记》，《晋书》叙其缘起云："先是，宝父有宠婢，母甚妒。及父亡，母乃生推婢于墓中。宝兄弟年小，不之审也。后十余年，母丧，开墓，而婢伏棺如生。载还，经日乃苏，言其父常与饮食，恩情如生，家中吉凶辄语之，考校悉验。地中亦不觉为恶。既而嫁之，生子。又宝兄尝病气绝，积日不冷，后遂寤云：'见天地间鬼神事，如梦觉，不自知死。'宝以此遂撰集古今神祇灵异人物变化，名为《搜神记》，凡二十卷，以示刘惔，惔曰：'卿可谓鬼之董狐。'"其后陶潜又撰《搜神后记》十卷，文词并皆简雅。阮瞻尝持无鬼论，卒见鬼惊病而殁矣。洎干、陶书成，而神鬼之说益炽。究而言之，神魂销灭与否，此义苟不决定，则一切政教礼制，皆诡随世俗，无合于真理之建设也。

王嘉《拾遗记》，今存十卷。词条艳发，梁萧绮为之论赞。嘉，字子年，亦异人，事在《艺术传》。张华《博物志》，今存十卷，亦富有文藻，后世词人均喜掇取。

第四节　《抱朴子》

傅玄著《傅子》，今存一卷，皆儒家言耳。而葛洪之《抱朴子》，则奇书也。洪，字稚川，别号抱朴子，丹阳人。从祖玄，吴时学道得仙，号"葛仙公"，以其炼丹秘术授弟子郑隐。洪就隐学，悉得其法。洪惜世儒徒知服膺周、孔，莫信神仙，爰撰《抱朴子·内篇》二十卷，论神仙、修炼、符箓、劾治诸事。又撰《外篇》五十二卷，杂论时政得失、人事臧否。文多偶俪，词旨宏辩。而《博喻》《广譬》二篇，则皆连珠也。末载自序一卷，纪身世甚详。洪又有《神仙传》十卷，今存。凡所撰录，计近六百卷，史称洪博闻深洽，江左绝伦。著述篇章，富于班、马。又皆精核是非，兼综练医药。少时居贫勤学，不知棋局几道，挲蒱齿名，性木讷，见人目击而已，无所言。年八十一，尸解得仙云。

第五节　陆、潘、张、左

吴郡陆机士衡、中牟潘岳安仁、安平张载孟阳、临淄左思太冲，均词场雄俊，所著并昭垂竹帛，世争传习。兹惟揭其要略，以示指归。

《机传》载其《辨亡论》《豪士赋序》《五等诸侯论》。夫《辨亡》规抚《过秦》，聊为吴国掌故之要删而已。《抱朴子》有《吴失》一篇，谓孙氏舆榇，祸匪天降也。《五等》亦一隅之见，宜与柳子厚《封建论》参观。《豪士赋》刺齐王冏不知远祸。然机好游权门，顾荣、戴渊咸劝机还吴，不从。又以书生率师而败，宦人孟玖潜机有异志，遂被成都王颖冤杀。弟云、耽，均蒙害焉。机之《文赋》，实言修辞之术者所必稽。据杜诗，机作《文赋》年才二十，演《连珠》五十首。词既警拔，并多精理，《文选》独取之，刘彦和亦深赞焉。诗多工赡，然逊于文。

岳亦年少才颖，美容观，妇人遇之者，连手萦绕，投以果，满载而归。张载甚丑，每行，小儿以瓦石掷之，委顿而反。岳诗、赋、杂文俱遒丽出群，惟其人轻躁趋利，谄事贾谧，每候谧出，望尘而拜。母数诮之曰："尔当知足，而干没不已乎。"孙秀诬以谋乱，遂被赵王伦族诛。评者以其文方诸士衡，有"陆海潘江"之目。岳所作诔词、悼亡诗，哀感顽艳，后世以为宗式。

载父收，蜀郡太守。太康初，载至蜀省父，道经剑阁，以蜀人恃险好乱，因著铭以作诫。益州刺史张敏奇之，表上其文，晋武帝遣使镌之于剑阁山。刘彦和云："张载剑阁，其才清采。迅足骎骎，后发前至，勒铭岷汉，得其宜矣。"又作《榷论》，以明立功成名，当遇其时。累官中书侍郎，复领著作。见世方乱，称疾告归，卒于家。弟协，字景阳，与载齐名，历官中书侍郎，转河间内史。守道不竞，屏居草泽，作《七命》。自《七发》以来，协词最为练核。《杂诗》十首，亦美。永嘉初，复征为黄门侍郎，托疾不就，终于家。张氏兄弟行谊视潘陆逊乎远矣。

思少钝，貌寝口讷，不好交游。造《齐都赋》，一年乃成。会妹芬入宫，移家京师，作《三都赋》十年。门庭藩溷，皆著笔纸，遇得一句，即便疏之。赋成，时人未之重，以示皇甫谧，谧为作序，张载为注《魏都》，刘逵为注《吴》《蜀》，卫瓘又为作《略解》，张华见而叹曰："班、张之流也。使读之者尽而有余，久而更新。"于是豪贵之家，竞相传写，洛阳为之纸贵。

初，陆机入洛，与弟云书曰："此间有伧父，欲作《三都赋》，须其成，当以覆酒瓮。"及思赋出，机绝叹伏，以为不能加也。贾谧请讲《汉书》，谧诛，退居宜春里。齐王同命为记室督，辞疾不就。及张方将为暴都邑，举家适冀州，数岁以疾终。思有《咏史诗》如干首，为世传诵。

第六节　陶潜

《宋书·谢灵运传》论云："在晋中兴，玄风独扇，为学穷于柱下，博物止乎七篇。驰骋文辞，义殚乎此。自建武暨于义熙，历载将百。虽比响联辞，波属云委，莫不寄言上德，托意玄珠。遒丽之辞，无闻焉尔。"《文心雕龙》云："自中朝贵玄，江左称盛，因谈余气，流成文体，是以世极迍邅，而辞意夷泰。诗必柱下之旨归，赋乃漆园之义疏。"《诗品》亦谓永嘉贵黄老，篇什平淡寡味。斯时不为风气所囿者，惟刘琨序表，气势清刚；郭璞仙诗，挺拔为俊。而趣尚迥殊，于文学史上卓著重望者，厥惟陶潜。

陶潜字渊明，或作深明、泉明，避讳者改书也。或云渊明字元亮，寻阳柴桑人，晋大司马侃之曾孙，不仕刘宋。《晋书》《宋书》《南史》均列诸《隐逸传》。潜不谈玄，亦不入佛，衡其行谊，盖节概之士而习儒者也。诗文稿于晋时皆题年号。永初以来，但纪甲子。后世遗老，亟称慕之。潜有著述才，《续搜神记》《圣贤群辅录》俱行于世，所为词赋书疏，胥高异秀妙。《归去来词》为古今杰构。《桃花源记》《五柳先生传》《自祭文》亦均奇作。然赵宋以后，人咸尊其诗。潜诗率易多助词，颜延之、任昉、刘勰皆不赞美潜诗。锺嵘《诗品》亦弗置之高等，而谓其源出于应璩。昭明为其集序，言素爱其文，谓其文章不群。《文选》登潜诗亦止八首。近代俗儒，思想务为笼统，恒用《周易》、《老子》、《楚词》、陶诗为所凭依。而潜之委心任运，读书不求甚解，尤深中于士大夫之肺肝。潜集八卷，今存。

第七节　苏蕙

晋时有苏蕙者，唐武后所撰《璇玑图序》与《晋书·列女传》互有详略，按前秦苻坚时，扶风窦滔妻。苏氏，名蕙，字若兰，始平人。滔镇襄阳，被徙流沙，绝音问。苏氏因织锦为《回文旋图诗》赠滔，五彩相宣，纵广八寸，题诗二百余首，计八百四十字。纵横反复，皆为文章。词甚凄惋。明康万民作《璇玑图诗读法》一卷，盖原图本织以五色，以别三五七言。后传本概以墨书，因迷其句读，唐申诫尝作《释文》，今亦不传。宋元间有僧起宗者，以意推求，得诗三千七百五十二首，分为十图。万民增立一图，更得诗四千二百六首，与起宗图合为一编，共为诗七千九百五十八首。可谓鬼斧神工，成此绝构，苏蕙讵非奇妇人哉！特附列于此。

第十一章　南北朝文学

第一节　宋文学

刘宋文帝元嘉三十年间，物阜民安，吏久于任，间阎之内，讲诵相闻。汉后唐前，斯号升平之治。故文学因之以盛，惟自此以降，人厌玄虚，词艺日趋夫藻缋。元嘉文豪，咸称颜、谢，以继潘、陆。然《后汉书》《三国志注》《世说新语》，均当时伟制。

颜延之，字延年，琅琊临沂人。工诗，以《北使洛》一首为时激赏。作《五君咏》以述竹林诸贤，而不及山涛、王戎，以其贵显也。咏稽康云："鸾翮有时铩，龙性谁能驯。"咏阮籍云："物故不可论，途穷能无恸。"咏阮咸云："屡为不入官，一麾乃出守。"咏刘伶云："韬精日沉饮，谁知非荒宴。"此皆自序怨愤也。所作序、诔、哀、祭若干首，均健丽，为世录诵。作《庭诰》三千余言，《宋书》节登其略。然延之父子行谊，胥无足道。文笔分别，以延之言为最明。宋帝尝问以诸子才能，延之曰："竣得臣笔，测得臣文。"元凶劭得竣所造书檄，召示延之，问曰："此笔谁造？"延之曰："竣之笔也。"又问："何以知之？"曰："竣笔体臣不容不识。"刘彦和以为"有韵者文也，无韵者笔也"。延之爱姬为子竣所杀，延之哭之曰："贵人杀汝，非我杀汝。"忽见妾祟，惧而坠地，病殁，年七十三。

谢灵运，陈郡阳夏人。晋车骑将军玄之孙也，袭封康乐公①。文章纵横俊发，过于延之，深密则不如也。好游山水，游诗最工，《文选》多取之。延之问鲍照己诗与谢优劣，照曰："谢五言如初发芙蓉，自然可爱；君诗若铺锦列绣，亦雕缋满眼。"作《山居赋》，并自注以言其事，《宋书》登之。灵运好佛，南本《大涅槃经》三十六卷，为所译治。词义精朗，天台诸师，依之作疏。然灵运猖獗，游山，尝从人数百，伐木开径，守令惊骇，以谓山贼。后卒以叛诛。沈约《宋书》不立《文艺传》，惟于《灵运传》末著论，扬抑当代词人。

灵运爱重族弟惠连，尝云"对惠连辄得佳句"。偶于永嘉西堂思诗，竟日不就，忽梦惠连，即得"池塘生春草"句，以为神工。惠连早亡，有《雪赋》，与族子庄《月赋》，并为当时新体，清绮婉约，异夫汉京。庄为《殷宣贵妃诔》，孝武卧览读，起坐流涕曰："不谓当今，复有此才！"都下传写，纸墨为之贵。

鲍照，字明远，文辞赡逸，尝为古乐府，甚遒丽。元嘉中，河、济俱清，照撰《河清颂》，为时推赞。所作《芜城赋》，姚姬传评云："驱迈苍凉之气，惊心动魄之词，皆赋家之绝境也。"桐城派论文不取六朝，而《古文辞类纂》独于此赋暨《归去来辞》登为上选。照有《登大雷岸与妹书》，古今传讽。临海王子顼为荆州，照任前军参军，掌书记。子顼败，为乱兵所杀。《鲍参军集》十卷，今存。

范晔，字蔚宗，顺阳人，车骑将军泰少子，家世显贵，多材博学。自班固以来，记述后汉事者二十余家。晔谪为宣城太守，

① 编者按：原作"安乐公"，改作"康乐公"。

不得志，乃集众贤所著，为十纪、八十列传，以故事详文美。十志未成，至梁刘昭，取司马彪《续汉书》八篇，注以补之。晔年四十八，以谋反族诛。在狱赋诗，并与诸甥侄书以自序，临刑谈笑醉饱。近世文儒，因爱重《后汉书》故，著文为晔申辩。然晔骄奢狂悖，最无行检，意识尤谬乱，常谓人死神灭，欲著《无鬼论》。及将伏法，乃与徐湛之书云："当相讼地下。"又寄语何尚之云："天下决无佛，鬼若有灵，自当相报。"

裴松之，字世期，河东闻喜人。受诏注《三国志》，鸠集传记，增广异闻，元嘉六年奏上之，朝论以为不朽。今观松之所采，计五百余种，前贤遗籍，赖以弗湮，不但于承祚之志有大勋也。松之自幼博学，立身简素。为永嘉太守，勤恤吏民，所著《文论》及《晋纪》各如干篇。卒年八十。子骃，撰《史记集解》，行于今。

临川王义庆，撰《世说新语》三卷。其书节载汉、魏、两晋嘉言轶事，分为三十八门，叙述名隽，为清言之渊薮，艺苑珍之。刘孝标注，引据赅洽，考证家亦取材不竭。惟中多难晓之语，又往往杂以当时俚言。洎唐人修《晋书》，固多采撷，而恒窜易其词，使就平彻，则又失其风趣矣。义庆性谦虚，寡嗜欲，招聚文儒，供养沙门，撰《徐州先贤传》十卷暨诸论表。幼为高祖所知，常曰："此吾家丰城也。"本长沙景王第二子，为临川王道规嗣。

第二节　南齐文学

元嘉以后，宋治渐衰，文学亦敝。洎齐武帝永明之世，前后十稔，郡县久于其职，百姓丰乐，盗贼屏息，时号小康。文学复振，当时词章，称为"永明体"。《南齐书·文学传》列丘灵鞠、檀超、卞彬、丘巨源、王智深、陆厥、崔慰祖、王逡之、祖冲之、贾渊十人。然卓尔杰出，当别推王融、谢朓。

王融，字元长，琅琊临沂人。其《三月三日曲水诗序》最有名，北使称赞以为胜于颜延年，然后世评较，颜作尤健也。永明年间，先后《策秀才文》十首，词既精缛，颇通政理。融所为表疏，均华实相扶，叙议极操纵往覆之能，实骈体文之高手，开唐宋人表、启、序、记法门。当时文人，罕闻大道，故多遭刑祸，良堪悼惜。融年才二十五，望为公辅。至习骑，求以军旅致超显。为中书郎，夜直省，叹曰："邓禹笑人。"行逢喧湫不得进，又叹曰："车前无八驺卒，何得称为丈夫。"图拥立竟陵王子良，事败，下狱赐死，时年二十七。

谢朓，字玄晖，陈郡阳夏人，长于五言诗。沈约尝云："二百年来无此诗也。"惟锺嵘评其"意锐而才弱"。李白于朓，一生低首，故曰"蓬莱文章建安骨，中间小谢又清发"，直欲以宣城上继陈思矣。三唐风格，实胚胎于斯。宋赵师秀云："辅嗣易行无汉学，玄晖诗变有唐风。"亮哉言乎。《谢宣城集》，今存五卷。朓《辞隋王笺》，姿采幽茂，古力蟠注，其时年才二十六七耳。撰《敬皇后哀策文》，齐世莫有及者。《文选》均载之。朓尝为宣城太守，建武四年，告王敬则反。敬则诛，朓迁尚书吏部郎。敬则，朓妻父也。其妻常怀刀欲报朓，朓不敢相见。及为吏部郎，沈昭略为朓曰："卿人地之美，无忝此职，但恨刑于寡妻。"明年，朓以江祐等谋废立告人，反为祐等构奏，下狱死，年三十六。

孔稚圭《北山移文》，清蒋士铨评谓："酌文质之中，穷古今之变，骈文断推第一。"是以玩诵追摹，千载罔替。稚圭，字德璋，山阴人。此文讥周颙不终隐也。顾颙才学俱胜，四声之说，实颙所创。精信佛理，著《三宗论》。西凉州智林道人，咨嗟叹赏，云"是真实行道，第一功德"。其后嘉祥纂《三论疏》，亦引列颙说。颙字彦伦，汝南人，有《劝何点菜食书》，词义精美，节录其略云：

> 观圣人之设膳修，仍复为之品节。盖以茹毛饮血，与生民共始。纵而勿裁，将无厓畔。善为士者，岂不以恕己为怀？是以各静封疆，罔相陵轶。况乃变之大者，莫过死生。生之所重，无逾性命。性命之于彼极切，滋味之在我可赊。而终身朝晡，资之以味。彼就冤残，莫能自列。我业久长，吁哉可畏。且区区微卵，脆薄易矜。歆彼弱麑，顾步宜愍。观其饮啄飞行，人应怜悼。况可心心扑褫，加复恣忍吞嚼。至乃野牧成群，闭豢重圈。量肉揣毛，以俟披剥。如土委地，金谓常理。
>
> 驺虞虽饥，非自死之草不食。闻其风者，岂不使人多愧？

第三节　梁文学

梁朝文学昌衍，其故因武帝在位垂五十年，治定功成，远安迩肃。使不纳侯景以致乱，则江左风流，魏晋以来，未或有焉，一也。前代耆献多存，后学易于成就，二也。武帝、简文帝、元帝均擅词艺，弘加扇奖，三也。当时才彦滋众，纂述繁兴：于经则有皇侃《论语疏》；于史则有沈约《宋书》、萧子显《南齐书》；于子则有元帝《金楼子》；于总集则有昭明太子《文选》；于诗文评则有刘勰《文心雕龙》、锺嵘《诗品》、任昉《文章缘起》；于辨论宗教则有释僧佑《宏明集》；于小说则有任昉《述异记》、吴均《续齐谐记》。周兴嗣集王羲之遗字为四言韵语千文，至今传诵，遍于妇孺。斯皆衣被千秋，江河不废。若夫小文擅名，一集自享者，殆不可胜数已。

沈约，字休文，吴兴武康人，齐梁间宗匠也。谢朓长于诗，任昉长于笔，约兼擅之。博综文史，信解大乘。尝论文章当从"三易"：易见事，一也；易识字，二也；易诵读，三也。邢子才常曰："沈隐侯文章，用事不使人觉，若胸臆语也，深以此服之。"约论诗又最重四声八病。殆亦因求诵读之美而设耶。四声者，平、上、去、入。八病者，平头、上尾、蜂腰、鹤膝、大韵、小韵、旁纽、正纽。其大旨惟在一简之内，音韵尽殊；两句之中，轻重悉异。前代文士，即已倡之，而约尤持为秘妙。八病之说，虽人鲜遵用，而四声之谱，后世愈详。惟自永明，迄于陈世。古文古诗之义法渐绝，而唐宋之律诗、四六，已于此肇厥先声。约历仕三代，享年七十有三，官至尚书仆射，封侯，自为此时主持坛坫、转移风会之一人。约性不饮酒，居处俭素，好为士友延誉。聚书二万卷，所著诸史志之属近三百卷，《文集》一百卷。

江淹，字文通，济阳考城人。少孤贫，好学，沉静。历仕宋、齐、梁，居官有名绩，知止足，官至金紫光禄大夫，封醴陵侯。卒时年六十二。凡所著述百余篇，自撰为《前后集》，今存四卷。又纂有《齐史》十《志》。其《恨赋》《别赋》，最为世所传诵。二赋皆淹创格，《恨赋》激昂，《别赋》柔婉。《杂体诗》三十首，遍拟诸家。于五言之变，旁备无遗，亦奇构也。笔体亦胜。《南史》论淹之沉静，与任昉之持内行，各能以名位自毕，固其宜云。昉字彦昇，擅长章表，立于士大夫间，多所汲引。

刘峻，字孝标，平原人，为刘瓛兄弟造《辨命论》，为任昉诸子造《广绝交论》。其尚贤恤旧，风谊弥高矣。至二论词辩精辟，抗手于李萧远、嵇叔夜之间。刘沼尝难峻论命，峻再答其书。会沼卒，不见峻后报者。峻乃为《追答刘沼书》，亦创制也。峻撰《自序》及《山栖志》，俱为世传录。注《世说新语》，极其赅博。所引汉、魏、吴诸史及子传地理之外，只如晋氏一朝史，及晋诸公列传谱录文章，凡一百六十六家，《史通》以与裴注《国志》并论。峻有《类苑》百二十卷，《唐志》著录。

徐悱妻刘氏令娴，彭城人，孝绰之三妹也，有《祭夫文》。初，悱父勉，欲造哀文，既睹令娴之作，于是阁笔。明王志坚《四六法海》登之，评云："无限才情，出之以简淡，当是幽闲贞静之妇。是编上下千余年，妇人与此者一人而已。"《隋志》著录其集三卷。

第四节　陈文学

陈因后主好文，故一时丽词竞出。命宫人为女学士，使朝臣为狎客，使共游宴。赋新诗，采其尤艳冶者被诸弦歌，有《玉树后庭花》《临春乐》等曲，亦后世词曲之滥觞也。后主笔颇清华，足与梁简文方轨。为太子时，有《与詹事江总书》，为世录玩。

徐陵，字孝穆，东海郯人，为陈代文宗。信解佛法，官至尚书左仆射，卒年七十七。尝听天台智者大师讲经，爰发五愿，后身果为高僧云。纂《玉台新咏》十卷行于今，为序一首，工妙绝伦。使北时有《致杨彦遵书》，纵横奇雅，均古今名作。其文缉裁巧密，颇变旧礼。盖纯为四六，视魏晋骈文，别成格调矣。《徐孝穆集》今存六卷，清吴兆宜笺注。

江总年垂七旬，位至仆射尚书令。顾为宫庭狎客，殆媚昏主求免酷祸者耶。其诗工艳。阴铿亦善五言诗，与总所作，均为唐人律句之型范。杜甫最重铿与何逊，故曰"颇学阴、何苦用心"，又曰"李侯有佳句，往往似阴铿"。初，铿与友宴，见行觞者，以酒炙授之，坐众皆笑。铿曰："吾侪终日酣酒，而执爵者不知味，非人情。"及侯景之乱，铿当为贼禽，或救免焉。铿问之，乃前所行觞者。铿，字子坚。总，字总持，济阳考城人。

《闺怨篇》 江总

寂寂青楼大道边，纷纷白雪绮窗前。池上鸳鸯不独自，帐中苏合还空然。屏风有意障明月，灯火无情照独眠。辽西水冻春应少，蓟北鸿来路几千。愿君关山及早度，照妾桃李片时妍。

《开善寺》 阴铿

鹫岭春光遍，王城野望通。登临情不极，萧散趣无穷。莺随入户树，花逐下山风。栋里归云白，窗外落晖红。古石何年卧，枯树几春空？淹留惜未及，幽桂在芳丛。

沈炯有《经通天台奏汉武表》，亦创制也。表词妙丽，为世录诵。先是，炯仕梁，荆州陷，为西魏所虏。魏人礼重之，授仪同三司，以老母思归。尝独行经汉武帝通天台，为表奏之。夜梦神示，果获东旋，宠贵于陈。炯，字初明，吴兴武唐人，著有《前集》七卷、《后集》十三卷。

《陈书·文学传》十六人，惟张正见诗犹流传，余均不显。此代著作大家，有顾野王《玉篇》三十卷，为楷体字书之祖。许君《说文》而后，斯称伟业。野王，字希冯，笃学至性，无过辞失色，官左卫将军，卒年六十三。所著图、谱、表、志、史传，计三百五十余卷，文集二十卷，均不传。

第五节　北魏文学

北朝文学，别为风尚，而齐、周皆导源于元魏。魏享国百七十余年也。夫文章根于学问，北人学问，渊综广博；南人学问，简要清通。发为文章，江左则声华清绮，河朔则气质贞刚。华胜，故咏歌谐畅，而伤于浮靡。质胜，故时见鄙累，而史笔碑志，多有可观。

河朔贤材，当以高允为第一。允，字伯恭，勃海蓚人，昼夜执书讽览，诲人不倦。博通经史天文术数，所制诗、赋、咏、颂、箴、论、表、赞、诔，《左氏释》《公羊释》《毛诗拾遗》《论杂解》《议何郑膏肓事》[①]，凡百余篇。《隋志》著录其集二十一卷。崔浩以作国史，罪诛。太武廷讯时，允争称己与浩同作，而己所作多于浩。太子为权词祈免，允弗从，其侠义如此。卒年九十八。位司空，爵咸阳公，谥曰文。初，允每语人曰："吾有阴德，寿应享百年。"微有不适，行吟如常，一夕逝，家

---

① 编者按：原作"《杂解议》《何郑膏肓事》"，改作"《论杂解》《议何郑膏肓事》"。

人莫觉。允信佛，为神僧惠始作传，时设斋讲，好生恶杀。所制《封卓妻刘氏哀词》八章，甚雅懿。《魏书》《北史》《列女传》俱载之。

国史之狱，因崔浩直笔不讳，又为谄者所惑，刊石立诸衢路。高允知必发祸，北人见者莫不忿恚。果构诸太武，与其事者刑死甚众。浩尤惨酷，族姻悉被夷灭，所著《五经注》及《史书》《食经》均不传。然《魏书》所载浩奏对驳议，均弘雅综核，可观也。浩，字伯深，博学工书，辅国有大功。师寇谦之，服食养生，年已七十。《本传》暨《释老志》，俱以为毁佛坑僧之报云。

宣武时，崔鸿撰《十六国春秋》百卷，鸿以其书与国初相涉，不敢显行，后乃颇传。所纪多有违误，然亦乙部要典也。今存本有二，其一百卷，其一十六卷。清四库并录之以传疑。鸿字彦鸾。

是时有郦道元，撰《水经注》四十卷，叙述隽美，古今珍玩，艺苑之杰构也。清时沈炳巽、全祖望等，治定其文，尤犁然便于循览。道元，字善长，范阳人，在《魏书·酷吏传》，《北史》乃以附于其父《范传》。为贼围困高冈，水尽力屈被害。

篇章之文，温子昇为其巨擘。子昇，字鹏举，自云太原人，晋大将军峤之后，世居江左，祖避难归魏。子昇少贱，在马坊教诸奴子书，作《侯山祠堂碑文》，见者称为大才士，由是显名。官至散骑常侍。梁使张皋写《子昇文笔》传于江外，梁武称之曰："曹植、陆机复生于北土，恨我辞人，数穷百六。"傅标使吐谷浑，见其国主床头有书数卷，乃是子昇文也。高欢败尔朱兆于韩陵，建寺旌功，子昇为撰碑文。其后庾信读而写其本，人问信北方文士如何，信曰："惟有韩陵一片石堪共语耳。"子昇外恬静，与物无竞，言有准的，不妄毁誉；而内深险，事故之际，好豫其间。高澄疑其与叛党通，方使作高欢碑文，既成，乃饿诸狱，食弊襦而死，弃尸路隅，没其家口。《隋志》著录其集三十九卷。

第六节　北齐文学

东魏北齐之间，温、邢并称词场冠冕。然颜之推之学、魏收之史，昭垂百世，非仅一代之材，尤有杜弼，文义俱高。兹各述其要略。

杜弼，字辅玄，中山曲阳人，少时，文襄许以王佐，长于笔札，位中书令，封侯。其《移梁朝檄文》，雅健洞达。后日梁室祸败，皆如弼所预言。史鉴咸录之，古今传诵。对魏帝法性、佛性之问，辨析体相，深入龙树提婆之室。与邢劭往覆论神不灭，足使范缜之徒，口关心折，措语工妙可玩，均载《本传》。禅代之际，曾有异议。及论用人，颇抑鲜卑。高德政构之，文宣积衔于内，因醉，遣人斩之，悔追弗及，弼时年六十九矣。其后追赠官阶，谥曰文肃。

邢邵①，字子才，河间郑人。文章典丽，既赡且速。年未二十，名动衣冠。聪明强记，尝与诸人至北海王昕舍宿饮，相与赋诗，凡数十首，皆在主人奴处。旦日奴行，求诗不得，邵皆为

---

① 编者按："邵"当为"劭"之误字，参见《北齐书》中华书局1972版第479页校记。下同。

诵之。诸人有不认诗者，奴还得本，不误一字。诸人方之王粲。有书甚多而不甚雠校，见人校书，常笑曰："何愚之甚！天下书至死读不可遍，焉能始复校此。且误书思之，更是一适。"有《请置学及修立明堂奏》，平澈闲雅，足为建言之式，本传载之。章表诏诰之美，独步当时。每一文出，京师为之纸贵。读诵俄遍远近，南人称之为"北间第一才士"。晚年尤以五经章句为意。邵率情简素，内行甚懿，为西兖州刺史。有善政，吏民为立生祠。去任时，人皆攀追号泣。位至特进，卒。《隋志》著录其集三十一卷。

魏收，字伯起，小字佛助，钜鹿下曲阳人。天才艳发，下笔千言。北方初称"温邢"，温卒称"邢魏"。收年少于邵十岁，每与邵相訾毁。邵云："江南任昉，文体本疏。魏收非直模拟，亦大偷窃。"收闻乃曰："伊常于沈约集中作贼，何意道我偷任昉。"任、沈俱有重名，邢、魏好尚不同，各有朋党。武平中，颜之推以问祖珽，珽答曰："任、沈之是非，即邢、魏之优劣。"收以温子昇全不作赋，邢虽有一两首，顾非所长，常云："会须作赋，始成大才士。"惟以章表碑志自许，此外更同儿戏。因作《南狩》《庭竹》《聘游》《怀离》《皇居》《新殿台》等赋，又作《枕中篇》戒厉子侄，亦赋体也。收轻薄，有惊蛱蝶[①]之称。尝使梁，淫秽无行，权位不遂。求修国史，纂《魏书》，今存一百十四卷。每言"何物小子，敢共魏收作色，举之则使上天，按之当使入地"。时人攻其史书不实，至兴讼狱，纠纷累载。虽齐帝右之，而众口喧然，号为"秽史"。然当

---

① 编者按：原作"蛱幃"，改作"蛱蝶"。

日陆操谓收博物宏才，有大功于魏室。杨愔谓为不刊之书，传之万古。唐李延寿、宋刘攽等，亦咸推与之。隋唐屡有改造，而书皆不传。收创撰《释老志》，尤征通识。官至尚书仆射，卒，谥文贞。无子。齐亡，冢被发，骨暴于外。盖缘史笔结憾于人云。《隋志》著录其集六十八卷。

颜之推，字介，琅琊临沂人。祖见远，父协，并以义烈称。弟之仪，工文词，有节行。史均有传。世善《周官》《左氏》学。之推不好庄、老，博览该洽，词情典丽。江陵破，为周军获，掌阳平公李庆远[①]书翰，冒险奔齐，位至黄门侍郎。齐亡，虽历任周、隋，殊非其志。北方政教严切，不容隐遁也。著《观我生赋》以自序，文致清远，《北齐书》本传载之。之推疾终。有二子，曰思鲁、敏楚。文集三十卷，思鲁自为序，集不传。之推撰《家训》二十篇，实千古伟制，不独文词雅正，足矫浮靡空疏两派之失，而综贯九流，晓畅梵夹，于人情世故，又深切著明。后生读之，甚有资益于器识。其《序致篇》略云：

> 夫圣贤之书，亦已备矣。吾今所以复为此者，非敢轨物范世也。夫同言而信，信其所亲。同命而行，行其所服。禁童子之暴虐，则师友之诫，不如傅婢之指挥。止同人之斗阋，则尧舜之道，不如寡妻之诲谕。吾望此书为汝曹之所信，犹贤于傅婢、寡妻耳。

之推既精于修词，故撰文章篇，衡量艺林，陈义甚允。其《归心篇》为俗儒所删，近世乃更补入。然注者亦竟不能明其指，按《汉志》云，杂家者流盖出于议官。及荡者为之，则漫羡

而无所归心。之推著《归心篇》，盖亦自命为杂家，然则清《四库书目》从儒家迁《颜氏家训》于杂家中，名为退抑，实深知之也。

颜氏又有《还冤志》三卷，行于今。其书明施报因果，自《左传》以来，即有是事，不独为释教之说也。又有《集灵记》十卷、《征应集》二卷，《唐书·艺文志》均著录。

第七节　北周文学

南朝文词，轻艳已极。北人体性不同，又儒林颇崇古学，若熊安生等，时肄两汉诸师遗书。故操翰之术，自有变异。然是时苏绰，遽欲尽革三百年间骈俪风习，一反诸虞夏典谟，斯又过于高亢，非众心之所期。观绰所著《大诰》等篇，仿佛王莽复出，而蔓衍艰涩，既不适用，亦不利于观讽。未几，庾信等入周，周人遂从风而靡，悉为南朝文派所化。其《后周书》，惟为王褒、庾信列传，不复别立文苑。

庾信，字子山，南阳新野人，博览，尤善《左氏传》。父肩吾，为梁太子中庶子，掌管记。东海徐摛为左卫率。摛子陵及信，并为抄撰学士。父子出入禁闼，文皆绮艳。故世号为"徐庾体"，竞相模范。元帝时使周，梁亡，遂留长安，拜洛州刺史。陈、周通好，陈请还信及王褒等十数人。周惟放王克、殷不害暨沈炯等，信与褒，皆惜而不遣。周帝好文，信、褒特蒙恩礼，赵、滕诸王与信款至，若布衣之交。群公碑志多相请托。信虽位望通显，常有乡关之思，作《哀江南赋》，为古今名篇。所制《小园》等赋，及笺、启、铭、赞，多为世录诵。位骠骑大将军、开府仪同三司、司宪中大夫，爵义城县侯。隋开皇元年卒。清倪璠为注其集，分为十六卷。

唐令狐德棻等撰《周书》，论信，略云："其体以淫放为本，其词以轻险为宗。故夸目侈于红紫，荡心逾于郑卫"，"斯又词赋之罪人也"。然杜甫于信，极力推崇，其《咏怀诗》曰："庾信平生最萧瑟，暮年词赋动江关。"盖以自况也。绝句论文，启口即云："庾信文章老更成，凌云健笔意纵横。"其誉李白则比之曰："清新庾开府"。信文选本恒见。兹附登其一诗，以见唐律之所由昉也。

萧条亭障远，凄惨①风尘多。关门临白狄②，城影入黄河。秋风别苏武，寒水送荆轲。谁言气盖世，晨起帐中歌。

王褒，字子渊，琅琊临沂人，与汉王褒姓名字均同，惟里居异耳，累世在江东为宰辅。及江陵破，从梁元帝降周。周文帝谓褒及王克曰："吾即王氏甥也，卿等并吾之舅氏，当以亲戚为情，勿以去乡介意。"先是褒曾作《燕歌行》，妙尽塞北寒苦之状，元帝及诸文士并和之，而竞为凄切之词。至此方验焉。褒博览工文，姑夫萧子云，善草隶，褒仿习之，名竟与亚。位至小司空，出为宣州刺史，卒年六十四。《隋志》著录其集二十一卷。有《致梁处士周弘让书》甚工，弘让答书亦美，《褒传》并载之。其机调渐与唐骈体文相近矣。

① 编者按：原作"凄怆"，改作"凄惨"。
② 编者按：原作"白荻"，改作"白狄"。

113

第十二章　隋文学

第一节　隋初文风

隋高祖不喜辞华，诏公私文翰并宜实录。时泗州刺史司马幼之，文表华艳，令付所司治罪。治书御史李谔，亦上书请正文体。其略云：

> 魏之三祖，崇尚文词，遂成风俗。江左齐、梁，其弊弥甚。竞一韵之奇，争一字之巧。连篇累牍，不出月露之形；积案盈箱，唯是风云之状。世俗以之相高，朝廷以之擢士。

> 以儒素为古拙，以词赋为君子。故其文日繁，其政日乱，良由弃大圣之轨模，构无用以为用也。

> 今朝廷虽有是诏，而州县仍踵弊风。躬仁孝之行者不加收齿，工轻薄之艺者举送天朝。请加采察，送台推劾。

高祖以谔奏颁示四方。先是秘书监牛弘，表请搜求遗书，高祖从之。诏献书一卷，赉缣一匹。旧籍渐聚，朴学稍兴。

隋承周业，故苏绰之子威，于时柄用，饶有父风。文告章条，好袭用《尚书》词句，违拂人情弗顾。每岁责民间五品不逊，答者或云管内无五品之家。威作《五教》，使民诵之。士民嗟怨，陈之故境，反者蜂起，执县令杀之，曰："更能使侬诵《五教》邪！"当时文词弊害，一至于此。

第二节 隋代作家及唐文之肇端

炀帝才美，所作《与越公书》《建东都诏》《冬至受朝》及《拟饮马长城窟》等诗，并存雅制。虽意在骄淫，而词无浮荡。缀文之士，依而取正焉。《隋书·文学传》虽列刘臻等十九人，而以著作显于后世者，别有魏澹、柳䛒、许善心、卢思道、薛道衡。道衡诗最有名，聘陈时，为《人日诗》云："入春才七日，离家已二年。"南人嗤之曰："是底言，谁谓此虏解作诗。"及云："人归落雁后，思发在花前。"乃喜曰："名下固无虚士。"久典机密。晚岁出为刺史，表求致仕。炀帝方以秘书监待之。道衡上《高祖文皇帝颂》，炀帝览之不悦，曰："此《鱼藻》之义也。"竟缢杀之。时年七十，有集七十卷。人有佳句，炀帝每深衔恨，诛王胄时，诵胄句曰："'庭草无人随意绿'，复能作此语耶？"其杀道衡，亦曰："更能作'空梁落燕泥'否？"思道工诗，庾信尝叹服焉。官途沦滞，为《孤鸿赋》《劳生论》，清美有理致，载本传。卒年五十二岁，有集三十卷。思道，字子行，范阳人。道衡，字玄卿，河东汾阴人。

中国学术，至宋而大变。文章，至唐而大变。炀帝大业十三年，唐高祖起兵太原，尊立代王侑。时有《答李密》一书，虽仍当时骈体，而清真雅正，无复南北朝浮芜之习，可谓开国元音。录之以见文运革新之肇端，其词曰：

顷者，昆山火烈，海水群飞，赤县丘墟，黔黎涂炭。布衣戎卒，锄櫌棘矜，争霸图王，狐鸣蜂起。翼翼京洛，强弩围城；臑臑周原，僵尸满路。

七百之基，穷于二世。周、齐以往，书契以还，邦

国沦胥，未有如斯之酷者也。天生烝民，必有司牧，当
今司牧，非子而谁？老夫年逾知命，愿不及此，欣戴大
弟，攀鳞附翼。惟冀早应图箓，以宁兆庶。属籍见容；
复封于唐，斯荣足矣！殪商辛 ① 于牧野，所不忍言；执
子婴于咸阳，非敢闻命。汾、晋左右，尚须安辑，盟津
之会，未暇卜期。

　　未面灵襟，用增劳轸。名利之地，锋镝纵横。深慎
垂堂，勉兹鸿业。

第三节　隋世重大著作

音韵之学，极为深玄。汉魏以来，莫能理董。陆法言、刘
臻、颜之推、魏渊、卢思道、李若、萧该、辛德源、薛道衡九
人，同撰《切韵》。其言曰："吾辈数人，定则定矣。"于是分
别四声，勒成五卷，实韵书之初祖。其后孙愐改订为《唐韵》，
徐铉用之以音《说文》。至宋陈彭年等重修《广韵》，亦仍从
二百六部旧规也。

《文中子说》，王通撰。通，字仲淹，龙门人，为古圣贤之
学，献《太平十二策》，文帝不用。作《东征之歌》，其词曰：

　　我思国家兮，远游京畿。忽逢帝王兮，降礼布衣。
遂怀古人之心兮，将兴太平之基。时异事变兮，志愿乖
违。吁嗟道之不行兮，垂翅东归。皇之不丕断兮，劳身
西飞。

遂退居河汾，征辟不复应。教授弟子，多为唐世卿相，房玄

---

① 编者按：原作"商卒"，改作"商辛"。

龄、杜如晦、魏徵，皆及门也。既终，门下私谥为"文中子"。所著诸书，模放六经。而《中说》十卷，传于今。《中说》拟《论语》，颇达理势，不尽迂谈。文从字顺，与《法言》不同，与南北朝文笔亦迥异。行事附见《唐书·王绩王勃传》。通自比圣人，聚徒讲学，实开宋儒之先。

卷下

第三编　近古文学史

第十三章　唐文学

第一节　诗文体格之变迁及各种学术之发达

宋祁言唐文章凡三变，高祖、太宗开国之初，梁、陈余风未歇，缔章绘句，故王、杨为之伯。玄宗好经术，崇雅黜浮，则燕、许擅其宗。代宗大历以降，美才辈出，于是韩愈唱之，柳宗元、李翱、皇甫湜等和之，排逐百家，上轨^①周、汉。唐之文宛然^②为一王法，此其极也。

论唐诗者，有初、盛、中、晚四期之说。以高祖武德而后，至玄宗开元之前，约百年间为初唐。其时作者有王、杨、卢、骆四杰及沈、宋。以开元而后，至代宗大历之前，约五十年间为盛唐。其时作者，有王、孟、李、杜暨岑参、高适、王昌龄、储光

---

① 编者按：原作"轧"，改作"轨"。
② 《中国文学史纲》初版作"完然"，1933年版此处作"宛然"，据此改。

羲。以大历而后，至文宗太和之前，约六十年间为中唐。其时作者有韦应物、刘长卿等，又有卢纶、吉中孚、韩翃、钱起、司空曙、苗发、崔峒、耿湋、夏侯审、李端等，号为"大历十才子"。十才子之名，颇有异说。而韩、柳、元、白亦均在此期间。自太和至于唐亡，八十年间为晚唐。其时作者以李商隐、杜牧名最显。或不设中唐一期，只以元和为盛、晚之界。元杨士弘《唐音》、明高棅《唐诗品汇》、清王士祯《渔洋答问》，均持此说。然亦大略如此云尔。

唐室祖老子，魏徵本道士，然君臣皆崇儒尊孔，罢祀周公而列诸贤诸儒以配享。各州县悉立孔子庙，于是敕孔颖达等纂《五经正义》，兼采南北儒生学说，勒成条贯，颁布学官，咸诵习焉。陆德明、颜师古俱精声音训诂，曹宪、李善则治《文选》。于以风靡一时，经学、小学，熌然炽兴。

分敕群才，纂修晋、隋各史。而颜师古为《汉书注》，章怀太子为《后汉书注》，司马贞、张守节为《史记注》，何超为《晋书音义》。史学之盛，裴松之以来所未有也。唐人著书自成一子者较少，而类书与小说颇多。小说若张鷟《朝野佥载》、刘悚《隋唐嘉话》之类，皆为后来史家所取。次则评骘诗文艺术，胥足资为典要，而明鬼之论、定命之说，可以设教正俗者尤多，不独瑰文殊采，有裨词章也。

罗什东来以后，释教义谛，乃至名身句身，久已流贯文苑。故《魏书》有《释老志》，《隋书·经籍志》亦著佛经篇。玄奘归自西竺，广翻经论，诏遗名公，助其修润，号称新译。创兴相宗。观玄奘笺表，均郁郁丽词。门下窥基，笔尤精练，此外贤、台、禅、密诸宗，一时并盛。文家祖述，过于老、庄。摩诘、乐天，尤征慧业。刘昫等只于《方技传》中粗述一二，《经籍志》亦不能详。宋祁辟佛，《新书》竟不为当代高僧立传。惟欧阳公撰《艺文志》，列释氏一百家，一千三百三十六卷。

第二节　注疏之文

孔颖达奉敕与马嘉运等撰《周易正义》，今编十卷；与王德韶等撰《尚书正义》二十卷；与王德韶等撰《毛诗正义》四十卷；与李奢等撰《礼记正义》，今编六十三卷；与谷那律等撰《春秋左氏传正义》三十六卷，是谓"五经正义"。于《易注》用王弼、韩康伯，《尚书》用孔安国传，《诗》用毛传、郑笺，《礼记》用郑注，《左传注》用杜预。自孔疏行而众家之说渐衰歇矣。颖达，字仲达，位国子祭酒，爵开国子，后致仕。卒陪葬昭陵。

是时贾公彦复为《周礼》《仪礼》郑注各作疏，徐彦为《公羊传》何注作疏，杨士勋为《穀梁传》范注作疏，玄宗为《孝经》注。经说昌明，方轨炎汉。而陆德明之《经典释文》，考证精博，谈经之士至今钻仰不已。

江都曹宪，邃于小学。年至一百五岁，撰《文选音义》教诸生，江夏李善传其学。善不能属辞，人号"书簏"，然为《文选注》六十卷，敷析渊洽，居汴、郑间讲授，诸生四远至，受其业，号"文选学"。善注屡易稿，其子邕病其注释事而忘意，别为补益之，书不传。后有五臣注，不及善也。善所引旧籍，唐以后多不存，故善注为考证之资粮。一字一句，罔非瑰宝。唐世以诗、赋、判、表试士，公牍文又皆用骈俪，故《文选》之学盛行。惟李卫公专肆《左传》《汉书》，昌言家世不蓄《文选》云。

第三节　史籍、类书、小说

房玄龄等撰《晋书》一百三十卷，姚思廉撰《梁书》五十六卷、《陈书》三十六卷，李百药撰《北齐书》五十卷，令狐德棻等撰《周书》五十卷，魏徵等撰《隋书》八十五卷，而长孙无忌等撰五朝之十志，附刊于《隋书》，其《经籍志》以四部分列，垂为后世定法。班氏《艺文志》之后，此为大有关于文学之书矣。

李延寿禀承其父大师遗业，熟精南北朝掌故。年少位下，乃始宋终陈，为《南史》八十卷。始魏终隋，为《北史》一百卷。司马温公赞为佳史，谓其叙事简径，比于南、北正史，无繁冗芜秽之辞，陈寿而后，惟延寿可以亚之，但恨不作志耳。按南、北史词笔，过本书远甚，惟其列传好以世系连及同卷，不依朝代分编，有乖例法，不利检寻。延寿，字遐龄，世居相州，官符玺郎，兼修国史卒。

刘子玄《史通》、杜佑《通典》，俱古今奇笔。《通典》二百卷，分食货、选举、职官、礼乐、兵刑、州郡、边防八门，上溯黄虞，下暨唐之天宝。包括宏富，义例严整，繁不至冗，简不至漏，为数典之渊海。《通志》《通考》皆以是书为蓝本，精博则终不逮也。《史通》二十卷，内篇三十六，论史家体例；外篇十三，述史籍源流与古人得失。子玄熟悉史例，其所驳诘，虽马、班不能自解。故唐宋以来史家咸奉若龟鉴。子玄，字知幾，以字行，位左散骑常侍，封居巢县子，领国史三十年，不得志，晚因子得罪，玄宗怒贬安州别驾，卒年六十一。佑，字君卿，为宪宗相，卒年七十八。

　　笺经纂史，古代为儒生文士一家之业，唐乃分命朝官，众举其事。又敕群臣编辑类书，勒成巨帙，亦文学发达之一端也。如欧阳询等撰《艺文类聚》一百卷、徐坚等撰《初学记》三十卷，均行于今。而贞观时高士廉等奉诏所撰《文思博要》，一千二百卷，已佚。其文人自钞事类之属尤多，不尽传。传者惟虞世南《北堂书钞》一百六十卷，白居易《六帖》三十卷。

　　小说见新书《艺文志》者七十余家，三百数十卷，近世汇刻丛编者，犹得百六七十事。清四库著录尤雅者二十余种。宋洪迈谓唐人小说与律诗，俱可称一代之奇。盖上焉者可以资政典，助风教；次焉者，可以陶养性灵，辅翼艺术。其叙述之工，六朝人逊其巉，宋以后人无其华，好文者咸取焉。

第四节　骈体文、古文

　　唐初，龙门王勃、华阴杨炯、范阳卢照邻、义乌骆宾王，号称"四杰"。勃，字子安，集十六卷；照邻，字昇之，集七卷；炯之《盈川集》十一卷；宾王之《骆丞集》四卷，均行于今。"四杰"文虽沿陈、隋余习，而壮丽开合，自成风调。勃《滕王阁序》、宾王《讨武后檄文》，炳耀千古，村塾传诵。勃卒时年二十九，然所学邃密，于《周易》历算，均有造述。勃为文中子之孙。裴行俭尝论"四杰"云："士之致远，先器识而后文艺，勃等虽有文才，而浮躁浅露，岂享爵禄之器耶！杨子沉静，应至令长，余得令终为幸。"其后炯为盈川令，卒官。勃杀人当诛，赦免，渡海堕水而卒。宾王以从徐敬业举兵诛。照邻不堪病苦，自投颍水^①而死。

苏颋，字廷硕，武功人，瑰之子，袭封许国公。张说，字道济，洛阳人，封燕国公。俱相玄宗，擅制诰，时称"燕许大手笔"。《张燕公集》今存二十五卷，其文属思精壮，长于碑志。颋文章称望，与说略等。李卫公论之曰："近世诏诰，惟颋叙事之外自为文章。"兹录说所为碑铭、颋所为诏辞各一首，以见其体。

《拨川郡王论弓仁神道碑铭》　张说

黄河接天，青海殊壤。举世安裕，拔俗谁敢。倬哉论侯，利有攸往。奋飞横绝，抟空直上。以众款塞，因敌立勋。吐浑万户，吟啸成群。精感天地，气合风云。既封酒泉，乃位将军。朔方阴塞，直彼獯虏。帝命先锋，阚为虓虎。山北加灶^②，汉南击鼓。数年之间，耀国威武。我有师旅，将军鞠之。我有边氓，将军育之。柳涧亡师，一剑复之。兰地叛胡，三战覆之。武节方壮，朝露不待。王爵送终，宿恩未改。时来世往，人亡物在。铭勋谥忠，以告四海。

《睿宗禅位诏》　苏颋

天下神器，非上圣无以运其机；域中大业，非元良无以固其本。钦若灵命，寅奉神宗，屈己顺人，用安四海，承祧主鬯，实贞万国。顷者家臻大悯，在疚惟忧，

---

① 编者按：原作"颍水"，改作"颍水"。
② 编者按：原作"加电"，改作"加灶"。

枭獍满衢，豺狼塞路。

社稷之守，但望苞桑；忠义之怀，谁其艾棘？阶祸
稔恶，伺隙乘间；烦言碎辞，所不胜述。皇太子隆基，
正气凝姿，端命毓德，自家刑国，英徽日甚，移孝为
忠，雄谟电发。北军驰入，扫欃枪于紫微；南宫反正，
开日月于黄道。平乱宁国，翼戴朕躬。一旅不劳，功
逾复禹；七德咸举，事邈兴周。声应吹铜，望当归璧。
令司空读册，侍中授玺，实由立义，岂曰尚亲？承华肇
开，元嗣以建。方流乐风之绪，宜申沛雷之泽。朕爰初
践极，喜气呈祥，天人叶心，象纬昭贶，官名有纪，年
号用凭。

陆贽，字敬舆，嘉兴人，相德宗，卒谥曰宣。其奏议卓绝，
千古罕匹。讥陈时病，皆本仁义，可为后世法。唐帝所用，才
十一耳。奉天所下制书，虽武夫悍卒，无不感动流涕。东坡推赞
欧阳公文而比之曰："论事似陆贽。"又尝以宣公文呈请帝览而
奏称之曰："陆贽才本王佐，学为帝师，论深切于事情，言不离
乎道德，智如子房而文则过，辨如贾谊而术不疏。"司马温公不
喜四六，而《资治通鉴》录宣公疏三十九篇。《新唐书》不收
四六，独录宣公文十余首。可见文章惟须有真意，能用笔。至骈
散之迹，无庸深泥也。《翰苑集》二十二卷，行于今。

李德裕，字文饶，赵郡人，相文宗、武宗，爵卫国公，卒年
六十四。卫公当唐室积弱，独能制令强藩，戡翦叛镇。又大破回
鹘，重惩权阉。为政会昌时才五载，几成中兴之烈。言相业者以
与明张江陵并论，盖俱能中央集权者也。卫公位极台辅而读书不
辍，尤深于《西汉书》《左氏春秋》。善为制诏。王渔洋《池北

偶谈》称其雄奇骏伟，与陆宣公上下。刘融斋《艺概》云："孔北海文虽骈体，然卓尔遒亮。李文饶文气骨之高，差可继踵。"今存《会昌一品集》二十卷、别集十卷、外集四卷，其文不见于坊市选本，兹录一首以见体格。

《授徐商礼部员外郎制》

> 敕朝议郎、殿中侍御史内供奉、上柱国徐商：于公以容驷高闳，虞氏以升卿名子，其所全活，不闻大贤，犹诚感幽神，庆流苗裔。矧乃祖往以淑问，尝为理官，属政在吕宗，谋倾王室，将相陷辟，忠良受诬。而深念群狱之冤，固拒诏使。分别楚囚之滥，自履危机，义激命轻，仁为己任。有是阴德，宜覃后昆。尔风度粹和，文词温丽，列于清宪，雅有贞标。既旌先正之忠，爰举赏延之典，勉修官业，无替家声。

李商隐，字义山，怀州河内人，博闻强识，历佐幕府，终于东川节度判官、检校工部郎中，《唐书》有传。商隐初为古文，从令狐楚受章奏之法，遂以四六名。时与温庭筠、段成式号"三十六体"，三人均行十六也。成式才尤逸赡。当时以律赋试士，庭筠最工，押官韵凡八叉手而八韵成，号"温八叉"，多为邻铺假手，日救数人。商隐古文亦瑰奇，然其四六婉约雅饬，于唐人为别格，盛流行于后世。"四六"之名，始于商隐。所自编《樊南四六甲乙集》久佚，近人为搜辑勒成十卷，清徐树榖笺、徐炯注。明王志坚《四六法海》选其表、启二十余篇，皆集中佳构。观玉谿全集，其人好道寡欲，而当时党人，蚩谪排笮，以为无行，遂穷客以卒。

右骈体文。

　　凡一种文学之兴，皆由渐进而至。旧称韩昌黎文起八代之衰，实则昌黎以前百余年间，图文体之改革者不一而足，若陈子昂、卢藏用、富嘉谟、萧颖士、李华、贾至、元结、独孤及、梁肃皆是也。子昂集中诸文，献媚武后太甚，大为后世诟厉。肃早卒，又殚精佛教，故俱不能得宋儒推崇。而昌黎名业独昌。昌黎言行，虽亦见讥于唐代短书，顾其大节卓立，文章固可追踪周、汉。至若谈道辟佛，自命圣贤，则仍词人夸诞之习。然为宋学者所重在此，故以道统归之。

　　韩愈，字退之，邓州南阳人，官至吏部侍郎，卒年五十七，谥曰文。宋元丰中追封为昌黎伯。大历、贞元间，尚扬雄①、董仲舒之述作，而独孤及、梁肃最称渊奥。昌黎从其徒游，锐意钻仰，务反近体，自成一家新语。当时作者甚众，无以过之。后学取为师法，世称"韩文"。爰洎今世，莫不奉之若泰山北斗云。旧新两《书》，于《昌黎传》论旨有异，足见时代思潮之不同，非必宋祁之识逾于刘昫也。昌黎为学途径，略见于《进学解》；为文宗趣，略见于《答李翱》《答刘正夫》及《与冯宿论文》等书。评赞韩文者多矣，而皇甫湜之"章安句适，精能之至"二语，最为深切。昌黎称樊宗师云，"文从字顺各识职"，亦此意也。

　　初，李观文称居昌黎之右，未壮而卒。李翱、李汉、皇甫湜皆从昌黎游而效其文，顾不及远甚，惟柳宗元与昌黎齐名。宗元，字子厚，其先河东人，后徙于吴，以王叔文党贬。元和十

----

　　① 原作"杨雄"，改作"扬雄"。

年，移柳州刺史，有善政，时以"柳州"称之。卒年四十七。柳人言其神降于州之堂，有慢者辄死，为立庙罗池，昌黎撰碑文勒之。宗元所作《封建论》最有理想，词亦闳阔雄俊，真德秀谓可为作文之法。游记若干篇极工，往往似《水经注》。其《与韦中立论师道书》，自述文学之宗趣甚悉。昌黎评柳文雄深雅健，似司马子长，崔、蔡不足多也。宗元专以文章为业，不依托孔、孟以自张。信好佛法，顾以为与《易》《论语》相合，其识与昌黎不同。宋祁论二家文，于韩谓之奥衍闳深，于柳谓之卓伟精致，可以观其意境之殊矣。嗣此以降，文体丕变，骈俪所行疆域有限。然于公牍，虽韩、柳亦仍用四六。明太祖诏黜浮文，特令臣下以韩之《贺雨表》、柳之《代柳公绰谢上任表》为式，二文俱四六也。

右古文。

第五节　诗家

唐人诗最工而且多。宋计有功《唐诗纪事》，所录凡一千一百 五十家。清朝敕编《全唐诗》，所录则二千二百余家，得诗四万八千余首。而坊肆流行选本，若明李攀龙《唐诗选》、清沈德潜《唐诗别裁》之类，亦不可以指屈数。兹为篇幅所限，约取而简言之。大抵唐初四杰，犹沿江左余波，若骆宾王之《帝京篇》、卢照邻之《长安古意》，实兼梁、陈小赋之体，视沈约、庾信[①]为宏放而见天真矣。洎陈子昂赋《感遇》二十

[①] 《中国文学史纲》初版作"庚信"，1933年版此处作"庾信"，据此改。

首，乃真欲变而复古，论唐诗者不能不首及之。惟唐诗之变，其胜于前代者，盖在于律，章句整、对仗工、音调叶，使言之而中伦，歌之而成声。沈佺期、宋之问并擅此体，学者宗之，号为"沈宋"。朱子《与巩仲至书》曰："古今诗凡三变，虞夏以来下及魏、晋，自为一等；颜、谢以后及初唐，自为一等；自沈、宋以后定著律诗，下及今日，自为一等。"佺期、之问，其行皆无足道。之问媚张易之，至为捧溺器，后贬官赐死，然述唐代诗史，其姓名不得删也。

律诗有五言、七言，又有五、七言绝句。盛唐时期，王、孟、李、杜，皆造极峰，而取径殊异。后人于杜，崇拜尤众。白居易《与元稹书》云："唐兴二百年，其间诗之豪者，世称'李杜'。李之作，才矣奇矣，人不迨矣。索其风雅比兴，十无一焉。杜诗最多，可传者千余首。至于贯穿今古，觑缕格律，尽工尽善，又过于李焉。然撮其《新安》《石濠》《潼关吏》《芦子关》《花门》之章，'朱门酒肉臭，路有冻死骨'之句，亦不过三四十。杜尚如此，况不迨杜者乎？"元稹著论，亦以李之于杜，尚不能历其藩翰，况堂奥乎？

清杭世骏云："开元、天宝之间，诗人比迹而起。铺陈终始，排比声韵，工部实为之冠；摆脱町畦，高朗秀出，右丞实为之冠。右丞博学多艺，雅意玄谈，比物俪辞，该达三教，是非肤核之学可以测其津岸矣。"（以上杭说）综核以言，唐代诗家虽众，求其别开世界，自成统宗者，则高妙如王维，雄深如杜甫，清真如白居易，渊奥若李商隐，均所谓俯贻则于来叶，通亿载而为津者也。兹稍序其崖略于左。

王维，字摩诘，河东人。天宝末任给事中，为禄山所获，服药取痢，伪喑。禄山大宴凝碧宫，合乐，梨园诸工皆泣。维闻悲甚，赋诗曰："万户伤心生野烟，百官何日再朝天。秋槐花落空宫里，凝碧池头奏管弦。"贼平，陷贼官三等定罪，维以《凝碧诗》闻于行在。弟缙复请削己刑部侍郎以赎兄罪，肃宗特宥之，责授①太子中允，后转尚书右丞。上元初卒，年六十一。方疾甚，作书数通与弟缙及亲故别，停笔而化。工书画，画尤为世师，然维思参造化，学者莫及。兄弟皆笃志奉佛，食不荤，衣不文彩。妻亡，三十年孤居禅诵，代宗敕称为"冠代文宗"。《王右丞诗文集》，今存二十八卷，附录二卷，清赵殿成笺注。

维诗高妙，孟浩然虽与齐名，然浩然特工五律，维则五七言、古风、律体、绝句，靡不超臻上乘。维既习六度，故诗多佛理，又善绘事。苏东坡称其"诗中有画，画中有诗"。维自咏云："当世谬词客，前身应画师。"清王士禛论诗主神韵，纂《唐贤三昧集》，列盛唐四十二人，不登李、杜一字，而举维为首，录维诗亦独多，盖以为正宗也。

唐诗七绝工者，恒被诸管弦。维《送元二使安西诗》，盛行于时，为送别乐府。至阳关句，反复歌之，谓之"阳关三叠"，亦谓之"渭城曲"。其词曰：

渭城朝雨浥轻尘，客舍青青柳色新。劝君更尽一杯酒，西出阳关无故人。

白居易《欲携酒寻沈著作诗》云："最忆阳关唱，真珠一串歌。"注云："沈有讴者，善唱'西出阳关无故人'词。"又《对酒诗》云："相逢且莫推辞醉，听唱阳关第四声。"刘禹锡

---

① 编者按：原作"责援"，改作"责授"。

《与歌者诗》云："旧人惟有何戡在，更与殷勤唱渭城。"皆谓此也。杜甫云"中允声名久"，又云"最传秀句寰区满"。盖当代大家莫不推服矣。

右王维。

杜甫，字子美，本襄阳人，后徙河南巩县。少贫不自振，客吴、越、齐、赵间，举进士不中第，困长安。玄宗朝，数上赋颂，高自称道，且言："先臣恕、预以来，承儒守官十一世，迨审言以文章显中宗时。臣赖绪业，自七岁属辞，且四十年。然衣不盖体，常寄食于人，窃恐转死沟壑。臣之述作，虽不足鼓吹六经。至沉郁顿挫，随时敏给。扬雄、枚皋可企及也。有臣如此，陛下其忍弃之。"会禄山乱，肃宗时，官至右拾遗。后依严武于剑南。武表为参谋检校工部员外郎。武卒，往来梓、夔间。大历中，出瞿唐，下江陵，溯沅、湘以登衡山，因客耒阳，游岳祠。大水遽至，涉旬不得食。县令舟迎之还，馈牛炙白酒，大醉，一夕[1]卒。年五十九。甫旷放不自检，好论天下大事，高而不切，少与李白齐名，时号"李杜"。

《唐书》赞云："唐兴诗人，人得一概，皆自名所长。至甫，浑涵汪茫，千汇万状，兼古今而有之，它人不足，甫乃厌余，残膏剩馥，沾丐后人多矣。故元稹谓：'诗人以来，未有如子美者。'甫又善陈时事，律切精深，至千言不少衰，世号'诗史'。昌黎韩愈于文章慎许可，至歌诗独推曰：'李杜文章在，

---

① 《中国文学史纲》初版作"一昔"，1933年版此处作"一夕"，据此改。

光焰万丈长。'诚可信云。"

案李白虽与甫齐名，然后人同情于甫者多，学甫而成名大家者亦不少鲜。盖白上薄风骚，意存复古；甫则镕铸群言，志在独造。甫之于诗，如韩愈之于文，皆可谓为革命家也。诗人每悉心于吟风弄月，叹老嗟卑，即白之使酒学仙，亦只求一己之解放。而甫则平生歌哭，多为民众呼吁。若《石壕吏》《新婚别》等篇，均可以泣鬼神者矣。《石壕吏》云：

> 暮投石壕村，有吏夜捉人。老翁逾墙走，老妇出门看。吏呼一何怒！妇啼一何苦！听妇前致词：三男邺城戍，一男附书至，二男新战死。存者且偷生，死者长已矣！室中更无人，惟有乳下孙。孙有母未去，出入无完裙。老妪力虽衰，请从吏夜归。急应河阳役，犹得备晨炊。夜久语声绝，如闻泣幽咽。天明登前途，独与老翁别。

诗人不得志于时，辄用没世名称，矜傲当代。而甫不然也，其《梦李白诗》云："千秋万岁名，寂寞身后事。"《醉时歌》云："德尊一代常坎轲，名垂万古知何用。"论者谓王维学佛，李白学仙，甫则崇笃儒术。实则甫识旷通，非暖暖姝姝专以儒为悦者。故曰："儒术于我何有哉，孔丘[1]盗跖俱尘埃。"

右杜甫。

元和、长庆间，元稹、白居易齐名。元、白二氏《长庆集》，各七十二卷，行于今。稹《连昌宫词》及《遣悲怀》三

---

[1] 编者按：原作"孔邱"，改作"孔丘"。

首，最为古今传诵。居易意量，不止于诗，即以诗论，海涵地负，卓然大家。唐末张为，著《主客图》二卷，专尊居易，称为"广大教化主"，列诸家为辅佐，而積不与焉。

白居易，字乐天，其先太原人。官至太子少傅，爵冯翊县侯。会昌初，以刑部尚书致仕，卒[①]年七十五。居易文章精切，诗最工，当时士人争传。鸡林行贾，售其国相。率篇易一金，甚伪者相辄能辨之。初与元積酬咏，故号"元白"。積卒，又与刘禹锡齐名，号"刘白"。始生七月，乳姆抱弄，指示"之""无"两字，默识于心。后虽试问百数不差。五六岁便学诗，暮年信解佛法，恒不食荤。自号"香山居士"。

《唐书》赞云："居易最长于诗，多至数千篇，唐以来所未有。"其自叙言："关美刺者，谓之讽谕；咏性情者，谓之闲适；触事而发，谓之感伤；其他为杂律。"又讥："世人所爱惟杂律诗，彼所重，我所轻。至讽谕意激而言质，闲适思澹而辞迂。以质合迂，宜人之不爱也。""观居易始以直道奋争，冀以立功，虽中被斥，晚益不衰。当宗闵时，权势震赫，终不附离为进取计，完节自高。而積中道徼险得宰相，名望灌然。呜呼，居易其贤哉！"

居易《长恨歌》，最为人所爱重。时长安有妓，军使高霞寓欲聘之，妓曰："我诵得白学士《长恨歌》，岂同他哉！"由是增价。然易为诗之旨，初不在此。居易代表社会之思想者也，故于贫民所受非法侵夺，妇女所受不平待遇，恒为写其实状。兹录其两诗如左。

---

① 原作"率"，改作"卒"。

《卖炭翁》

卖炭翁，伐薪烧炭南山中。满面尘灰烟火色，两鬓苍苍十指黑。卖炭得钱何所营？身上衣裳口中食。可怜身上衣正单，心忧炭贱愿天寒。夜来城外一尺雪，晓驾炭车辗冰辙。牛困人饥日已高，市南门外泥中歇。两骑翩翩来是谁？黄衣使者白衫儿。手把文书①口称敕，回车叱牛牵向北。一车炭重千余斤，宫使驱将惜不得。半匹红纱一丈绫，系向牛头充炭直。

《妇人苦》

蝉鬓加意梳，蛾眉用心扫。几度晓妆成，君看不能好。妾身重同穴，君意轻偕老。惆怅去年来，心知未能道。今朝一开口，语少意何深。愿引他时事，移君此日心。人言夫妇亲，义合如一身。及至死生际，何曾苦乐均？妇人一丧夫，终身守孤子。有如林中竹，忽被风吹折。一折不重生，枯死犹抱节。男儿若丧妇，能不暂伤情？应似门前柳，逢春易发荣。风吹一枝折，还有一枝生。为君委曲言，愿君再三听。须知妇人苦，从此莫相轻。

居易每作诗，令一老妪解之，问曰"解否"，曰解则录之，不解则又复易之。故其诗清空，不尚古典。现世倡行白话诗，若居易诗可谓白话体矣。然其工如此，是可法也。

右白居易。

---

① 编者按：原作"文封"，改作"文书"。

晚唐李商隐诗，渊奥别为一体。商隐事迹已叙于第四节。商隐好道，道家文词每以金玉牝牡、寓言丹诀。商隐为诗，殆因而仿之，故缛丽之中，多所寄托。《李义山诗集》三卷，笺释者数家，清朱鹤龄注最行。其诗各体皆工，七律最胜。《咏史》云："历览前贤国与家，成由勤俭破由奢。"学道者之言也。《无题》诸篇，解者聚讼。金元好问云："诗人尽道西昆好，却恨无人作郑笺。"然近人笺注亦不能尽达其指也。论者或以为其诗艳冶，有实作于狭邪者。然吾观其文集，有《上河东公启》，商隐丧偶，河东公拟以乐籍中张懿仙归之，商隐辞焉。其略云：

> 两日前于张评事处，伏睹手笔，兼评事传指意，于乐籍中赐一人，以备匜补。某悼伤以来，光阴未几。……方有述哀……且兼多病。眷言息胤，不暇提携。……兼之早岁，志在玄门，……自安衰薄，微得端倪。至于南国妖姬，丛台妙伎，虽有涉于篇什，实不接于风流。……伏惟克从至愿，赐寝前言，使国人尽保展禽，酒肆不疑阮籍。①

可见商隐为人，与温庭筠、杜牧殊异。商隐长于比兴，香草美人譬喻君国，风骚之遗则，诗之正宗也。曾氏《十八家诗钞》，间加注释，往往惬当。

义山诗派，北宋之初盛行，号"西昆体"。杨亿以己及刘筠等十七人诗编为《西崑②酬唱集》二卷。降及明清，为诗者犹多

---

① 此段引文，欧阳溥存多有省略，今加省略号标示。
② 一作"昆"。

尚之。乐天诗体与义山绝异矣，然极好义山诗，至作谐言，愿来世为其子。惟贤知贤，斯之谓欤！

温庭筠当时虽与商隐齐名，然温实非李匹。庭筠，字飞卿，太原人。《利州南渡》《苏武庙》等篇最为人诵玩。庭筠多警句，如《达磨支曲》云："捣麝成尘香不灭，拗莲作寸丝难绝。"《早行》云："鸡声茅店月，人迹板桥霜。"《过陈琳墓》云："词客有灵应识我，霸才无主始怜君。"此皆掷地作金石声者也，不得以侧艳抹杀之。《温飞卿集》九卷行于今，明曾益注，清顾予咸补笺。

杜牧七言近体，豪俊瑰丽，亦足自张一帜。谈兵狎妓，才人之结习甚深。然其《杜秋诗》，颇有问天辨命之意，言人生观者可以资为谭助。兹节录之。其词曰：

自古皆一贯，变化安能推。夏姬灭两国，逃作巫臣姬。西子下姑苏，一舸逐鸱夷。织室魏豹俘，作汉太平基。误置代籍中，两朝尊母仪。光武绍高祖，本系生唐儿。珊瑚破高齐，作婢春黄糜。萧后去扬州，突厥为阏氏。女子固不定，士林亦难期。射钩后呼父，钓翁王者师。无国要孟子，有人毁仲尼。秦因逐客令，柄归丞相斯。安知魏齐首，见断箦中尸。给丧蹶张辈，廊庙冠峨危。珥貂七叶贵，何妨戎虏支。苏武却生返，邓通终死饥。主张[①]既难测，翻覆亦其宜。地尽有何物？天外复何之？指何为而捉？足何为而驰？耳何为而听？目何为而窥？己身不自晓，此外何思惟？因倾一樽酒，题作杜

---

① 编者按：原作"生张"，改作"主张"。

秋诗。愁来独长咏，聊可以自怡。

杜秋者，金陵女，为李锜妾。锜叛灭，籍入宫，被宠，后赐归，穷老。牧感而为诗，因推论之，此其后半篇也。牧，字牧之，佑之孙，时称"小杜"，以别于子美。文亦健，《罪言》及《阿房宫赋》最有名。《樊川文集》二十卷，外集一卷，别集一卷，行于今。清冯集梧注其诗编为四卷。牧论诗诋諆元、白过甚，识者不之与也。

司空图善论诗，以为诗之妙，如味在酸咸之外。宋严羽著《沧浪诗话》，意旨与相近。清王士祯遂并用其说，标揭神韵，别启诗派。图撰《诗品》二十四则，精妙罕匹，古今传诵。图诗亦甚工，东坡亟称之，知者谓宋诗体格，实为所开也。图，字表圣，河中虞乡人，事在《唐书·卓行传》。文集十卷，传于今。

右李商隐、温庭筠、杜牧、司空图附。

第六节　佛教之文

唐代佛教极盛，译撰之书，汗牛充栋。兹但论其文词，且就流通显著者略举之。

太宗撰《三藏圣教序》。王勃撰《释迦如来成道记》。勃以骈体文为薄伽梵行状，可谓杰构，得未曾有也。梁肃删定《止观》六卷，又撰《统例》一篇以系其后，犹王弼注《易》之有略例也。论者称其文雄深雅健，宛有《易翼》《中庸》步骤。房融译《楞严经》十卷，极其雅达，影响于中国文学者，至钜至深。东坡赞叹，以谓委曲精进，胜好独出。

士夫之外，缁流自为纪传。若《玄奘西域》十二卷，玄应

《一切经音义》二十五卷，道宣《续高僧传》三十卷、《广宏明集》三十卷，道世《法苑珠林》一百二十卷，智昇《开元释教录》二十卷，皆肆文史者所共取也。智昇所撰，体例尤善。清朱彝尊作《经义考》，其编次方式，即以此书为准则云。

唐代诗僧甚多，然其诗非为教义而作，此不论也。贞观时有寒山、拾得者，两异僧也，以韵语相唱答。当时台州刺史间邱胤录为寒山、拾得及丰干诗集三卷，传于今。其诗多类偈颂，而时有名理。

禅宗不立文字，然唐初永嘉禅师之《证道歌》，洋洋二千言，其字数殆过于《孔雀东南飞》矣。此歌叙次有法，波澜层出而语无枝梧，词意清显，在白氏《长庆集》、邵子《击壤集》之间。

圭峰禅师撰《原人论》四篇，自序云："知人者智，自知者明。今禀人身而不自知所从来，曷能知天下古今人事乎！故数十年中，学无常师。博考内外，以原自身。原之不已，果得其本。"其论四千言，词辨精妙，视昌黎《原性》《原鬼》诸作，复乎远矣。

第十四章　五代文学

　　五季干戈，文物凋丧。且当时士夫，自宋人视之，皆不足道。故薛、欧二史，于其典籍文苑不加表章。和凝自刊其集百余卷，不传。凝盖为中国最先刻集者也。蜀杜光庭《广成集》百卷，今仅存十二卷。惟罗昭《谏集》八卷、后唐释齐己《白莲集》十卷、蜀韦庄《浣花集》十卷、花蕊夫人《宫词》一卷、释贯休《禅月集》二十五卷、南唐徐铉《骑省集》二十卷，均传于今。观清郑方坤《五代诗话》所录，则六十年间秀句佳章，亦殊不鲜也。

　　凡诗文集，易成而难传，以其非后人所甚需也。若夫徐锴《说文系传》、刘昫《旧唐书》，终莫能废矣。史部之作，尤有《钓矶立谈》一卷，为史虚白之子所著。子部则有谭峭《化书》六卷。小说则有王定保《唐摭言》十五卷、南唐尉迟偓《中朝故事》二卷、刘崇远《金华子》二卷、蜀王仁裕《开元天宝遗事》四卷、何光远《鉴戒录》十卷，均传于今。又有术数家言，南唐何溥《灵城精义》二卷，文词明畅，不类寻常方技之士，明刘基为之注。至清四库所收宋齐邱《玉管照神局》三卷、王朴《太清神鉴》六卷，则皆从《永乐大典》录出者也。

　　是时镂版印刷之术盛兴，冯道等于后唐明宗长兴三年，请令国子监校正九经，刻版印卖，历二十余年，至后周太祖广顺三年，九经刻版告成。印本传布甚广。而后蜀毋昭裔①亦刊九经、

---

　　① 原作"母昭裔"，改作"毋昭裔"。

《文选》等书，是皆于文学有大勋者也。

后蜀主孟昶有《官箴》一篇，至宋高宗绍兴三年，取黄庭坚所书"尔俸尔禄，民膏民脂。下民易虐，上天难欺"四句为戒石铭，颁天下郡县，勒石署前，至清不废。昶全文载《蜀梼杌》，兹附录之。

> 朕念赤子，旰食宵衣，言置令长，抚养惠绥。政存三异，道在七丝^①，驱鸡为理，留犊为规。宽猛得所，风俗可移，无令侵削，无使疮痍。下民易虐，上天难欺，赋役是切，有国是资。朕之赏罚，固不逾时，尔俸尔禄，民膏民脂。为民父母，莫不仁慈，勉尔为戒，体朕深思。

五代文学之特色，尤在于词。词之兴也，肇于唐，以李白之《忆秦娥》《菩萨蛮》二首为词之祖。然知者谓二词不载李集，亦不类太白手笔，似温庭筠所为也。庭筠固工词，有《金荃集》。词之为艺，以婉丽隐秀为上乘，与温、李之诗途辙相近。中唐以来，王建、白居易、李德裕皆有传作，惟言词之正宗，必推五代，若诗之有盛唐。五代健者如南唐中主、后主及冯延巳^②，皆言简意深，情韵弗匮，不欲径行发泄尽致，其佳制古今选本均录之。蜀赵崇祚纂《花间集》十卷，为汇编长短句之始。又有《尊前集》《花庵词选》，俱倚声之林苑，可以观宋以前之律度也。

---

① 编者按：原作"乙丝"，改作"七丝"。
② 原作"冯延己"，改作"冯延巳"。

第十五章　两宋文学

第一节　道学与文学之关系

　　道学之目，其始由郑丙、陈贾用以加诸异党，等于禁锢，非美称也。（见《叶適传》《朱熹传》）久之，此称盛行。迄元脱脱修《宋史》，遂于《儒林》《文苑》之外，创立《道学传》，列周敦颐等二十四人，虽陆九渊不与也。周、邵之学，均由穆修、李之才、种放以得之于陈抟。（详《朱震传》）今观穆、李、种等行事，殊不类闻道者，程子亦有微词矣。程、张以降，至于朱熹，又密济以禅宗。朱子平生要语，尤精模《大乘经论》，顾严戒门下勿阅佛典，谓当视之如淫声冶色。于是相矜炫为圣贤不传之学，秦、汉儒生所未知，自《太极》《河图》《洛书》以至诸经义训，皆别撰异说，然仍自附于孔、孟以为名，以禅宗治心，复以名、法家言御世，皆变其名号而以孔、孟言词饰之。其所谓内圣外王之学者盖如此。循其术以为之，亦不能尽诋为无用。惟祖述禅宗而不能澈其究竟，阴持名法而绳人太苛。

　　宋儒规仿禅宗，自为统系，视周子若达磨初祖，谓邵子得《易》外别传。夫禅宗为教外别传，拈花微笑，大迦叶为第一祖。此盖震旦妄语，在梵夹为无稽。朱子颇博雅，于内典功亦深，何以亦剿袭此谬说。是以清儒每痛诉宋学，汪中直目之为愚诬也。道学影响，被于文学最钜者，为《周子通书》"文以载道"之说。自宋以来，世儒皆奉为口实，以文章专为宣传道学之工具。洎八股文兴，而其说尤因之以益信于俗。近世桐城派文士犹复拾此余唾，侈为大业。安吴包氏乃辞而辟之，然积七八百年之大惑，未易遽解也。

第二节　宋人征实之学

近儒每言及宋学，例斥为空疏。然宋人征实之学，当时亦颇发达。如今本《说文》《玉篇》《广韵》，皆宋时所校定重修。司马温公《类篇》《集韵》，邢昺《尔雅疏》，陆佃《埤雅》，郭忠恕《汗简》《佩觿》，戴侗《六书故》，皆言小学者所称引。洪迈《容斋随笔》、王应麟《困学纪闻》，尤考证家所共推。史部之作，有薛居正等所撰《旧五代史》、欧阳公《新五代史》，又欧阳公与宋祁合撰《新唐书》、司马温公《资治通鉴》、朱子《通鉴纲目》、袁枢《通鉴纪事本末》、郑樵《通志》、罗泌《路史》、晁公武《郡斋读书志》、陈振孙《直斋书录题解》、乐史《太平寰宇记》，皆乙部要典，流通遍于九州矣。而敕撰类书，若《太平御览》一千卷、《册府元龟》一千卷，文集若《文苑英华》一千卷，小说若《太平广记》五百卷，亦均钜典奇文，昭垂千祀，殆非专读《论语》，如赵普者所克参豫其楮墨间也。

第三节　古文六大家

明茅坤用唐顺之、朱右说，选定唐宋人古文为"八大家"。唐人为韩、柳，宋人为欧阳、曾、王、三苏。欧、曾、王、苏所学，与周、邵、程、张不同，故文辞高美，为后世式。宋初文体，犹尚声偶，杨亿、刘筠为其魁。古文倡兴，实自柳开、穆修。柳、穆之业不甚昌，泊欧阳公而古文乃以大盛也。

《宋史》：欧阳修，字永叔，庐陵人。四岁而孤，母郑守节自誓，亲诲之学。家贫，至以荻画地学书。幼敏悟过人，读书辄成诵。及冠，嶷然有声。宋兴且百年，而文章体裁，犹仍五季余习。镂刻骈偶，渳渑弗振，士因陋守旧，论卑气弱。苏舜元、舜钦、柳开、穆修辈，咸有意作而张之，而力不足。修游随，得唐韩愈遗稿于废书簏中，读而心慕焉。苦志探赜，至忘寝食，必欲并辔绝驰而追与之并。举进士，试南宫第一，擢甲科，调西京推官。始从尹洙游，为古文，议论当时事，迭相师友。与梅尧臣游，为歌诗相唱和，遂以文章名冠天下。熙宁四年，以太子少师致仕。五年，卒（年六十六），谥曰"文忠"。在滁州号"醉翁"，晚更号"六一居士"。曾巩、王安石、苏洵，洵子轼、辙，布衣屏处，未为人知，修即游其声誉，谓必显于世。好古嗜学，凡周、汉以降金石遗文、断篇残简，一切掇拾，研稽异同，立说于左，的的可表证，谓之《集古录》。奉诏修《唐书》纪、志、表，自撰《五代史记》。法严词约，多取《春秋》遗旨。苏轼叙其文曰："论大道似韩愈，论事似陆贽，记事似司马迁，诗赋似李白。"识者以为知言，论曰："秦、汉文章，涉晋、魏而弊，至唐韩愈氏振起之。唐之文涉五季而弊，至宋欧阳修又振起之，挽百川之颓波，息千古之邪说，使斯文之正气，可以羽翼大道。扶持人心，此两人之力也。"

观脱脱之论，乃用文以载道之说以推崇欧公。欧公文章复绝之处，实在其逸韵，而不在夫谈道。故朱子于欧文极喜其《丰乐亭记》之一唱三叹，并不力赞其《本论》之辟佛也。《朋党论》

《泷冈阡表》均平生精心结撰之作。本传节录其词，得其要矣。

评赞欧文者众矣，最真切者无若苏老泉与王荆公。老泉《上欧公书》云：

> 执事之文，纡余委备，往复百折，而条达疏畅，无所间断，气尽语极。急言竭论，而容与闲易，无艰难劳苦之态。

荆公《祭欧公文》云：

> 豪健俊伟，怪巧瑰琦。其积于中者，浩如江河之停蓄；其发于外者，烂如日星之光辉。其清音幽韵，凄如飘风急雨之骤至；其雄辞闳辨，快如轻车骏马之奔驰。世之学者，无问乎识与不识，而读其文，则其人可知。

《文忠集》一百五十三卷，附录五卷，周必大编。先是衢州、韶州、浙西、庐陵、汴京、绵州、吉州、苏州、闽中均有刻本，去取不一，文句互异。必大参考，合为此集。陈亮曾纂《欧阳文粹》二十卷，是为专选欧文之始。亮尝上书诋道学家为风痹、不知痛痒之人，而好欧文如此，则欧文与道学之异趣可想矣。欧公又有《毛诗本义》十六卷，传于今。

右欧阳氏。

《宋史》：曾巩，字子固，建昌南丰人。生而警敏，读书数百言，脱口辄诵。年十二，试作《六论》，援笔而成，辞甚伟，名闻四方。欧阳修见其文，奇之。为文章上下驰骋，愈出而愈工，本原六经，斟酌于司马迁、韩愈。一时工作文词者，鲜能过也。拜中书舍人，寻掌延安郡王笺奏。甫数月，丁母艰去。又数月而卒，年六十五。论曰："曾巩立言于欧阳修、王安石间，纡徐而不烦，简奥而不晦，卓然自成一家，可谓难矣。"

曾氏《元丰类稿》，今存五十卷。其文衍裕雅重，近于刘子政。朱子好之，为文每拟其体，尤称其宜黄、筠州二《学记》。盖曾文平实详尽，便于说理。而宽缓繁复，其光焰远不逮韩、柳、欧、苏。

宋徐度《却扫编》云："神宗患本朝国史之繁，尝欲重修五朝正史，通为一书，命曾子固专领其事，且诏自择属官。曾以彭城陈师道应诏，朝廷以布衣难之。未几，撰《太祖皇帝总叙》一篇以进，请系之《太祖本纪》篇末，以为国史书首。其说以为太祖大度豁如，知人善任使，与汉高祖同，而高祖所不及者其事有十，因具论之，累二千余言。神宗览之不悦，曰：'为史但当实录以示后世，何必区区与先代帝王较优劣乎？且一篇之赞，已如许之多，成书将复几何？'于是书竟不果成。"观此亦足见曾文之敝矣。

曾文最有名者，二《学记》外，《战国策目录序》《先大夫集后序》《越州赵公救灾记》《唐论》《书魏郑公传后》。《书后》一篇，明归有光最好之。有光尝率生[①]徒旅行，一日车中论文，因出曾氏此篇哦诵，一气五十遍而弗已，生徒旁听，莫不厌倦。清方苞于曾文亦心摹力追者也。盖归、方之徒，才力薄弱，而平生精气又大半销磨于八比文，晚岁思以古文名家，不复能希踪汉、唐，惟有瓣香南丰。曾文不恃才，不尚博，与近世为理，题八比文，及寻常公牍者最利也。

《宋史》：王安石，字介甫，抚州临川人。少好读书，一过

[①] 《中国文学史纲》1933年版，此处作"王"。

目终身不忘。其属文动笔如飞，初若不经意，既成，见者皆服其精妙。友生曾巩携以示欧阳修，修为之延誉。其释经义，不取儒先传注，务出新意；训释《诗》《书》《周官》既成，颁之学官，天下号曰"新义"。晚居金陵，又作《字说》，多穿凿傅会。其流入于佛老，一时学者莫敢不传习。主司纯用以取士，士莫得自名一说，于是儒先传注，一切废不用，黜《春秋》之书，不使列于学官，至戏目为断烂朝报。安石未贵时，名震京师，苏洵作《辨奸论》以刺之，谓王衍、卢杞合为一人（按洵文初出，世争推重，而安石谓为战国策士，王、苏交恶，似始于此）安石性强忮，谓"天变不足畏，祖宗不足法，人言不足恤"。封舒国公，元丰三年改封荆。元祐元年卒，年六十八。论曰："朱熹尝论安石：'以文章、节行高一世，而尤以道德、经济为己任。被遇神宗，致位宰相，世方仰其有为，庶几复见二帝三王之盛。而安石乃汲汲以财利、兵革为先务，引用凶邪，排摈忠直，躁迫强戾，使天下之人嚣然丧其乐生之心。卒之群奸嗣虐，流毒四海，至于崇宁、宣和之际，而祸乱极矣。'此天下之公言也。昔神宗欲命相，问韩琦曰：'安石何如？'对曰：'安石为翰林学士则有余，处辅弼之地则不可。'神宗不听，遂相安石。呜呼！此虽宋氏之不幸，亦安石之不幸也。"

《临川集》今存一百卷，《周礼新义》十二卷，《附考工记解》二卷，均录于清四库。王文雄才逸致，兼擅其胜，最为神似子长。曾子固称荆公文学不减扬雄，而荆公咏扬雄亦云"千古雄文造圣真，眇然幽息入无伦"，亦自道所得也。其论文谓当适用，有补于世，不可徒尚华辞。有《上邵学士书》，略云：

　　某尝患近世之文，辞弗顾于理，理弗顾于事，以襞

积故实为有学，以雕绘语句为精新，譬之撷奇花之英，
积而玩之，虽光华馨采，鲜缛可爱，求其根柢济用，则
蔑如也。

荆公于儒、释用工皆深，不专以文自负。故讥昌黎云："可
怜无补费精神"。所为文各体皆工，其名篇为世所录者不鲜，
大篇如《上仁宗皇帝言事书》，短篇如《读孟尝君传》，尤可
玩也。

清刘熙载《艺概》云"半山文瘦硬通神"，此是江西本色，
可合黄山谷诗派观之。

右曾氏、王氏。

《宋史》：苏洵，字明允，眉州眉山人。年二十七始发愤为
学，岁余举进士，又举茂才异等，皆不中。悉焚常所为文，闭
户益读书，遂通六经、百家之说，下笔顷刻数千言。至和、嘉
祐间，与其二子辙、轼皆至京师。翰林学士欧阳修上其所著书
二十二篇，既出，士大夫争传之，一时学者竞效苏氏为文章。宰
相韩琦善之，奏于朝，遂除秘书省校书郎。会太常修纂建隆以来
礼书，乃以为霸州文安县主簿。为《太常因革礼》一百卷，书
成，方奏未报，卒，特赠光禄寺丞，敕有司具舟载其丧归蜀。

《嘉祐集》十六卷，《谥法》四卷，均传于今。老苏所著
《权书》《衡论》，最为世所称。本传载其《心术》《远虑》二
篇。《易》《书》诸论，笔势雄畅。《名二子说》，虽寥寥三
数行，而深远可味。其论文自比贾谊，而评者谓其得力于《孟
子》，用笔纵横矫变，而字句简峻。曾南丰称之曰："修能使之
约，远能使之近，大能使之微，小能使之著，烦能不乱，肆能

不流。"

《宋史》：苏轼，字子瞻。生十年，父洵游学四方，母程氏亲授以书，问古今成败，辄能语其要。比冠，博通经史，属文日数千言，好贾谊、陆贽书。既而读《庄子》，叹曰，"吾昔有见，口未能言，今见是书，得吾心矣。"嘉祐二年试礼部，方时文磔裂诡异之弊胜，主司欧阳修思有以救之，得轼《刑赏忠厚论》，惊喜，欲擢冠多士，犹疑其客曾巩所为，但置第二。复以《春秋》对义居第一，殿试中乙科。后以书见修，修语梅圣俞曰："吾当避此人出一头地。"闻者始哗不厌，久乃信服。轼与弟辙，师父洵为文，既而得之于天。尝自谓"作文如行云流水，初无定质，但常行于所当行，止于所不可不止"。虽嬉笑怒骂之词，皆可书而诵之。其体浑涵光芒，雄视百代，有文章以来，盖亦鲜矣。洵晚读《易》，作《易传》未究，命轼述其志。轼成《易传》，复作《论语说》。后居海南作《书传》，又有《东坡集》四十卷、《后集》二十卷、《奏议》十五卷、《内制》十卷、《外制》三卷、《和陶诗》四卷。哲宗亲政，以两学士（兼端明殿、翰林侍读两学士）出知定州。绍圣初，贬居昌化。徽宗立，遂提举玉局观，复朝奉郎。建中靖国元年卒于常州，年六十六。高宗即位，谥文忠。孝宗置其文左右，读之终日忘倦，谓为"文章之宗"。论曰："苏轼弱冠，父子兄弟至京师，一日而声名赫然动于四方。既而登上第，擢词科，入掌书命，出典方州。器识之闳伟，议论之卓荦，文章之雄俊，政事之精明，四者皆能以特立之志为之主，而以迈往之气辅之。故意之所向，言足以达其有猷，行足以遂其有为。至于祸患之来，节义足以固其有守，皆志与气所为也。仁宗初读轼、辙制策，喜曰：'朕今日为子孙得两宰相矣。'神宗尤爱其文，宫中读之，膳进忘食，称为天下奇才。二君皆有以知轼，而轼卒不得大用。一欧阳修先识之，其名遂与之齐，岂非轼之所长，不可掩抑者。天下之至公也，相不相有命焉。呜呼！轼不得相，又岂非幸欤。"

大苏居黄州时，自号"东坡居士"。《东坡全集》今存一百三十卷，《东坡易传》九卷，《东坡书传》十三卷，均传于今。其《论语说》有未善，小苏著《论语拾遗》以正之。

按东坡论学与伊洛异，论政与荆公异，与温公亦异，可谓特立者矣。然平正通达，非矫也。其文得力于贾谊、陆贽与庄子，而于《汉书》《晋书》甚熟，晚更信解佛法。其诗、文、词、书法均为天下所师法，垂八九百年而弗衰。当时虽异党怨家，莫能毁之也。所作散文，名篇甚多，为世选录，不胜举也。而《志林》之论范增、《表忠观碑文》、《赤壁赋》，尤脍炙人口。评论大苏文者，亦难以屈指数，顾莫如大苏之自述也，其言曰：

> 吾文如万斛泉源，不择地皆可出。在平地，滔滔汩汩，虽一日千里无难。及其与山石曲折，随物赋形，而不可知也。所可知者，常行于所当行，常止于不可不止，如是而已！其他虽工，吾亦不能知也。

《与谢师民书》有曰：

> 言止于达意，即疑若不文，是大不然。求物之妙，如系风捕影，能使是物了然于心者，盖千万人而不一遇也，而况能使了然于口与手者乎？是之谓辞达。辞至于能达，则文不可胜用矣。

尝语葛延之云：

> 譬如市上店肆，诸物无种不有，却有一物可以摄

得，曰钱而已。莫易得者是物，莫难得者是钱。今文章
词藻、事实，乃市肆诸物也；意者，钱也。为文章能立
意，则古今所有，翕然并起，皆赴吾用。汝若晓得此，
便会做文字也。

又尝教侄辈云：

凡文字，少小时须令气象峥嵘，采色绚烂。渐老渐
熟，乃造平淡。其实不是平淡，绚烂之极也。汝只见
爷伯而今平淡，一向只学此样，何不取旧日应举时文字
看，高下抑扬，如龙蛇捉不住，当且学此。

《宋史》：苏辙，字子由，年十九，与兄轼同登进士科。元
祐六年，拜尚书右丞，进门下侍郎。绍圣初落职，知汝州。崇宁
中，再复大中大夫。致仕，筑室于许，号"颍滨[①]遗老"，自作
传万余言，不复与人相见。终日默坐，如是者几十年。政和二年
卒，年七十四。淳熙中谥文定。辙性沉静简洁，为文汪洋澹泊，
似其为人，不愿人和之，而秀杰之气终不可掩。其高处殆与兄轼
相迫。论曰："苏辙论事精确，修词简严，未必劣于其兄。王安
石初议青苗，辙数语柅之，安石自是不复及此。后非王广兼附
会，则此议息矣。辙寡言鲜欲，素有以得安石之敬心，故能尔
也。若是者，轼宜若不及。然至论轼英迈之气，闳肆之文，辙为
轼弟，可谓难矣。""辙与兄进退出处无不相同，患难之中，友
爱弥笃，无少怨尤，近古罕见。独其齿爵皆优于兄，意者造物之
所赋与，亦有乘除于其间哉！"

《栾城集》五十卷、《栾城后集》二十四卷、《栾城第三

---

① 原作"颍滨"，改作"颍滨"。

集》十卷、《应诏集》十二卷、《诗经传》二十卷、《春秋集传》十二卷、《论语拾遗》一卷、《古史》六十卷、《道德经解》二卷，均传于今。

小苏所学，于内典甚深。其解《老子》《论语》，均用释氏之义也。惟才远逊父兄，论文之旨，以气为主，说具于其《上韩太尉书》。

右三苏。

第四节　诗三大家

两宋诗人，经数百载之论定，实以东坡暨黄庭坚、陆游为三大家。先是，杨亿、刘筠等倡行西昆体，宗法李义山，风靡一世。洎欧阳公与梅尧臣以诗鸣，气格一变，清深质健，始启宋诗之基。宋诗蹊径，大概由昌黎以追蹑杜工部。荆公诗亦自成门户，《桃源行》及《悟真院》绝句，尤为世所玩诵。然皆不如东坡之天才超妙，地负海涵也。东坡之在宋，其犹杜工部之在唐欤。

东坡《诗集》，宋时有王十朋注、施元之注，清邵长蘅、李必恒、冯景、查慎行又均各为补注。名章隽句，多不胜举，即其自书勒石，照耀吾人目前者，亦不下数十百篇。近世选本，若《唐宋诗醇》，若曾氏《十八家诗钞》，俱可谓得其要领者矣。

评东坡诗者，子由云："精深华妙。"山谷云："公如大国楚，吞三江五湖。"此当时知之最深者矣。清世善论诗者沈德潜、赵翼。沈氏云："苏子瞻胸有洪炉，金银铅锡，皆归熔铸。其笔之超旷，等于天马脱羁，飞仙游戏，穷极变幻而适如意中所欲出。韩文公后，又开辟一境界也。"赵氏云："以文为诗，自昌黎始，至东坡益大放厥词，别开生面，成一代之大观。今试平心读之，大概才思横溢，触处生春。胸中书卷繁富，又足以供其左旋右抽，无不如志。其尤不可及者，天生健笔一枝，爽如哀梨，快如并翦，有必达之隐，无难显之情。此所以继李、杜后为一大家也。"

右苏诗。

《宋史》：黄庭坚，字鲁直，洪州分宁人。苏轼尝见其诗文，以为超轶绝尘，独立万物之表，世久无此作，由是声名始震。为秘书丞，兼国史编修官。绍圣初，章惇、蔡卞与其党论实录多诬，贬涪州别驾，黔州安置，言者犹以处善地，遂移戎州。庭坚不以迁谪介意，蜀士慕从之游，讲学不倦。凡经指授，下笔皆可观。徽宗即位，得知太平州，至之九日，罢主管玉龙观，复除名，羁管宜州。三年，徙永州，未闻命卒，年六十一。庭坚学问文章，天成性得。陈师道谓其诗得法杜甫，学甫而不为者。善行草书，楷法亦自成一家。与张耒、晁补之、秦观俱游苏轼门，天下称为"四学士"。而庭坚尤长于诗，蜀、江西君子以庭坚配轼，故称"苏黄"。轼为侍从时，举庭坚自代。其词有"瑰伟之文，妙绝当世；孝友之行，追配古人"之语。其重之也如此。初，游潜皖山谷寺石牛洞，乐其林泉之胜，因自号"山谷道人"云。

《山谷内集》三十卷、《外集》十四卷、《别集》二十卷、《词》一卷、《简尺》二卷、《年谱》三卷，均传于今。宋任渊注其《内集》，史容注其《外集》，容之孙季温补注其《别集》。清《四库书目提要》谓"山谷诗工于用事，翦裁镕铸，点化无痕"。明清论诗者,于山谷不甚喜好,惟湘乡曾氏极力推崇。其《十八家诗钞》录山谷七言诗四五百篇。同、光以来,为诗者乃竞师山谷。山谷七律尤奇雅,兹录一首,以见其体。

> 高居大士是龙象,草堂丈人非熊罴。不逢坏衲乞香饭,唯见白头垂钓丝。鸳鸯终日爱水镜,菡萏晚风凋舞衣。开径老禅来煮茗,还寻密竹径中归。(《赠郑郊》)

宋吕本中,字居仁,工诗。得法于山谷,作《江西宗派图》,自山谷以降,列陈师道等二十五人,而己居其末。元方回撰《瀛奎律髓》,亦主江西派,倡"一祖三宗"之说。"一祖"者杜甫,"三宗"者山谷暨陈师道、陈与义也。师道,字履常,一字无己,彭城人,有《后山集》二十四卷。与义,字去非,号简斋,洛阳人,有《简斋集》十六卷。

右黄诗。

南渡以来,诗人多衍江西派。而永嘉四灵,追效晚唐。严羽持论,专宗盛唐。然皆才力有限,惟山阴陆游,卓然杰出。游,字务观,年十二,能诗文,人讥其颓放,因自号"放翁"。官至宝谟阁 [①] 待制,致仕,晚封渭南伯。嘉定二年卒,年八十五。著有《南唐书》十八卷、《老学庵笔记》共十二卷、《剑南诗稿》八十五卷、《渭南文集》五十卷,均传于今。清《四库书目提要》云:"其诗以无日不吟,故体多圆熟,又往往自蹈陈因;然其寄托遥深,风骨遒上者,自不可掩。后人但录其肤滥之

---

① 原作"宝章阁",改作"宝谟阁"。

作，以供剽窃，遂并游为世所薄。是则学诗者之误游，非游误学者矣。"

放翁，佃之孙也。佃之学出于王安石，尤长于七言近体诗。放翁诗法传自赣县曾幾，幾诗法山谷。放翁作《吕居仁集序》，又称源出居仁。然放翁诗实能自辟一宗，不袭黄、陈旧格。陆诗选本不一，七律、七绝最善。《诗醇》《十八家诗钞》所录，皆其佳什。

陆游、尤袤、范成大、杨万里，号"南宋四家"。四家皆得法于曾幾，故四家亦均江西派之苗裔也。范氏有《石湖诗集》三十四卷，杨氏有《诚斋集》一百三十卷，尤氏集佚，康熙中尤侗为缉存《梁溪遗稿》一卷。明清以来，剑南声价，远越三家之上，不可同年并语也。

右陆诗。

第五节　词家

宋代公卿乃至闺秀，皆好倚声。寇忠愍、范文正、晏元献、欧阳文忠、司马文正诸公，均名贤也，其诗余胥精细柔冶，不类刚者所为。《珠玉词》《六一词》，尤婉约风流，为斯艺之宗匠。范公之《御街行·咏离怀》《渔家傲·咏秋思》《苏幕遮·咏怀旧》，令读者莫不为之回肠荡气也。宋子京、王介甫，亦俱工此道。宋有名句，时称之为"红杏枝头春意闹尚书"。

专以词名家者，乌程张先子野，有《安陆集》一卷，附录一卷。崇安柳永耆卿，有《乐章集》一卷。张有"三影"之称，其词句有"云破月来花弄影""娇柔懒起，帘压卷花影""柳径无人，堕飞絮无影"也。柳词名句，有"今宵酒醒何处，杨柳岸晓风残月"。时人云："有井水吃处，皆能歌柳词。"论者谓诗当学杜诗，词当学柳词。杜诗、柳词皆无表德，只是实说。永，初名三变，官屯田员外耶。

东坡词，跌宕排奡，自成别调。山谷、放翁，尤非当行。秦观少游，有《淮海词》一卷，情韵兼胜。"山抹微云，天连衰草"，犹足为其女婿惊座也。宋词大家，终推周、姜，差同诗中之李、杜。钱唐周邦彦美成，自号清真居士，有《片玉词》三卷。鄱阳姜夔尧章，号白石道人，有《歌曲》四卷、《别集》一卷。周、姜之词，精深华妙，气格混成。长调、中调、小令，悉臻绝好。临安张炎叔夏，《山中白云词》八卷，苍莽悲凉，接武白石，其《春水词》尤有名。四明吴文英君特，号梦窗，有《甲乙丙丁稿》，以研炼胜。论者谓词家之有文英，亦如诗家之有李商隐云。

辛弃疾，字幼安，号稼轩，历城人，有词四卷，纵横奇恣，异军特起。能于翦翠刻红之外，屹然别立一宗。论者譬诸苏、黄之书，不可绳以二王法，而能自为一法，传之至今。世以苏、辛为词之北派，目张、柳等为南派。

女士李清照，号易安居士，济南人，有《漱玉词》一卷。朱淑真，自称幽栖居士，海宁人，有《断肠词》一卷，俱无愧作者。李词尤高，足抗周、柳。或称"男中李后主，女中李易安"。

诸家名篇，多不胜录。《绝妙好词》《词综》，于宋词佳者选载颇备。惟填词者例言律，若夫周、姜，精晓音乐，其所为固难能而可贵，必谓舍律不足以言词，是惑也。汉唐人诗，皆付歌者。汉唐人为诗初不觅律谱也，近世人编戏曲及大鼓书词，岂

字字比协工尺者哉，矧楮墨写心，并不被诸弦管，胡为自寻镣锲
也。

第六节　宋人于文学上之创作

四六虽盛于晚唐，然宋人四六，体格自异，故有"宋四六"
之称。近世表启，皆效之者也。大抵词义清切，调整而谐。欧阳
公、王荆公、苏东坡均擅此艺。南宋时，汪藻、洪迈、周必大最
有名。诗话作于北宋时，以《六一诗话》为开先，踵而为之者弥
众。经义创于荆公，苏辙、杨万里均有佳制，至元倪士毅撰《作
义要诀》，降及明代，遂变而为八股文。宋人用俗语为书，名曰
"语录"。盖唐僧慧能为禅宗六祖，不习文字，以俗语制偈说
法，门徒传之，纂为《坛经》。宋道学家既习禅，因仿之为语
录，而宋世释家亦多作语录。是时又以俗语为小说，如《永乐大
典》所收平话是已。平话为后世说书之肇祖，而流行至今之《宣
和遗事》一种，实为章回体小说之最古者。小说与戏剧关系最
切，宋世朝野均好小说，故戏剧应时而兴。刘攽《中山诗话》，
载优人饰为李义山，衣服败裂，告人曰："吾为诸馆职挦扯至
此。"用以讥时人剽窃义山诗句者。此似为今世北方杂耍中说相
之类，专以语言嘲谑动人，与金元间戏剧，搬演歌舞者不同。北
宋时赵德麟作"鼓子词"，近世所谓"鼓儿词"。北方所行大鼓
书，殆其苗裔也。陆放翁诗云："斜阳古柳赵家庄，负鼓盲翁正
作场。身后是非谁管得，满村听唱蔡中郎。"亦鼓书也。

第十六章　辽金文学①

辽、金虽强，在中国史上，其地位殊不能与北朝比并。辽立国二百余载，而疆域南迄于白沟河，凡所柄用，多半为耶律氏、萧氏，故中夏文化，被之甚浅。元好问著《闲闲公墓志》，讥辽以科举为儒学之极致，视五季又下衰，可见辽人文学之无闻于世，非由其禁止作述传于邻境也。《辽史·文学传》列萧韩家奴、王鼎、耶律昭、刘辉、耶律孟简、耶律谷欲六人，亦不为后世词场所记省。惟一二高僧，犹有篇籍，流播到今。释行均《龙龛手鉴》四卷，多存奇字，近世字书，并皆征引。《四库提要》称其网罗繁富。沙门道殿撰《显密圆通成佛心要集二卷》，其文精俊简约，末附《述怀》七律一章，颇有律度。此集明时收入《释藏》，李调元《函海》中曾刻之，杨仁山居士复刻之，比来习佛法者家有其书矣。

史称辽以鞍马为家，后妃皆长于射御，然道宗宣懿皇后萧观音、天祚文妃萧瑟瑟，俱工诗歌，均被谗赐死。瑟瑟见北金侵迫，帝畋游，疏斥忠良，因为二歌讽谏，有云："亲戚并居兮藩屏位，私门潜畜兮爪牙兵，可怜往代兮秦天子，犹向宫中兮望太平。"此可谓松漠之奇花矣。

金立国虽只百二十年，而疆域南界淮流，燕、齐、秦、陇、晋、豫，皆为包举，诸夏文士处其境内者弥众。金太宗入汴，取经籍图书以去，厥后累代祀孔崇儒，士繇科第位至宰辅者接踵，

---

① 原作"辽金文字"，据底本目录改。

故文学熠兴，远逾于辽。当时廷寮著述，有《大金集礼》四十卷、《大金德运图说》一卷，传于今。《大金吊伐录》，不著撰人名氏，疑亦完颜之臣民所为也。

金代作者，如王寂有《拙轩集》六卷，赵秉文有《滏水集》二十卷，王若虚有《滹南遗老集》四十五卷，李俊民有《庄靖集》十卷，均为清四库所录。词义俱炳然可观，惟金朝文学代表，当推元好问。

按《金史》，好问，字裕之，太原秀容人，不事举业，淹贯经传百家。为《箕山》《琴台》等诗，赵秉文见之，以为近代无此作也，于是名震京师。官至行尚书省左司员外郎，金亡不仕。为文有绳尺，备众体。其诗奇崛而绝雕剟，巧缛而谢绮丽。五言高古沉郁，七言乐府不用古题，特出新意。歌谣慷慨，挟幽、并之气。其长短句揄扬新声，以写恩怨者，又数百篇。兵后故老皆尽，好问蔚为一代宗工，四方碑版铭志尽趋其门。晚以国史自任，构亭于家，名曰"野史"。年六十八卒。纂修《金史》，多本其所著云。

时称好问为"遗山先生"，《遗山集》四十卷，附录一卷。遗山又编《中州集》十卷，附《中州乐府》一卷，以传金源一代作者，均录于清四库。《遗山乐府》五卷，阮元为之提要。引张炎评云："风流蕴藉，不减周、秦。"元、明、清论诗者，咸翕然共称遗山上继苏、陆，卓然大家。梅曾亮《古文词略》，选其七古《赤壁图》一篇。曾氏《十八家诗钞》选其七律百六十二首。世所习见矣。兹录其五古、七绝各一章于后。遗山有《论诗绝句》若干首，尤为谈艺者所称。

《与张仲杰论文》

文章出苦心，谁以苦心为？正有苦心人，举世几人知？工文与工诗，大似国手棋。国手虽漫应，一著存一机。不从著著看（平），何异管中窥？文须字字作，亦要字字读。咀嚼有余味，百过良未足。功夫到方圆，言语通眷属。只许旷与夔，闻弦知雅曲。今人诵文字，十行夸一目。闶颥失香臭，瞀视纷红绿。豪厘不相照，觌面楚与蜀。莫讶荆山前，时闻刖人哭。

《杂著》

半纸虚名百战身，转头高冢卧麒麟。山间曾见渔樵说，辛苦凌烟阁上人。

金代作家，遗山所最推重者，赵秉文、宇文虚中、蔡松年及其子珪、党怀英、王庭筠、周昂、杨云翼、王若虚、李纯甫、雷渊，皆豪杰之士，自足知名异代。刘祁后虽仕元，然其《归潜志》十四卷，实等于遗山野史，不能不目为金代文章也。元房祺编《河汾诸老诗集》八卷，足为《中州集》之续。至清敕编《全金诗》七十四卷，搜辑益完备矣。

金代美文，尤有董解元《西厢记传奇》。元末陶宗仪撰《辍耕录》，称董解元金章宗时人，名籍无考。明清人评曲者称其精工巧丽，备极才情，为词曲中思王、太白，古今传奇鼻祖。宋、金院本甚多，惟古本《西厢记》流传于后。清焦循《易余籥录》，言元王实甫之《西厢记》全用董书为蓝本，闻见迁讹，世俗只知王而不知董矣。

第十七章　元文学

第一节　元人诗文总集及其史部名著

辽、金、元皆各制字，其初意未尝不欲自成立一种文学，而卒不胜也。元起朔方，历七十余载，入主中夏，垂九十稔。初议悉去中原汉人，空其地以为牧，不但人分十等，标列七匠、八娼、九儒、十丐而已。顾元代文学，竟于异族鞭蹄之下，发达昌明，不能不惊叹吾先民魄力之雄伟矣。元人篇章，见于元苏天爵编《元文类》《传习》，孙存吾暨蒋易所编《元风雅》。其人物详于苏天爵《元朝名臣事略》、明冯从吾《元儒考略》。而清钱大昕所补《元史艺文志》、顾嗣立所纂《元诗选》，尤昭昭可观。

元人著作，于国学上最有价值者，不能不首数脱脱等所撰《宋史》《辽史》《金史》，次则马端临《文献通考》三百四十卷，金履祥《通鉴前编》十八卷，胡三省《资治通鉴辨误》十二卷。郝经《续后汉书》九十卷，帝蜀黜魏，复作八《录》，以补陈寿之阙。辛文房《唐才子传》，今存八卷。叙论视计有功《唐诗纪事》尤精。繇是以言，元人著作之才，盖长于史。又方回《瀛奎律髓》四十九卷，杨士弘《唐音》十四卷，亦俱为论诗者所不废。

第二节　元代作家

元人之学，以讲求性理为最早。《元史》不立文苑，其《儒学传》中人，多道学之徒也。延祐以前，姚燧号称"文章大匠"，然燧持论谓文章与道相轻重。惟刘因虽讲求性理，而兼擅诗文，论者谓北宋以来，一人而已。因文遒健排奡，诗风格高迈，而比兴深微，尤闯然入作者之室，有《静修集》三十卷。因，字梦吉，保定容城人。其诗世不恒见，兹录其七绝一章：

《寒食道中》

簪花楚楚归宁女，荷锸纷纷上冢人。万古人心生意在，又随桃李一番新。

元诗大家，厥惟虞集。集，字伯生，又号邵庵。有《道园学古录》五十卷、《道园遗稿》十六卷，并传于今。论者谓金、元之间，元好问为文章耆宿；迨元之季，则以集为宗匠。其陶铸群材，固不减庐陵之在北宋也。集先世蜀人，而家于江西崇仁。从吴澄游。母杨氏，在室时已明性理之学。集幼，母口授《论》、《孟》、《左氏传》，欧、苏文集。孝友有识量，官至翰林直学士，兼国子祭酒，封仁寿郡公。至正八年卒，年七十有七。史称其学博洽，究极本原，研精探微，心解神契，其经纬弥纶之妙，一寓诸文，霭然庆历乾淳风烈。平生作文万篇，稿存者十二三。

陶宗仪《辍耕录》，称虞伯生诗得法于杨载。元诗家，虞、杨而外，共推范梈、揭傒斯。伯生评诗，谓杨如百战健儿，范如唐临晋帖，揭如美女簪花，自谓如汉廷老吏。杨，字仲弘，有集八卷。范，字亨父，一字德机，清江人，有诗七卷。揭，字曼硕，丰城人，有集十四卷。均传于今。

揭文安、虞道园与黄晋卿溍、柳道传贯号"儒林四杰"。黄、柳俱有集传于今。揭为修辽、金、宋三《史》总裁，官至侍讲学士，年七十余，卒于史馆，追封豫章公，谥曰文安。史称其文章叙事严整，语简而当，诗尤清婉丽密。

《送袁待制扈从上京》　虞集

日色苍凉映赭袍，时巡无乃圣躬劳。天连阁道晨留辇，星散周庐夜属橐。白马锦鞯来窈窕，紫驼银瓮出蒲萄。从官车骑多如雨，独有扬雄赋最高。

《史馆独坐》　揭傒斯

地夐天逾近，风高午尚寒。虚庭松子落，敧槛菊花干。抚卷俱千古，忧时有万端。寂寥麟父笔，才薄欲辞官。

赵孟頫子昂，湖州人，宋宗室也，改节仕元，为世议所不与。书画盛传，而人不称其诗文，实则所作不亚于虞、杨、范、揭。姚燧轻之，燧虽名儒，顾诗文不能胜于孟頫也。《辍耕录》载虞集《送袁待制诗》，原作"山连阁道，野散周庐"，孟頫为易"山"为"天"，"野"为"星"，集深悦服从之。史称孟頫诗文清邃奇逸，读之使人有飘飘出尘之想。《松雪斋集》十二卷，录于清库。

《岳鄂王墓》　赵孟頫

鄂王墓上草离离，秋日荒凉石兽危。南渡君臣轻社稷，中原父老望旌旗。英雄已死嗟何及，天下中分遂不支。莫向西湖歌此曲，水光山色不胜悲。

吴莱，字立夫，浦阳人。尝云"作文如用兵，有正有奇"。

柳贯极慎许与，每称莱为绝世之才。黄溍晚年谓人曰："莱文崭绝雄深，类秦汉间人所作，实非今世之士也。"卒年仅四十有四。君子惜之，私谥曰"渊颖先生"。《渊颖集》十二卷，附录一卷，明宋濂编。濂，莱之门人也。莱与贯、溍并受学于宋方凤，再传及濂，遂开明一代文章之派。莱诗亦刻意锻炼，句奇语重，然评者病其剺削雕镂，未能浑化，则年未中寿之故云。

欧阳玄，字原功，浏阳人。修辽、金、宋三《史》，玄为总裁官，发凡举例，至于论、赞、表、奏，皆玄属笔。位至翰林学士承旨，卒年八十五。无子，追封楚国公，谥曰文。史称玄性度雍容，含弘缜密，处己俭约，为政廉平，历官四十余年，修《实录》、《大典》、三《史》，皆大制作。凡宗庙朝廷雄文大册，播告万方制诰，多出玄手。海内名山大川释老之宫，王公贵人墓隧之碑，得玄文辞以为荣。片言只字，流传人间，咸知宝重。文章道德，卓然名世。有《圭斋集》十五卷，附录一卷，传于今。

辽、金、元文学，皆在汉族，惟萨都拉者，蒙古出类之材也。萨都拉，字天锡，号直斋，姓答失蛮氏，家雁门，登泰定进士，官至河北廉访经历。有《雁门集》三卷、《集外诗》一卷，传于今。萨都拉以色目人而才情俊丽，逾于南士，诗似晚唐，词有南宋旧格。其《金陵怀古·满江红》尤脍炙人口。兹录其一诗一词于后：

《江南乐歌》

江南乐，春水红桥满城郭，出门不用金马络，门前画船如画阁。绿纱虚窗春雾薄，隔窗蛾眉秋水活。翡翠冠高罗袖阔，楚舞吴歌劝郎酌。紫竹瑶丝相间作。船头柳花如雪落，船尾彩旗风绰绰。秉烛夜游随处泊，人生无如江南乐。

《念奴娇》石头城，用东坡《赤壁》韵

石头城上，望天低吴楚，眼中无物。指点六朝形胜地，惟有青山如壁。蔽日旌旗，连云樯橹，白骨纷如雪。一江南北，消磨多少豪杰。　寂寞避暑离宫，东风辇路，芳草年年发。落日无人松径冷，鬼火高低明灭。歌舞尊前，繁华镜里，暗换青青发。伤心千古，秦淮一片明月！

张翥，字仲举，晋宁人，至元初用隐逸荐，官至翰林学士承旨。致仕，卒，年八十二。《元史》有传，其《蜕庵集》五卷、《蜕岩词》二卷，并传于今。翥明音律，词具白石、梦窗遗韵。论者谓其身阅盛衰，闵乱忧时，颇多楚调。寻常选本皆采录之。翥诗世不恒见，王渔洋称为元末大家。其在都下《寄浙省周玉坡参政》一首，哀感顽艳，接迹遗山。诗作于至正二十一年，盖元历亦将尽矣。其词曰：

天子临轩授钺频，东南无地不红巾。铁衣远道三军老，白骨中原万鬼新。义士精灵虹贯日，仙家谈笑海扬尘。都将两眼凄凉泪，哭尽平生几故人。

元代高明之士，群趋于理学，故闳美之词章，不多觏焉。虞集与元明善论文云："凡为文辞，得所欲言而止，必若雷霆之震惊，鬼神之灵变，非性情之正也。"明善又讥集治经，惟朱子所定者耳。自汉以来先儒所尝尽心者，殊未博考。即此足见当时风尚。诗篇较胜，然迨其季也，流入纤靡，歌行尤多类于词曲。有杨维桢者，思以雄丽矫之，则又诡怪不经，大滋诟厉，遂被

163

"文妖"之目。维桢，字廉夫，号铁崖，山阴人。所著《东维子集》、《铁崖古乐府》等编数十卷，均为清四库收录。提要谓其别调逸情，亦天地间不可磨灭之文。其《拟白头吟》云："买妾千黄金，许身不许心，使君自有妇，夜夜白头吟。"河间纪氏尤极称之。元亡，明太祖遣使奉币召之，维桢谢曰："岂有老妇将就木而再理嫁者耶？"再敦促，遂以蹈海誓。卒年七十五。《明史》列为文苑之冠。

第三节　南北曲、章回体小说

世称词为诗余，曲为词余。吾观曲之分套、分折，敷陈情事，类于汉代词赋，其设人代言，亦主客问答之变也。明王世贞《艺苑卮言》云："三百篇亡而后有骚赋，骚赋难入乐而后有古乐府，古乐府不入俗而后以唐绝句为乐府。绝句少宛转而后有词，词不快北耳而后有北曲。北曲不谐南耳而后有南曲。"又云："自金、元入中国，所用胡乐，嘈杂凄紧，缓急之间，词不能按。乃更为新声以媚之，贯酸斋、马东篱、王实甫、关汉卿、张可久、乔梦符、郑德辉、宫大用、白仁甫辈，咸富有才情，兼喜声律，以故遂擅一代之长，所谓宋词元曲，殆不虚也。"

词以隐秀为宗，曲则搀以俚言，衬以助字，尽情宣达，无所谓比兴深微已。词韵虽与诗韵不同，犹存江左四声之旧。（词家虽亦有时以入声叶三声，然不废入声韵也）曲韵则以平、上、去通叶，遂无入声。元周德清《中原音韵》二卷，列东、钟、江、阳等十九部。平声分阴阳，入声则以之配隶三声。其说以谓入为痖音，欲调曼声，必谐三声。故凡入声之正、次清音转上声，正浊作平，次浊作去，随音转协。德清，高安人，其制《音韵》，顾以北人口耳为准，言曲韵者咸从之。惟度南曲者，不皆《中原音韵》也。

"元朝以曲取士"，虽不见于史，明沈德符《顾曲杂言》曾有此说。观臧懋循《元曲选》，所列至百种之多，足见当时文士，勤于斯艺矣。一代作家，群推马致远为上首，所制杂剧，《元曲选》登其七本，然至今盛行者，仍惟王实甫《西厢记》、高则诚《琵琶记》，几乎家有其书。《西厢记》可为北曲代表，《琵琶记》可为南曲代表。大抵北曲字多而调促，南曲字少而调缓。北宜和歌，南宜独奏。北以雄丽为工，南以清峭为胜。则诚，名明，永嘉人，附载《明史·文苑传》。或云撰《琵琶记》者乃高拭，字则成。实甫，大都人，或传实甫撰《西厢记》曲至"碧云天，黄花地，西风紧，北雁南飞"，思极神竭，仆地而卒，其下皆关汉卿所续成。（按范文正《苏幕遮》词云"碧云天，黄叶地"，王句盖出于此。）

南北曲俱利用弦索，明嘉靖、隆庆年间，昆山有魏良辅者，就南曲改造昆曲，备具众乐，而箫笛悠扬之声较多。听者益厌北曲粗豪，昆曲渐盛，元曲遂废。迄今《西厢记》等，只以丽情妙辞，供士夫览玩而已。

右南、北曲。

章回体小说，宋时虽已肇兴，至元世施耐庵著《水浒传》、罗贯中著《三国演义》，乃成为杰构。论者称《水浒传》善学

《史记》，而写一百八人言动性情，其状犁①然各别，不相绳②也。《水浒传》纯用俗语，语皆自然。其一百八人乃由《宋宣和遗事》所载三十六人增衍而成。《三国演义》文语相参，字句亦均惬适，所记不尽按据陈《志》，乃采各种传记贯串组织，言皆有本，知者许其博雅。清忠毅公额勒登保，不识汉字，超勇公海兰察谓之曰："子宜略识古兵法。"因取满文翻译《三国演义》授之，额遂为名将。耐庵，汴人。贯中名本，庐陵人，一云武林人。相传贯中师事耐庵，而世或称贯中明人。二书流传四裔，不但中国人各手一编也。

《西游记》，共传长春真人邱处机著。近人据淮安府康熙初旧志艺文书目，谓为明时郡人吴承恩③撰，而毛奇龄据元陶宗仪《辍耕录》谓为邱著。纪河间因见记中有明代官制，亦谓出于明人。夫古书多为后人窜益，考据家每喜据一二伪迹，遽将全书判属后人，难为信谳也。《西游记》所言丹诀甚深，非寻常稗官所办。惟是书虽演丹诀，其旨实推崇佛法。自吕洞宾、张伯端以来，道家往往转入于释也。书首楔子词曰："显密圆通真秘诀，借修性命无他说。"疑即指辽僧道殿所撰《显密圆通成佛心要集》也。此书亦白话章回体，广布中外。

右章回体小说。

---

① 《中国文学史纲》1933年版，此处作"判"。
② 《中国文学史纲》1933年版，此处作"混"。
③ 原作"吴承思"，改作"吴承恩"。

第十八章 明文学

第一节 总论

文章以学术为根原，未有学术不昌而文章能茂美者也。明代科举盛而儒术微，经学非汉唐之精专，性理袭宋元之糟粕（语本《明史·儒林传序》）。二百七十余年间，作者虽众，门户甚多，李东阳所谓"求其流出肺腑卓尔自立者，指不能一再屈"。（《怀麓堂诗话》）盖不独林鸿、袁凯为然也。然一朝文士，卓卓表见者，其源流迁变，《明史·文苑传叙》最得要领。兹节录之，其词曰：

> 明初文学之士，承元季虞、柳、黄、吴之后。宋濂、王祎、方孝孺以文雄，高、杨、张、徐、刘基、袁凯以诗著。永、宣以还，作者递兴，而气体渐弱。弘、正之间，李东阳出入宋、元，溯流唐代，擅声馆阁。而李梦阳、何景明倡言复古，文自西京、诗自中唐而下，一切吐弃，操觚谈艺之士翕然宗之。明之诗文于斯一变。迨嘉靖时，王慎中、唐顺之辈，文宗欧、曾，诗仿初唐。李攀龙、王世贞辈，文主秦、汉，诗规盛唐。王、李之持论，大抵与梦阳、景明相唱和也。归有光颇后出，以司马、欧阳自命，力排李、何、王、李。而徐渭、汤显祖、袁①宏道、锺惺之属，亦各争鸣一时，于

---

① 《中国文学史纲》1933年版，此处作"表"。

是宗李、何、王、李者稍衰。至启、祯时，钱谦益、艾南英，准北宋之矩矱，张溥、陈子龙撷东汉之芳华，又一变矣。

综而论之，明初袭元人余绪，三杨台阁体仅为应用之辞，俱不以宗派自衒。惟"前后七子"，无秦汉人学术而务效秦汉人文章，遂成伪体。夫文章以写性真，体格随时变化，马、班不摹典诰，李、杜不袭风骚。李、何等不论真伪工拙，惟标揭时代以为归墟，殆不知文学为何物者。至禁读唐以后书，尤悖谬。故才力虽富，造述虽勤，不能达意立诚，垂诸不朽，后世论定，其文等于覆瓿。惟诗则间有取之者耳。归氏资禀，未必远胜于"七子"，而率由中道，发挥天才，遂为一代[①]正宗，下启清世桐城文派。

第二节　古文家

明初文学，首推宋濂。濂，字景濂，号潜溪，金华人，从吴莱、柳贯、黄潜游。元至正中，荐授翰林编修，以亲老辞，入龙门山著书历十余年。明征之，官至翰林学士承旨。致仕。太祖延誉之曰："宋景濂事朕十九年来，未[②]尝有一言之伪，诮一人之短，始终无二，非止君子，抑可谓贤矣。"然其后长孙慎坐胡惟庸党，太祖欲置濂死，皇后、太子力救，乃安置茂州，卒年七十二。正德中谥之曰"文宪"。史称其文"醇深演迤，与古作者并"。高丽、安南、日本至出兼金购其文集。所著《宋学士全

---

①《中国文学史纲》1933年版，此处作"度"。

②《中国文学史纲》初版作"夫"，1933年版作"未"，据此改。

集》三十六卷，又《未刻集》二卷，传于今。

濂为修纂《元史》总裁。《元史》在诸史中为最下，论者以为仓猝成书故也。濂为文，亦恒以载道自期，仿《七发》为《志释》一篇，又为《七儒辨》《六经论》，俱所以明其本怀者也。濂文既喜谈道，殊乏韵味，才锋平钝，每病冗蔓。在当时虽杰出，而欲以上继遗山，追攀唐宋大家，难矣。其《太古正音序》，颇鲜洁有致，兹节录之如次。

余少时则好琴，尝学之而患无善师与之相讲说。

后闻冷君起敬以善琴名江南，当时学琴者皆趋其门。余尤慕之，以为安得一听以偿夙昔之好乎？

及入国朝，余既被命起仕，而冷君亦继至。时天子方注意郊社宗庙之祀，病音乐之未复乎古，与一二儒臣图所以更张之。冷君实奉明诏，定雅乐，而余豫执笔，制歌辞，获数与冷君论辩。冷君间抱琴为余鼓数曲，余瞑目而听之。凄焉而秋清，盎焉而春煦。寥乎悲鸿吟而鹍鹤鸾凤追而和之也；砯砯乎水合万壑瀑布直泻其上，而松桂之风互答而交冲也；恳恳乎如虞夏君臣上规下讽而不伤不怒也；熙熙乎如汉文之时天下富贵，而田野者耄乘车曳屣，嬉游笑谈，弗知日之夕也。余倦为之忘寝，不自知心气之平、神情之适，阅旬日而余音绎绎在耳。诚知其美，欲从而学焉，而余已老耄，不可勉矣。既而冷君出其所次琴谱曰《太古正音》者示余，且曰："子之所闻者皆出乎此。所未闻者，可按谱而学也。子可以序之。"

同时刘基文学，居濂之次。基博涉百家，尤精于象纬。其学术、经济，似耶律楚材、刘秉忠，而文词典赡。所著《郁离子》，欲希踪《淮南》《抱朴》。基文神锋颖露，与濂才性不同。基，字伯温，青田人，官至弘文馆学士，封诚意伯，卒年六十五，正德中追谥文成。文集二十卷，传于今。

与濂、基相亚者，有王祎、张孟兼。祎，字子充，义乌人，与濂同游黄溍之门，同为修《元史》总裁官，所著《王忠文公集》二十四卷，传于今。其文醇朴而宏肆，有北宋遗风。太祖尝语濂曰："浙东人才，惟卿与王祎。才思之雄，祎不如卿；学问之博，卿不如祎。"孟兼名丁，以字行，浦江人，基尝为太祖言，"今天下文章，宋濂第一，其次即臣基，又次即孟兼。"今存《白石山房逸稿》二卷。清《四库提要》称其诗文儒雅清丽，具有体裁，而雄骏之气，隐隐然不可遏抑。

海宁方孝孺，字希直，一字希古。蜀献王名其读书之庐曰"正学"。事惠帝，为文学博士。燕兵入，帝自焚。成祖召令草诏，抗节不屈，被磔诸市，宗族亲友前后坐诛者数百人，其门下士有以身殉者。考孝孺受业于宋濂，工文章，史称其醇深雄迈，每一篇出，海内争相传诵。永乐中，藏孝孺文者罪至死，门人王稌潜录之，今存《逊志斋集》二十卷。清《四库提要》谓其文"纵横豪放，出入于东坡、龙川之间，中如行周礼、复井田之类，迂儒谬论，时时有之。"吾尝喜其《答叶教谕书》，论求人作序，足为俗士箴砭。兹节录之，其词曰：

　　且古之所谓序云者，盖以明作者之意，如《诗》《书》篇端，皆有小序，而复有大序加其首者是也。小序或出于史臣，或出于后之贤士大夫。序之作者皆古之闻人。然其中得其言而遗其意，执其意而失其事，往往为经文之累者，亦不为少。则序之无益，亦已明矣。自《诗》《书》以下，作者莫不有序，或同志指其德业之所至，或门人、故交发其所蕴而叹惜其遭逢。初非有求于人，而司马迁、班固、扬雄之侪，又直自述己意，以抒其奇杰之才，固未尝有待于外也。唐人之能诗者莫如李白、杜甫。甫诗当时无序者；白诗，李阳冰于其既没尝为作序。然其有无，不足为二子轻重，而序者反托之以传。惟韩退之偶然一言，推尊二子，至今诵退之之文而知李、杜之不可及。夫执事之诗信美而可传，则不求于人可也。或自存其意可也，以待后之是非可，信万世如退之者之一言亦可也，何其扰扰于世俗之求哉。

明初编纂类书，名曰《永乐大典》，与近代文学最有关系。先是，成祖谕解缙曰："朕与尔义则君臣，恩犹父子，当知无不言。"缙即日上封事万言。其一款曰："臣见陛下好观《说苑》《韵府》杂书，与所谓《道德经》《心经》者，臣窃谓甚非所宜也。《说苑》多战国纵横之论，《韵府》抄辑秽芜，略无可采。陛下若喜其便于检阅，则愿集一二志士儒英，请得执笔随其后，上溯唐、虞、夏、商、周、孔，下及关、闽、濂、洛，根实精明，随事类别，勒成一经，上接经史，岂非太平制作之一端欤？"永乐初，缙等遂奉敕编《文献大成》。既竣，成祖以为未备，复敕姚广孝等重修。四历寒暑而成，更名为《永乐大典》，计二万二千九百卷。成祖制序，卷帙太繁，不及刊布。嘉靖中复加缮写，其书今皆散佚，然清世编录《四库全书》，于《大典》多所资取也。缙，字子绅，吉水人。

永乐以后，数十年间，海内无事，而杨士奇、杨荣、杨溥并

以儒流，平章大政，更历成祖、仁宗、宣宗、英宗四朝，号称
"三杨"。均擅词艺，当时名之曰"台阁体"，士大夫竞相摹
拟，渐流为肤庸，遂授李梦阳等以口实。三杨文学，士奇称最。
《东里文集》九十七卷，别集四卷，传于今。为文师法其乡欧阳
公，纡余委备而不甚费力。士奇名寓，以字行，泰和人，位至华
盖殿大学士，寿八十卒。荣，字勉仁，建安人，位至文渊阁大学
士，卒年七十。所著《杨文敏集》二十五卷，委蛇和雅，有富贵
福泽之气，与山林枯槁者殊。溥，字弘济，石首人，官武英殿大
学士，与士奇、荣共典机要，卒年七十五。当时以居第目士奇曰
"西杨"，荣曰"东杨"，而溥尝自署郡望曰"南郡"，因目为
"南杨"。"三杨"声望相匹，皆富贵老寿，惟文学则荣、溥不
及士奇。

弘、正间，李东阳文章导源唐宋，健于"三杨"，主持坛坫
三四十年，所著《怀麓堂集》一百卷，传于今。洎李梦阳之徒起
而与之相轧，光焰渐微，而后来王、唐蹊径实与相通也。东阳，
字宾之，号"西涯"，茶陵人，华盖殿大学士，卒年七十。

明代学者，王守仁最为卓越矣。守仁，字伯安，余姚人，官
至兵部尚书，封新建伯，卒年五十七①，谥文成。尝筑书屋于阳
明洞讲学，故世称"阳明先生"。阳明之学，以致良知为号，实
则禅也。宋儒阴用禅而深以佛为讳，至阳明则词气沛然，其《语
录》及与人论学书牍，不复可掩饰，然不能遂谓其学根本与程、
朱异也。惟晚年密语门下以无善、无恶心之体，至自叹为天机泄
漏，斯则可笑者耳。狂谬如武宗，律以《春秋》之义，君子当去

---

① 编者按：原作"八十五"，改作"五十七"。

之以孤恶君。而阳明乃为之效忠，杀人盈野。昔者仁人不闻伐国，至圣不对问陈，阳明之良知，何若是乎？阳明文词雅健有光采，上承宋濂、方孝孺之遗韵，而开王慎中、唐顺之、归有光之先声。茅坤云："王文成公《论学》及《记学》诸文，程朱所欲为而不能者；江西辞爵及抚田州诸疏，唐陆宣公、宋李忠定公所不逮也。"《王文成全书》三十八卷，传于今。

李梦阳排抵前贤，倡言复古，主张不读唐以后书，然其所为文，割裂剽袭，不成章句，王荆公所谓"可怜无补废精神"者也。王慎中乃起而矫之。慎中初亦高谈秦、汉，已而悟摹拟形似之非，尽焚旧作，反而求之欧、曾。唐顺之初不服其说，久乃变而从之。又有陈束、李开先、熊过、任瀚、赵时春、吕高与王、唐相和，并称为"嘉靖八才子"。慎中，字道思，晋江人，所著《遵岩集》二十五卷。顺之，字应德，毗陵人，所著《荆川集》十二卷。自王、唐以古文倡，李梦阳、何景明之集，几遏而不行。其后李攀龙、王世贞起而重理李、何坠绪，力排王、唐，卒不能掩也。及归有光之业既昌，李、何、李、王之文，益为世所摈废，莫复道之矣。

王慎中师仿欧、曾，唐顺之则定以韩、柳、欧、三苏、曾、王八家为法。归安茅坤于是选刻《八大家文钞》，盛行海内，乡里小生，无不知茅鹿门者。鹿门，坤别号也。归有光沿用王、唐矩矱，而原本经术，好太史公书，得其神理。有光，字熙甫，昆山人，官至南京太仆丞，卒年六十六，所著《震川文集》三十卷、别集十卷，传于今。钱谦益有《归氏文集题辞》，兹节录之如下：

　　熙甫生与王弇州同时，弇州世家膴仕，主盟文坛，

173

海内望走如玉帛职贡之会，惟恐后时。而熙甫老于场屋，与一二门弟子自相倡叹于荒江虚市之间。尝为人叙其文曰："今之所谓文者，未始为古人之学，苟得一二妄庸人，为之巨子，以诋排前人。"弇州笑曰："妄诚有之，庸则不敢闻命。"熙甫曰："唯庸故妄，未有妄而不庸者也。"弇州晚年颇自悔其少作，亟称熙甫之文。尝赞其画像曰："风行水上，涣为文章；风定波息，与水相忘。千载有公，继韩、欧阳。子岂异趋，久而自伤。"其推服之如此。而又曰："熙甫志墓之文绝佳，惜铭词不古。"推公之意，其必以聱牙诎曲不识字句者为古耶？不独其护前仍在，亦其学问种子，埋藏八识田中。所见一差，终其身不能改也。如熙甫之《李罗村行状》《赵汝渊墓志》，虽韩、欧复生，何以过此？以熙甫追配唐宋八大家，其于介甫、子由，殆有过之，无不及也。士生于斯世，尚能知宋、元大家之文，可以与两汉同流，不为俗学所渐灭，熙甫之功，岂不伟哉！

谦益为文，与有光体格不同，而持论如此。至清代桐城诸老，实以有光为师法，故推尊之以上继唐宋八家。《四库全书·〈震川文集〉提要》云："必谓其方轨韩、欧，谈何容易，然根柢醇厚，法度谨严，不谓之古文正传不可也。"《古文辞类纂》登归文三十余首，然归氏《陶庵记》神理最优，附载于左。

余亦好司马子长书，见其感慨激烈、愤郁不平之气，勃勃不能自抑，以为君子之处世，轻重之衡，常在于我，决不当以一时之所遭，而身与之迁徙上下。设不幸而处其穷，则所以平其心志、怡其性情者，亦必有其道。何至如闾巷小夫，一不快志，悲怨憔悴之意动于眉眦之间哉？盖孔子亟美颜渊，而责子路之愠见，古之难其人久矣。

已而观陶子之集，则其平淡冲和、潇洒脱落，悠然势分之外，非独不困于穷，而直以穷为娱。百世之下，讽咏其词，融融然尘渣俗垢与之俱化，信乎古之善处穷者也。推陶子之道，可以进于孔氏之门。而世之论者，徒以元熙易代之间，谓为大节，而不究其安命乐天之实。夫穷苦迫于外，饥寒切于身，而性情不挠，则于晋、宋间，真如蚍蜉聚散耳。昔虞伯生慕陶，而并诸邵子之间。予不敢望于邵而独喜陶也，予又今之穷者，扁其室曰"陶庵"云。

第三节　诗家

刘基以有用之学，出为帝佐，辅翼治平，而词章亦复佳胜。其诗沉着顿宕，自成一家，可亚高启，足称开国元音。兹录其五言一首，亦魏徵《述怀》之类也。

《感怀》　刘基

我有绿绮琴，其材出空桑。金徽映玉轸，音韵锵琳琅。上弦感薰风，下弦来凤凰。世耳不欲闻，子期今则亡。愿持献重华，路阻川无梁。

高启，字季迪，长洲人，居吴淞江之青邱，自号"青邱子"。洪武初被荐，召修《元史》，教授诸王，擢户部右侍郎，自陈年少不敢当重任，赐白金放还。尝赋诗讽刺，帝嗛之，未发也。及归，知府魏观以改修府治获谴，帝见启所作《上梁文》，因发怒，腰斩于市，年三十有九。所著《大全集》十八卷、《凫藻集》五卷。清《四库提要》云："启天才高逸，实据明一代诗人之上。其于诗，拟汉魏似汉魏，拟六朝似六朝，拟唐似唐，拟宋似宋，凡古人之所长，无不兼之，振元末纤秾缛丽之习而返之于古，启实为有力。然行世太早，殒折太速，未能熔铸变化，自成一家，故备有古人之格，而反不能名启为何格。此则天实限之，非启过也。"赵翼《瓯北诗话》云："高青邱才气超迈，音节响亮，宗派唐人而自出新意，论者推为开国诗人第一。要其英爽绝人，故学唐而不为唐所囿。后来学唐者，李、何辈袭其面貌，仿其声调，而神理索然，则优孟衣冠矣。"按启诗七律尤精警，采录一首如次：

《送沈左司从汪参政分省陕西汪由御史中丞出》

重臣分陕去台端，宾从威仪尽汉官。四塞河山归版籍，百年父老见衣冠。函关月落听鸡度，华岳云开立马看。知尔西行定回首，如今江左是长安。

右诗甚似昌黎《和卢曹长元日朝回》之作。其哀某亡将句云："残卒自随新将去，老亲空见旧奴归。"《天界寺》句云："万履随钟集，千灯入镜流。"此皆如李卫公所谓"譬诸日月，光景常新者也"。古体如《青邱子歌》《京师苦寒》等篇，则冶^①唐、宋于一炉，实风雅之正轨也。

与启齐名者，杨基孟载、张羽来仪、徐贲幼文，称为"四杰"。而李、何独推袁凯景文，以为诗家之冠。后世论定，谓诸

---

① 《中国文学史纲》初版作"治"，1933年版作"冶"，据此改。

人均非启匹也。

长洲姚广孝，以比丘为成祖谋主，竟夺惠帝之国，虽未足上比刘秉忠，然不可不谓为异人。故工诗，《明志》著录其《逃虚子集》十一卷。史称广孝洪武中作《京口怀古诗》，释宗泐见其摇膝高吟，笑曰："此岂释子语耶，斯道斯道，汝薄南朝矣。"斯道，广孝为僧时字也。其诗风致深雅，附录如后：

> 谯橹年来战血干，烟花犹自半雕残。五州山近朝云乱，万岁楼前夜月寒。江水无潮通铁瓮，野田有路到金坛。萧梁事业今何在，北固青青眼倦看。

李东阳才力虽不甚雄，而华实相扶，典型具在。茶陵派系流衍当年，良有以也。夫文学为时代之精神所表现。明初开创规模，潜溪、青田、青邱俱有博大昌明气象。永乐以后，至于弘治，百年之间，老成当国，治至小康。故东里、西涯，为平弊雅正之辞，而士大夫相悦以效之。洎正德时，八党用事，朝政遂乱。嗣斯以降，讲学议政，党派竞兴。而文学界中，亦有"前后七子"者，标名号、拥徒属，以与天下争名。

弘治、正德年间，李梦阳、何景明、徐桢卿、边贡、康海、王九思、王廷相号为"七才子"，皆卑视一世。而梦阳尤甚，倡言"文必秦汉，诗必盛唐"，非是者弗道，讥李东阳等为萎弱。所著《空同集》六十六卷。清《四库简明目录》云："明一代文章体裁自梦阳而变，文章门户亦自梦阳而分。毁誉交争，迄无定轨。平心而论，其诗才力富健，诚足笼罩一时。而摹拟有痕，刻画过甚，亦开剽窃之风。其文则故作聱牙，以艰深文浅易。"梦阳，字献吉，庆阳人。景明，字仲默，信阳人，所作《大复集》三十八卷。清《四库简明目录》云："李梦阳倡复古之论，景明

177

和之。然二人天分各殊，取境稍异，故论诗诸札，往复相持。究极而论，摹拟之弊，二人所短略同。至梦阳雄阔之气，景明谐雅之音，亦各有所长。"按史称李、何两人为诗文，初相得甚欢，名成之后，互相诋諆。梦阳主摹仿，景明则主创造，各不相下，两人交游，亦遂分左右祖。

嘉靖、隆庆年间，李攀龙、王世贞、谢榛、宗臣、梁有誉、徐中行、吴国伦，复号为"七才子"。诸人多少年气锐，视当世无人。初倡诗社，尚有李先芳、吴维岳，已而摈之。其始以榛为社长，及攀龙名大炽，与榛绝交，世贞辈遂削榛名于"七子"之列。然当时称诗指要，实自榛发也。榛，字茂秦，临清人，终于布衣。有《四溟集》十卷、《诗家直说》二卷。攀龙，字于鳞，历城人，所著《沧溟集》三十卷。世贞，字元美，太仓人，所著《弇州山人四部稿》一百七十四卷、《续稿》二百七卷、《读书后》八卷，均传于今。攀龙少有狂生之目，持论谓"文自西京、诗自天宝而下，俱无足观"。为《唐诗选序》，谓唐无五言古诗。于当代独推李梦阳，诸子翕然和之。其为诗务以声调胜，所拟乐府，或更古数字为己作，文则聱牙戟口，读者至不能终篇。世贞亦绍述何、李，持论与攀龙同，并谓大历以后书勿读。然晚年病亟时，刘凤往视，见其手《苏子瞻集》讽玩不置也。极喜标榜，集中有"前五子""后五子""广五子""续五子""末五子"等目。天下以"王李"并称，又与李梦阳、何景明并称"何李""王李"。攀龙殁，世贞独操文柄二十年，声华意气，笼盖海内。一时士大夫及山人词客，衲子羽流，莫不奔走门下，諛者至谓为"诗家集大成之尼父"。世贞又号"凤洲"，平生考览精博，其《笔记》《书后》等作，殊有可观。

万历时，公安袁宗道与其弟宏道、中道，为诗文主妙悟、尚清真，于唐好白乐天，于宋好苏子瞻，名其斋曰"白苏"。学者多舍王、李而从之，目为"公安体"。朱彝尊《静志居诗话》曰："《传》有言，'琴瑟既敝，必取而更张之'。诗文亦然，不容不变也。隆、万间，王、李之遗派充塞，公安昆弟起而非之，以为唐自有古诗，不必选体；中、晚皆有诗，不必初、盛；欧、苏、陈、黄各有诗，不必唐人。唐诗色泽鲜妍，如旦晚脱笔砚者。今诗才脱笔砚，已是陈言，岂非流自性灵与出自剽拟所从来异乎？一时闻者涣然神悟，若良药之解散而沉疴之去体也。"

公安体行，时为空疏者所依托，流于浅率，间杂以俚语嘲谑。于是竟陵锺惺、谭元春复矫之，变而为幽深孤峭，评选唐人之诗为《唐诗归》，又评选隋以前诗为《古诗归》。锺、谭名满天下，谓之"竟陵体"。然两人学不甚富，识解多僻，大为通人所讥。

以上[①]所述，皆取其于历史为最显要者，实则一代之中，不以宗派家数自鸣者，未尝无佳制。选明诗者，朱彝尊《明诗综》叙录最详。沈德潜《明诗别裁》，亦简采菁华，足备寻览。

第四节　戏曲

明人之曲虽不及元人，而作者亦不少。"前七子"如李梦阳、王九思、康海均能为北曲。吴中文士若祝允明、唐寅俱善南曲，昆山魏良辅[②]则改造昆曲。而曲家名最高者，断推临川汤显

---

① 《中国文学史纲》初版作"上来"，1933年版作"以上"，据此改。
② 魏良辅为江西豫章人，原文如此。

祖。显祖，字义仍，万历癸未进士，官南礼部主事，知遂昌县。有《玉茗堂集》文十五卷，诗十六卷，《续虞初志》八卷。所作南曲，以《牡丹亭还魂记》独出冠时。又有《邯郸梦》《紫钗记》《南柯记①》，世合称之为"临川四梦"。虽用韵任意，不合曲谱，顾其才情自足不朽也。人或劝显祖讲学，笑答曰："诸公所讲者性，仆所言者情也。"当日娄江女子俞二娘，酷嗜其词，断肠而死。显祖作诗哀之云："画烛摇金阁，真珠泣绣窗。如何伤此曲，偏只在娄江。"又孙仁儒之《东郭记》，阮大铖之《燕子笺》《春灯谜》，亦俱行于当时，然不能如《牡丹亭》之家弦户诵也。惟李日华改北曲《西厢》为南曲，颇盛演于歌场。

《太和正音谱》一书，顾曲者咸取之。谱为宁王权所制。权，太祖第十七子②，洪武中就封大宁，永乐元年改封南昌。

第五节　八股文

列朝举子业，本不足预于文学，惟八股文肇端于宋人经义，施行至清末乃废。数百年中，普及方夏，言历史者不容不一及之也。八股文，明人为之最工，几如唐人之诗，元人之曲。其高者恒根据经史，胎息于古文。然为之既久，更治古文，则每为所累，不能振拔。清代古文家，不惟桐城诸老，胥受八股文之陶铸。包世臣劝凌曙治经学，当先诵嘉、隆制艺三十首，每首以三百过为度（见所著《凌君墓表》），足见其为风气所囿者亦已深矣。

---

① 编者按：原作"烂柯记"，改作"南柯记"。
② 编者按：原作"第十六子"，改作"第十七子"。

　　八股文理法深细，殆非后生未习者所克猝喻。明代作者，前称"王（鏊）、唐（顺之）"，后称"归（有光）、胡（友信）"。万历末，场屋文腐败。至天、崇间，起而振之者有金声、黄淳耀。而江西艾南英、章世纯、罗万藻、陈际泰四人，以时文名天下。刻所作文行之世，世人翕然归之，称为"章、罗、陈、艾"，俗又称为"江西派"。《明史》均列诸《文苑传》。

第四编　近世文学史

第十九章　清文学

第一节　清代文学昌盛之由

　　清代诗、古文、词、曲，均不逮宋、元，惟考据之学、骈体文，则真能度越往代。而各种学术、各体文词，为之者皆众。其小立规模，粗成家数者林立。故近世文学不可不谓为极昌也，最盛时期，咸称乾嘉。推寻其致此昌盛之因，一则由于明末遗献之启发，二则由于清朝诸帝之培养。

　　余姚黄宗羲之于性理，昆山顾炎武之于考据，常熟钱谦益之于词章，其陶铸清代儒士者最深。宗羲，字太冲，又号[1]梨洲。父尊素，以劾魏忠贤下狱死。思宗即位，宗羲袖长锥入都讼冤，刺许显纯血流被体，杀当时二牢卒，哭祭狱门。清兵南下，纠合数百人号"世忠营"，军溃亡命。康熙间屡征不起，会修《明史》，诏浙中督抚钞其著述关史事者送京师，当局延其子及门人

---

　　① 《中国文学史纲》初版作"思"，1933年版作"号"，据此改。

任纂修。有大议，总裁恒手书咨乞审正而后定。卒年八十六。其学受诸刘宗周，出入白沙、阳明之间，而综贯经史百家，与关中李颙、容城孙奇逢，号"海内三大儒"。著述甚富，其集名《南雷文定》《文约》，而不朽之作，厥惟《宋元儒学案》《明儒学案》，其《明夷待访录》二卷，尤为世所传诵。

炎武，字宁人，号亭林，又自署蒋山傭，本名绛。从父同吉早卒，聘王氏未婚守节，以炎武为嗣。母王曾断指疗姑疾，明亡，年六十矣，不食死，遗命勿事二姓。炎武密怀兴复之志，奔走四方，六谒思陵，乃卜居华阴，卒年六十九。康熙中大臣屡荐欲起之，至以死辞。于书无所不窥，尤留心经世之学，录史传、图经、公移、邸钞，下至说部之有关民生利病者，参以躬所闻见，曰《天下郡国利病书》，别一编曰《肇域志》。殚精韵学，撰《音学五书》，晚益笃志六经，谓经学即理学。炎武于经学、小学、舆地、经济，未必及后来专门诸家之精详，然而筚路蓝缕，实为清代文学之先导。所撰《日知录》三十卷，凡经史粹言皆具焉，学者家有其书。当时"顾黄"并称，顾、黄固邃于学，而文笔并皆工善，顾诗亦不愧作者。

谦益，字受之，号牧斋。明末为礼部尚书，清世祖定江南，谦益出降，仕为礼部侍郎，兼秘书院学士。未几，称疾归，里居十六载卒，年八十三。谦益于词章宏通博辨，其绪论裨益于文士孔多。刊行《归震川文集》，笺注杜诗，皆所以变革敝风，昭示正轨。其自作古近体诗，出入李、杜、韩、白、苏、陆、元、虞之间，才力雄健，而学问之渊博，又足以副之。沈德潜纂《清诗别裁》，本以为冠。高宗方创制《贰臣传》，诛贬清初降人，因斥责德潜，命重镂板，乃不复登谦益一字。谦益著有《初学》

《有学》等集，于天台宗教说，亦甚精熟，撰《楞严蒙钞》。乾隆时悉诏毁之，禁其流传。自古文人，其行谊每有不堪问者，然清高宗之痛恶谦益，又别有故，尚论者不应缘此而遂薄其艺。至若邵长蘅欲翻谦益之论，而纂《何李王李四家诗选》，则如晨曦已丽于霄，而犹欲为流萤炫其辉耀者也。

商邱侯方域朝宗，宁都魏禧冰叔，俱工古文，世称"侯魏"。方域倡韩、欧学于举世不为之日，有《壮悔堂集》行世。其文以才气胜，雄悍超轶，而为志传能写生，得迁、固神理。禧有《文集》《日录》《左传经世》等书，好《左氏传》及苏洵，其文不名一体，奥衍精卓，切于事理，所著《地狱论》绝佳。兄弟三人并有声，世称"宁都三魏"。禧为魏叔子，"易堂九子"之领袖也。侯、魏文有真气，无八股文结习。太仓吴伟业骏公，有《梅村诗文集》四十卷，诗哀感顽艳，歌行尤工，流播九州，二百余稔，迄未间歇。斯皆天留硕果，为新朝文苑树之根荄者也。惟衡阳王夫之而农，所学亚于顾、黄①，文采亦足以远耀，而窜伏石船山窟，遗书至同治年间乃流布，于当时无甚影响云。

前清虽屡兴文字狱，诛戮儒流，然其培养艺林，亦殊殷挚。章、仁、宪、纯诸帝，均博学能文，求书访士，大集耆英，纂修《明史》，两开特科，网罗俊彦。又批评《通鉴纲目》等书，以著褒贬之定论。撰辑字典《佩文韵府》《渊鉴类函》诸籍，以资普通检查。编《四库全书》，计万余种，特于南北要地，分建七阁，各令写藏全书一份②，诱全国以纵览。当是时也，湖海小

---

① 原文如此。
② 原作"一分"，改作"一份"。

文，每采闻于禁内，布衣笃学，或下问其升沉。方苞在《南山集》案中，法当族诛。圣祖特宥之，命以白衣入直南书房。世宗在潜邸时，驰书三千里，延致太原秀才阎若璩，握手赐坐呼先生。内外竞承风旨，迎师揖客，名一艺者无不庸也。故二百七十年间，士争奋于文学。

第二节　古文家

明末清初，南昌王猷定，新建陈宏绪、徐世溥、欧阳斌元，均能古文，扫除"前后七子"、公安、竟陵余习，别开风气，而隐居不仕。其后论者复推长洲汪琬，以为接迹唐、归，胜于侯、魏。琬，字苕文，号钝翁，官翰林院编修，著有《钝翁类稿》《尧峰文钞》。慈溪姜宸英湛园、武进邵长蘅子湘，俱以古文名，评家恒以与侯、魏相衡量。洎桐城方苞以义法倡，刘大櫆、姚鼐先后继起，遂成派别。国中为古文者，大都崇奉之矣。

苞，字灵皋，号望溪，官至礼部侍郎。生于康熙七年，卒于乾隆十四年，寿八十二。清初言古文，多称钱谦益。苞诋钱文秽恶如其人，独倡义法，非阐道翼教、有关人伦风化不苟作，不喜班史及柳文，条举所短而诋之。尝谓自南宋以来，古文义法不讲久矣，吴越间遗老，尤放恣无一雅洁者。古文不可入语录中语，魏、晋、六朝人藻丽俳语，汉赋中板重字法，诗歌中隽语，南、北《史》佻巧语。又曰："言有序，言有物，有序要矣，有物尤要。"苞喜说经，而不遵用汉、唐家法，以注疏为肤浅，解《仪礼》十易稿。但苦读冥思，自谓创通其义，造述虽勤，终为经师所摈绝。著有《望溪文集》。其志不专在古文，然世士好桐城派，尤尚望溪文者，实以其近于制艺，利于公牍。至其所主义法之说，钱大昕曾驳论之，兹附载其词于左：

钱大昕《与友人书》

前晤吾兄，极称近日古文家以桐城方氏为最。予取方氏文读之，其波澜意度，颇有韩、欧阳、王之规模，视世俗冗蔓揉杂之作，固不可同日语，惜乎未喻古文之义法尔。夫古文之体，奇正、浓淡、详略，本无定法，要其为文之旨有四：曰明道，曰经世，曰阐幽，曰正俗。有是四者，而后以法律约之，夫然后可以羽翼经史，而传之天下后世。至于亲戚故旧聚散存没之感，一时有所寄托而宣之于文，使其姓名附见集中者，此其人事迹原无足传，故一切阙而不载。非本有所纪而略之，以为文之义法如此也。方氏以世人诵欧公《王恭武》《杜祁公》诸志，不若《黄梦升》《张子野》诸志之熟，遂谓"功德之崇，不若情词之动人心目"。然则使方氏援笔而为王、杜之志，亦将舍其勋业之大者而徒以应酬之空言了之乎？六经、三史之文，世人不能尽好，间有读之者，仅以供场屋饾饤之用，求通其大义者罕矣。至于传奇之演绎，优伶之宾白，情辞动人心目，虽里巷小夫、妇人，无不为之歌泣者，所谓"曲弥高则和弥寡"，读者之熟与不熟，非文之有优劣也。以此论文，其与孙鑛、林云铭、金人瑞之徒何异？

文有繁有简，繁者不可减之使少，犹之简者不可使之增多。《左氏》之繁，胜于《公》《穀》之简，《史记》《汉书》，互有繁简。谓"文未有繁而工者"，非通论也。太史公，汉时官名，司马谈父子为之，故《史记·自序》云"谈为太史公"。又云"卒三岁而迁为太史公"，《报任安书》亦自称太史公。"公"，非尊其父之称，而方以为称"太史公曰"者，皆褚少孙所加。《秦本纪》《田单传》别出它说，此史家存类之法。《汉书》亦间有之，而方以为后人所附缀。韩退之撰《顺宗实录》，载陆贽、阳城传，此实录之体应尔，非退之所创，方亦不知而妄讥之。盖方所谓古文义法者，特世俗选本之古文，未尝博观而求其法也。法且不知，而义于何有！昔刘原父讥欧阳公不读书，原父博闻诚胜于欧阳，然其言未免太过，若方氏乃真不读书之甚者。吾兄特以其文之波澜意度近于古而喜之，予以为方所得者，古文之糟魄，非古文之神理也。王若霖言："灵皋以古文为时文，却以时文为古文。"方终身病之，若霖可谓洞中垣一方症结者矣。

大櫆，字耕南，号海峰。康熙末，方苞见其文，语人曰："如苞何足言，同里刘大櫆乃今世韩、欧才也。"官黟县教谕，卒年八十三。文喜学庄子、韩昌黎，峻洁而饶气韵，并工诗，著有《海峰诗文集》。其《井田论》《焚书辨》有特识，然论者恒抑之于方、姚下。

鼐，字姬传，从世父范学，谓义理、考证、文章三者阙一不可。别受古文法于海峰，并治古近体诗，官刑部郎中，为四库纂修官。乞养归，主讲梅花、钟山、紫阳、敬敷诸书院，凡四十年。嘉庆二十年卒，寿八十五。著有《惜抱轩集》，集中《赠钱献之序》《与鲁宾之论文》诸书，皆其宗旨所在也。其它造述甚多，而《古文辞类纂》一书，与百余年来文学最有关系。盖所谓桐城派者，自是乃昌衍于东南，王先谦所谓"由其道而名于文苑"者以数十计也。姚纂大旨，在拨弃《文选》，祖唐、茅旧说，表章"八家"，而以之上接秦、汉，复推归、方为"八家"嗣。

嘉、道间，泾县包世臣慎伯、仁和龚自珍定庵、邵阳魏源默深，均善学子书，世目为不立宗派古文家。包氏极不以桐城派为然，兹节录其《艺舟双楫》论文如左：

> 然古文自南宋以来，皆为以时文之法，繁芜无骨势，茅坤、归有光之徒程其格式，而方苞系之，自谓真古矣，乃与时文弥近。（《读大云山房文集》）

> 自前明诸君泥子瞻"文起八代"之言，遂斥"选学"为别裁伪体。良以应德、顺甫、熙甫诸君，心力悴于八股，一切诵读，皆为制举之资，遂取"八家"下乘，横空起议，照应钩勒之篇，以为准的。小儒目眯，前邪后许，而精深闳茂，反在屏弃。……足下试各取其全集读之，凡为三百年来选家所遗者，大抵皆出入秦、汉，而为古人真脉所寄也，其与"选学"殊途同归。（《再与杨季子书》）

> 其离事与礼而虚言道以张其军者，自退之始，而子厚和之。至明允、永叔，乃用力于推究世事，而子瞻尤为达者。然门面言道之语涤除未尽，以致近世治古文者，一若非言道则无以自尊其文。……夫事无大小，苟能明其始末，究其义类，皆足以成至文，固不必悉本忠孝，攸关家国也。凡是陋习，染人为易，而熙甫、顺甫

乃欲指以为法，岂不谬哉？（《与杨季子论文书》）

　　尊谕有物有序是矣，然以搭架式起腔调当有序，则世臣所未喻也。……自八股取士之后，士人进身以此，少小诵习先正时文。稍长则读八家之近于时文者以资润泽。……来谕疑世臣以"八家"为不足观，似不应诞妄至是。惟不能自眯其目，揽归、方之祛以求途耳。（《复李祖陶书》）

王先谦《续古文辞类纂》，专阐扬桐城派，录姚氏以下各家甚备。姬传之后，上元梅曾亮伯言为钜子。曾亮本善骈体，感于管同之言，而更治散文，故词笔特雅隽，有《柏枧山房集》。

阳湖恽敬子居，有《大云山房集》。敬虽未能果成为阳湖派，而其文精察廉悍，得力子史，所造与方、姚之徒迥殊。巴陵吴敏树南屏，为文气韵清逸，撰《史记别钞》《归震川文别钞》，以明宗尚。不喜姚氏，比之以吕居仁，讼言已非桐城派。著有《柈湖文集》，集中有《与筱岑论文派书》。

湘乡曾文正公国藩，号涤生[①]，撰《圣哲画像记》，登姚氏于三十二人之列，自谓粗解文章由姚先生启之。然曾公文雄奇瑰玮，不类方、姚，即所见亦异。姚氏闻人以《文选》为学，诮为大谬，不足与言（见《惜抱轩尺牍》）。而曾公平生酷好《文选》，至老苦读。《古文辞类纂》不录经、史、子书，以归、方上续"八家"，而曾公别辑《经史百家杂钞》，作文讥贬震川非方苞之伦。又《与吴南屏书》，言非果以姚氏为宗、桐城为派，雅不欲溷入梅郎中后尘。曾公文集中有《欧阳生文集序》，述桐

　　① 原作"字涤生"，改作"号涤生"。

城派綦详。

文学随时势之需要而变迁。汉儒说经，缘于利禄。唐尚选学，以资诗赋。宋、元、明、清试士用策论、经义、八股，故"八家"、归、方以适时而代兴。清季废八股用策论，报纸之横议焱起，变法之奏章争上，于是操觚之士，不复能墨守桐城，而龚自珍、魏源之遗书，风靡一世。章学诚善论文史，然词笔平冗，不能与龚、魏齐驱也。惟南中虽菲枕龚、魏，河北仍有肆方、姚之业者，则以桐城吴汝纶挚甫、武昌张裕钊濂亭讲授其间也。汝纶、裕钊俱受业曾公，而守方、姚之义法甚笃。

第三节　诗家

清初诗人，钱、吴以后，有南施、北宋。施闰章愚山，安徽宣城人。宋琬荔裳，山东莱阳人也。然一代正宗，咸推王士禛。论者谓士禛之在清，如宋之东坡，元之道园，明之青邱。士禛，字贻上，号阮亭，别自号渔洋山人。山东新城人，官至刑部尚书。康熙五十年 [①] 卒，寿七十有八。著有《带经堂》等集，笔录、诗话及编选之籍，卷帙甚丰。门人纂其诗为《渔洋精华录》，惠栋、金荣各为之训笺。高宗嘉其绩学工诗，特赐谥文简，以为稽古者劝。士禛有干济风节，文亦雅洁。遍游秦、晋、洛、蜀、闽、越、江、楚，采访登临，一发之于诗，故其诗能尽古今之奇变，蔚然为一代风气所归。年二十八，以诗贽于钱谦益，谦益一见欣然为之序，有"与君代兴"之语。又赠长句，有

---

① 编者按：原作"康熙五十八年"，改作"康熙五十年"。

云："骐骥奋蹴踏，万马喑[①]不骄。……勿以独角麟，俪彼万牛毛。"盖用宋濂赠方孝孺语也，士禛极感其知奖。

渔洋诗派，专尚神韵，尝依司空图、严羽之说，录盛唐诗尤隽永超诣者，自王右丞而下四十二人，为《唐贤三昧集》，而不登李、杜一字。盖渔洋八岁即从兄士禄受裴、王诗法也，窃谓诗与文异，职在缘情赋景而已，不应以辨理纪事并责之。三百篇可按也，夫琴瑟无耕耨之用，亭台非寝处所宜，物各有所当也。李、杜虽雄，实诗之变。后来短渔洋者，大都以其神韵天然，而不能载物。此非知诗之原者也。益都赵执信抵排渔洋最力，著有《声调谱》《谈龙录》以明同异。然执信独服常熟冯班，见班所作，至具朝服下拜。尝展班墓，以私淑门人刺即冢前焚之，其言行轻狂多此类。执信妻，渔洋甥女，渔洋爱其才，虽与龃龉，不以为亢也。

当时与渔洋齐名者，朱彝尊锡鬯，秀水人，又号竹垞。官翰林院检讨，引疾归，家居十有九年卒，寿八十有一。所著《曝书亭集》等书五百余卷。学术闳深，不专以诗名，而诗牢笼万有，与渔洋并峙，为南、北两大宗。论者谓王才高而学足以副之，朱学博而才足以运之。

乾隆时，长洲沈德潜，以诗受知于高宗，待遇优异，官至礼部侍郎。告归，卒年九十有七，谥文悫。德潜年六十六举于乡，七十始授编修。高宗尝于《南邦黎献集》中见其诗，因称为老名士，时与酬和，历校《御制诗》，时为之修饰。德潜字确士，号归愚，选有《古诗源》及《唐诗》《明诗》《清诗》三种别裁。

---

① 《中国文学史纲》1933年版此处作"喑"。

少受业于吴江叶燮，论诗主格调，而所作顾鲜惊心动魄之词，士大夫慕其光宠，交手共推为宗匠。

有称"乾隆三大家"者，钱塘袁枚子才、铅山蒋士铨苕生、阳湖赵翼云松。枚，又号简斋，所著《随园》三十六种。诗主性灵，惟务词达，而流于轻浅。世俗士女喜之，一时声势遍海内外。士铨，又字心余①，所著《忠雅堂诗》，词旨深雅。翼，又号瓯北，其诗话叙论颇详，所为诗，才气纵横而菁华不多。三大家之外，遂宁张问陶船山、武进黄景仁仲则，俱天才俊逸，戛戛独造，清词丽句，流传到今。张有《船山诗草》，黄有《两当轩诗集》。

厉鹗，字太鸿②，钱塘人。为诗精深峭洁，截断众流，于诸家外自树一帜，渔洋以后所未有也。大江南北，主盟坛坫凡数十年。著书甚多，有《樊榭山房集》，撰《宋诗纪事》百卷，为后来言宋诗者所必稽。鹗，康熙庚子举人，应乾隆鸿博科报罢。无子，殁后，栗主委榛莽中，或取置山谷祠③供之。其身世之穷，视王、沈所遇，相异远矣。

湘乡曾公，论诗甚精，不偏主唐、宋，于历代各名大家咸洞达阃奥，而言之平通简易。同、光以来，事吟咏者多从其指。南通州范当世肯堂，传习曾公遗教，工力至深，古近体均醇而能肆。自云"径须直接元遗山，不当下与吴王班"。客北洋幕府时，赋《栀子花诗》，咏物浑妙。袁凯《白燕》，未足比伦。当

① 编者按：原作"号心余"，改作"字心余"。
② 编者按：原作"字大鸿"，改作"字太鸿"。
③ 编者按：原作"山谷词"，改作"山谷祠"。

世终于诸生，有《范伯子诗集》，知者许为大家。

《栀子花》 范当世

　　碧叶衔花孰浅深，人天浑合到如今。一从白地腾枝
出，日对青天倚树吟。光景谁能驻窗隙，吾身真合老墙
阴。朱栏火炙衣尘满，惜此渊渊抱冻心。

　　嘉应黄遵宪公度，沉酣子史，欲创新诗，所作乐府及《日本
杂咏》，以汉、唐之丽辞，写海国之异状，使其情景一一实现，
而律度纯乎大雅，殆不可磨灭者也，有《人境庐诗钞》行世。

第四节　骈体文家

　　清人多工骈体文，佳者实能突过隋、唐。浙人谭献尝云：
"纪昀《四库全书进呈表》，胡天游《一统志表》《禹陵铭》，
胡浚《论桑植土官书》，陆繁弨《吴山伍公庙碑文》，吴兆骞
《孙赤崖诗序》，袁枚《与蒋苕生书》《汪中自序》《琴台之
铭》，孔广森《戴氏遗书序》，阮元《叶氏庐墓诗文序》，张惠
言《黄山赋》《七十家赋钞序》，孙星衍《防护昭陵之碑文》，
乐钧《广俭不至说》，此十五篇者，皆不愧八代高文，唐以后
所不能为也。"然以予考之，犹不止此。选清代骈文者，有吴
鼒之《八家四六文钞》、曾燠之《骈体正宗》、姚燮之《骈文
类苑》、王先谦之《十家四六文钞》及《骈体文类纂》，可以
观也。

　　清代骈文，多半出于汉学家，皆所谓通儒上材也，其根柢蟠
深，故词条钜丽，非宋、明文士所能比拟。以斯艺名家者，宜兴
陈维崧其年、山阴胡天游稚威。而吴鼒所列八家，昭文邵齐焘荀
慈、钱唐袁枚子才、吴锡麒圣征、阳湖洪亮吉稚存、孙星衍渊

如、曲阜孔广森众仲、武进刘星炜圃三、南城曾燠宾谷，亦均标能擅美，各具门庭。胡氏《石笥山房集》，洪氏《卷施阁》《更生斋》等集，袁氏《小仓山房骈文》，吴氏有《正味斋骈文》，流行甚广。好洪氏者尤众，时以与汪中并称。

汪中，字容甫，江都拔贡生，以母老不赴朝考，年五十一卒。著有《述学》内外篇，所谓一字千金者也。包世臣称其文得逸宕于彦昇、季友，系援兰台。王念孙谓中合汉、魏、晋、宋作者而铸成一家之言，渊雅醇茂，宋以后无此作手。中以骈文见推，为清代弁冕。然其散文如传、状、表、志诸篇，亦优于方苞。阮元、李兆洛论往古文章尚偶，而骈散无画然之区分，观中之文，正如是也。

秀水王昙仲瞿，熟精史传，才气奇肆，其文亦骈体中之别调也。乾、嘉以降，作者滋众。然卓尔汪、洪，莫能参驾。惟同、光时会稽李慈铭㤬伯，湘潭王闿运壬秋，万卷罗胸，炉锤在手，允为一代后劲。

第五节　词、曲、小说

清初工词者，吴伟业、王士禛、毛奇龄、陈维崧、朱彝尊、彭孙遹，均有专集。彝尊所著及评选之本尤多，自称"不师秦七，不师黄九，倚新声，玉田①差近"。论者谓竹垞②词有名士气，渊雅深稳，虽多艳语，然皆一归雅正。

满洲纳兰性德，有《饮水词》《侧帽词》，语皆自得，独出

---

① 编者按：原作"玉由"，改作"玉田"。
② 编者按：原作"竹坨"，改作"竹垞"。

冠时，小令几与南唐相亚。北族有此隽才，亦萨都剌之俦也。性德又名成德，字容若，明珠之子，刊有《通志堂经解》。世传《红楼梦》中贾宝玉，即以隐寓成德云。

乾、嘉以来，厉鹗撰《绝妙好词笺》，张惠言撰《词选》，俱为倚声家要典。包世臣亦深于词，见所著《管情三义》。而是时龚自珍所为长短言最善，李慈铭好龚氏诗文而谓词非所知，斯论盖倒置矣，龚文无法，词实当行。

同、光间，闽中谢章铤，著《赌棋山庄词话》，粤西王鹏运校刻《词韵》及《宋名家词》，王、谢诗余俱工，而萍乡文廷式贯串九流，遁为小技，所作《云起轩词》，意境深博，欲合苏、辛、周、柳为一家。

曲家最显者，李渔笠翁，有十种曲。孔尚任云亭，有《桃花扇》《小忽雷》二传奇。《桃花扇》，或以为可嗣玉茗。洪昇昉思，有《长生殿》。尤侗西堂，有《桃花源》《黑白卫》。洪、尤之作，当时均授优伶，管弦甚盛。侗名尤高，尝刻堂楹曰："真才子章皇天语，老名士今上玉音。"盖纪实也。侗，长洲人，官翰林院检讨，卒年八十二，著述百余卷。

蒋士铨有《红雪楼》九种曲。九种者，《香祖楼》《空谷香》《桂林霜》《一片石》《第二碑》《临川梦》《雪中人》《冬青树》《四弦秋》也。蒋氏才性雅正，熟于史籍，曲与其诗同。《临川梦》中有说梦一段，历举人生苦谛，富贵神仙，皆不足求。在传奇中，亦狮子吼也。惟嗣此文人制曲，不付梨园。别有汉调秦腔，最为鄙倍，歌曲之变，斯已极乎。至于吴中滩簧、河北大鼓书，实为平民文学之一种，莫能废也。

明人喜评点文籍，李贽好奇，乃以施诸小说。清初金圣叹效之，遂专以评点小说成名。其论谓"天下才子书有六：一《庄子》、二《离骚》、三《史记》、四杜律、五《水浒传》、六《西厢记》"，悉加详批。又序《三国志演义》，有"第一才子书之目"。其《水浒》《西厢》两种，流行方夏，几三百年，论者以为诲盗诲淫，社会实隐受其害。圣叹名喟，一名人瑞，长洲人，明时为诸生，本姓张，名采，后以聚众哭庙抗粮被诛。

白话章回体小说，以《红楼梦》为冠，识字士女，莫不披览，异族殊邦，并皆翻译。作者为曹雪芹，相传八十回以后为高兰墅所补，近人为是书考证者甚详，不能备举。

传状体小说，《聊斋志异》第一，作者济南蒲松龄留仙。渔洋山人极为赞美，观奕道人虽有贬议，而称为才子之笔，自谓不能逮留仙万一也（见《姑妄听之》盛时彦跋）。蒲氏有文集，顾远不及《志异》。

笔记体小说，则《阅微草堂笔记》五种，非雅士不知好也。李慈铭云："其中名理湛深，识议过于干令升、颜黄门。考古说理，每下一语，必溯本原。间附小注，原本六书雅训，一字不苟。平生论学之旨，于《四库提要》未尽者，悉于是书发之。"（见《越缦堂日记》第二十五册、第五十一册）作者河间纪昀，字晓岚，别号观弈道人①，官至礼部尚书、协办大学士。寿八十有二，谥文达。撰《四库全书提要》及《简明目录》，旷代鸿儒也。不轻著书，自诗文集外，惟以五种笔记自托。书始于乾隆己酉，历十稔，至嘉庆戊午乃成，纪公时年七十五。

---

① 原作"观奕道人"，改作"观弈道人"。

第六节　考证及翻译

考证、性理均学术史之所详，本编不能备列。然清儒以考证为特长，二千年来所仅见，关系于词章亦綦深也。江藩《汉学师承记》、阮元《清史儒林传》，具载其渊源良悉。论者恒以太原阎若璩为上首，尊休宁戴震为大师。若璩因宋、元、明人旧说，考定《尚书》古文二十五篇为伪，然萧山毛奇龄作《古文尚书冤词》，谓孔传伪而古文为真。江宁程延祚作《冤冤词》攻毛。而甘泉焦循作《尚书孔氏传补疏》，直谓《尧典》以下至《秦誓》，其篇固不伪，即魏、晋人作传，亦何不可存。其说之善者，且非马、郑所及。武进庄存与①作《尚书既见》，亦护古文，是此谳犹难速决也。戴氏遗书甚多，而世争誉其《孟子字义疏证》《原善》，震亦以此自负，比于昌黎辟佛。然据训诂以言性道，亦如航断港绝潢以求至海，攻击宋儒，不能得其要领，以老庄、释氏并为一谈，盖于内典未尝窥涉者也。

清儒考证，有功于古人、有利于后世者，约举数端。其一，黄宗炎、毛奇龄、朱彝尊、胡渭揭发陈抟《河图》《洛书》为唐以前所无。惠栋、张惠言阐明荀、郑、孟、虞《易说》，使人晓然于王、韩之玄谭，周、邵、程、朱之秘传，举无当于四圣本义。而宋以后俗士动引方圆黑白之图、先天无极之说，笼统一切者，皆愚且诬。其二，孔广森、刘逢禄、陈立疏通《公羊氏春秋》，世始知圣学微言，兼存谶纬，孔子志在改制革命。五十年来，中国动机，大半启发于此。其三，段玉裁、王念孙、引之父

---

① 原作"庄存兴"，改作"庄存与"。

子、俞樾，辨察形声，诠释文句，嘉惠弥溥，李慈铭所谓文章之通本于训诂是也。其四，阮元、顾广圻①之校勘，张之洞、缪荃孙之目录，王先谦之汇集，皆治文学者所依赖也。而河间纪公辨章百家，垂示绳准，其于文学，勋烈尤伟云。

明徐光启译《几何原本》前六卷。咸、同时，海宁李善兰壬叔，续译后九卷。论者谓世欲详欧几里得奥旨，当转求诸中国译本。善兰复译《重学》等书。光绪时，侯官严复幾道，译《天演论》，吴汝纶谓其书可与晚周诸子相上下。汝纶别为节本，其于修词之术三折肱矣。福州林纾琴南，译巴黎《茶花女遗事》。严复谓其荡尽支那浪子之魂。惟欧洲学说善变，虽几何定理，近日且图攻破。严译政论哲学，林译小说，皆数十年前故籍，然其文词，一时之杰也。

----

① 编者按：原作"顾黄圻"，改作"顾广圻"。

中国文学史

高丕基 著 苏静 整理

前　言

作者高丕基，其生平事迹不详。据《江苏教育公报》1922年第 5 卷第 2 期收录的《大总统令》所载①，任命高丕基为教育部佥事，但暂无其他文献资料佐证，编撰《中国文学史》的高丕基与此人是同一人。

文学史的编撰始于 20 世纪初，我国第一部文学史为清末林传甲任京师大学堂教习时撰写的讲义。此后，各种文学史陆续撰写和出版。关于早期的文学史，胡云翼在其《新著中国文学史》的序言中说："在最初期的几个文学史家，他们不幸都缺乏明确的文学观念，都误认文学的范畴可以概括一切学术，故他们竟把经学、文字学、诸子哲学、史学、理学等，都罗致在文学史里面，如谢无量、曾毅、顾实、葛遵礼、王梦曾、张之纯、汪剑如、蒋鉴璋、欧阳溥存诸人所编著的都是学术史，而不是纯文学史。"②这也表明，中国古代的"文学"观念对最初的文学史的

---

① 大总统令（二月二十四日）：准任高丕基为教育部佥事［J］.江苏教育公报，1922，5（2）.

② 胡云翼.胡云翼重写文学史［M］.刘永祥，李露蕾，编.上海：华东师范大学出版社，2004：4.

撰写依旧影响深远。例如，谢无量《中国大文学史》专设"中国古来文学之定义"一节，探讨了传统文化中"文"之定义。谢无量认为，广义上文学是以文辞为艺，以道德为实，二者是外与内的关系。他提出"文学之所以重者，在于善道人之志，通人之情，可以观，可以兴，可以群，可以怨，言天下之至赜而不可乱也。虽天地万物、礼乐刑政，无不寓于其中，而终以属辞比事为体。声律，美之在外者也；道德，美之在内者也，含内外之美，斯其至乎"[①]，即声律和道德二者结合，内外兼美，文学才是完备的。曾毅的《中国文学史》也是坚守中国传统的文学观念，他在凡例中指出"学术为文学之根柢，思想为文学之源泉，政治为文学之滋补品。本篇于此三者，皆力加阐发，使阅者得知盛衰变迁之所由"，"本篇以诗文为主，经学、史学、词曲、小说为从，并述与文学有密切关系之文典文评之类"。而在具体章节内容的编撰上，曾毅虽没有将学术、思想、政治等内容与文学相混，但仍是在较广泛的文化传统中来理解文学、阐释文学的。

同样，高亦基《中国文学史》在撰写上仍遵循了传统的文学观念。全书注重从文字的发展演变、经学及史学的演进等方面来展现中国文学的整体风貌，力图将其置于更广大的文化范畴里进行考察，现就此书的体例及书写方式简述如下。

一、全书共分四编，即上古期、中古期、近古期、近世期，共十七章，涵括了太古文学至清代文学的发展概貌。

关于文学史的分期，郑振铎曾提到"在一九一九年以前出版

---

① 谢无量. 谢无量文集（第九卷）中国大文学史［M］. 北京：中国人民大学出版社，2011：8.

的若干中国文学史，主要是按照历史上的'朝代'即殷、周、秦、汉、三国、两晋、南北朝、唐、五代、两宋、元、明、清那么分法的"①，而"在其间，有少数的几部中国文学史，则受到日本人著作的影响，把中国文学的发展，分为古代、中世纪、近代的三个大时期"②，除了上述的上古、中古、近古"三分"法，还有上古、中古、近古、近世"四分"法，例如谢无量《中国大文学史》、曾毅《中国文学史》。那这些文学史分期的依据是什么？有研究者认为"黄人、谢无量、傅斯年、陆侃如、郑振铎等人的文学史分期虽有上古、中古、近古'三分'法和上古、中古、近古、近世'四分'法的区别，并且同种分法的每个时间段具体所管辖的王朝也有所不同，但是他们都有个共同点：是以一个时间段去考察文学动态过程，发现某个时间段文学现象的同质性，同时又确立了另一时间段文学现象的异质性，以此为据对文学史分期"③，也就是此类分期方法的依据在于同一个时间段的文学现象往往有其相似之处，亦与其他时间段的文学现象相区分。高丕基《中国文学史》则延续了文学史分期的四分法，上古期包括太古文学至秦代文学，中古期包括两汉至隋代文学，近古期包括唐代至明代文学，近世期包括清代文学，其分法的依据也大抵如此，即主要依据每个时间段文学风貌自身的演变和发展。

---

① 郑振铎.郑振铎文集（第六卷）［M］.石家庄：花山文艺出版社，1998：83.

② 郑振铎.郑振铎文集（第六卷）［M］.石家庄：花山文艺出版社，1998：84.

③ 林衍.新史学的时间观与文学史的分期——以晚清民国中国文学史的编写为研究中心［J］.深圳大学学报（人文社会科学版），2011（2）：107.

该书自周代文学开始，每章第一节均为总述，主要对那一个时期文学发展的相关背景进行概括，并梳理和阐释了文学发展的承继关系。例如第二编第一章"两汉文学"总述，作者提到"我国文学摧残于秦者，复兴于汉，则有汉一代，诚我国文学界一大关键也。考西汉文学，大抵摹仿周季，文颇近古。其时文章约分两派，一理论派，一词章派，如贾谊、晁错、司马迁、董仲舒、刘向之伦，其文皆以理论擅长，不尚词华，为后世散文之祖；如邹阳、枚乘、司马相如、东方朔辈，其文均以丽采葩韵胜，词极炜谲，为以后骈文之宗。散、骈两体，皆肇端西汉，至东汉则变而渐靡，然彪、固、崔、张、马、蔡之流，后先辉映，亦蔚然为一代作者"。在总述中，高丕基对两汉文学基本的发展脉络进行了概括，在总述之后则分述西汉、东汉各家之文学，列举了相关作家、作品。除了表述两汉时期各家之文学，高丕基又进一步从汉之史学、汉之诗学及乐府、汉之小说、文字学之进化等方面来展现汉代文学发展演变的进程。全书从周代文学至清代文学的章节，基本都按照这样的体例来展现文学发展演变的进程。陈文新《中国文学史经典精读》提到："早期的文学史不太看重绪论、导论之类，而越到后来，绪论、导论越受重视，对文学史的统领作用也越来越强。注重绪论和导论，是注重条理化和逻辑化的表现。"[1]高丕基《中国文学史》章节前总述的撰写，也是其注重前后内容承接、逻辑清晰的重要表现。

二、该书在阐释文学现象、作家及创作情况时，较少涉及具体作品，更多的是概述作家的生平经历、作品风格以及世人对其

---

① 陈文新.中国文学史经典精读［M］.北京：高等教育出版社，2014：3.

的评价。例如，第二编第三章第三节论及郭璞：

> 璞，字景纯，闻喜人。好经术，博学有高才，而讷于言论，词赋为中兴之冠。时有郭公者，居河东，精卜筮，璞从之游，得其囊中书九卷，由是洞知五行阴阳卜筮之术。好古文奇字，所注《尔雅》《穆天子传》《山海经》及《楚辞》等书，多传于世。所作诗、赋、诔、颂亦数万言。避乱过江，元帝重之，以为著作郎，后为王敦所害。

高丕基对郭璞的文学成就、生平著述做了主要介绍，并无其具体作品的内容解读。又如对谢朓的书写，高丕基主要以他人对谢朓的评价来突出其为"齐代文人之杰出者"：

> 朓，字玄晖，陈郡阳夏人。尝为宣城太守，故称为"谢宣城"，文章清丽，善草隶，尤长五言诗。梁武帝常爱诵之，谓"三日不读，便觉口臭"，沈约亦曰"二百年来无此诗"。李白论诗，目无古人，常谓自建安来，绮丽不足珍，而独推崇谢朓，集中多追慕之作，如曰"解道澄江静如练，令人长忆谢玄晖"。王渔洋《论诗绝句》亦曰李白"一生低首谢宣城"，可见其为齐代文人之杰出者。有文集五卷。当东昏侯废立之际，朓畏祸，反覆不决，遂被刑祸，卒于狱中，卒年三十六，是乃不幸之才人也。

我们可以看到，高丕基个人的评述并不多，但尽管如此，却不乏其情感的表达，如谈到诸葛亮：

> 武侯以经济宏才为三代下第一流人物，无意为文，而文自高。考其遗著，不事装饰，自然雅洁，词质而

古，气劲而醇，是殆天授，非人力所能及。《隆中》数
语已定三分之局，其《出师》两表为千古杰作。

寥寥数语充溢着高丕基对诸葛亮其人、其文的崇敬之情。又
如他在第二编第三章第三节中论陶渊明之文：

潜固晋之完人也，潜之殁，颜延年为作诔，梁昭明
太子尤好其文，称"其文章不群，辞彩精拔，跌宕昭
彰，独超众类，抑扬爽朗，莫之与京"。其《桃花源
记》之体例，即今之短篇小说，其命意即今之理想小
说。是篇乃学庄列寓言，以写其所谓乌托邦者，其词藻
之丽，思想之奇，最堪玩味。其生平所作，文体省静，
殆无长语，词意雅正，兴致婉惬。每观其文，想其人
德，世叹其质直。其文之特色，在不染当时之弊，能维
持古文之命脉。《归去来辞》脍炙人口，欧阳修曰：
"晋无文章，唯陶渊明《归去来辞》一篇而已。"要因
其人格高尚，故文章超出流俗也。

他称陶渊明为"晋之完人"，赞"其人格高尚，故文章超出
流俗也"，在第五节"晋之诗学"中，他又谓"渊明不仅为田园
诗人之开山祖，亦我国千古诗人之神圣乎"，足见高丕基对陶渊
明的推崇和仰慕。

高丕基在文学史的书写中颇为重视作家个人的道德品质和人
格精神，如上述他对陶渊明的态度。再如第二编第一章第二节
"西汉各家之文学"，高丕基论及刘向之子刘歆，他认为"向子
歆经术、文章亦颇著，惜与谷永、杜钦辈依附外戚，致成贼莽之
篡，文学家羞之"。接下来，他这样评价扬雄："其生平著作多
不免摹仿之习，惟《酒箴》一空依傍，苏子瞻称为雄文之冠。

雄所作诸赋，酷似相如，他体亦与子政媲美，不愧一代作者，惟《剧秦美新》颂莽功德，令人不堪卒读，其晚节诚不无可议也"。一方面，高不基较客观地评价刘歆、扬雄的著述和成就，另一方面，他对于刘歆依附外戚、扬雄歌颂王莽功德都是颇有微词的。

三、全书结构清晰，体系较完整，其对太古文学、五帝文学的发展概况关注较多，对文学史上极具代表性的文学样式，如汉赋、唐诗、宋词等并未用大量的篇幅进行书写。

关于上古时期的文学，因为时代久远，留存下来的文献很少。高不基分别从文字、诗歌、散文这三个方面考察了太古文学的起源，并认为黄帝时期的文学对文学界影响很大。他提出：

> 黄帝时，文字既备，文学乃兴，各种文体，多肇端于是时。《庄子》谓"黄帝张咸池之乐"，有炎氏为颂曰："听之不闻其声，视之不见其形，充满天地，包裹六极。"是颂之始也。《汉志》有《黄帝铭》六篇。蔡邕《铭论》："黄帝有巾几之法，孔甲（黄帝史臣）有盘盂之戒。"《大戴记》载黄帝丹书之言曰："敬胜怠者吉，怠胜敬者灭，义胜欲者从，欲胜义者凶。"清严可均谓黄帝书尽亡，惟《金人铭》独存。《说苑·敬慎》篇谓："孔子观周太庙，见《金人铭》，顾谓弟子曰：'此言虽鄙，而中事情。'"上古朴质，故铭文不免于鄙，是铭之始也。《管子》曰"轩辕有明堂之议"，是议之始也。……其他诸书所载关于黄帝时之文学亦多，虽不免后人依托，不必果出自黄帝，然当时必已有各种著述，故后人依托者众，足见黄帝时文学多为后世

渊源，影响我国文学界诚大矣哉。

这也与谢无量《中国大文学史》关于"黄帝时的文学"的评述很相似，他们都注意到了这一时期的文学对后世文学的影响，但谢无量对文学史上代表性的文学样式阐述更多，如对汉赋和唐诗的发展历程，他都进行了较详细的书写。他认为"周之诗、骚，汉之赋，六朝之骈体，唐之诗歌，宋之词，元之小说、杂剧，皆貌异心同之类也"[①]，即诗骚、汉赋、六朝骈文、唐诗、宋词、元小说和杂剧，虽形式不一，但出于一源，精神实同，是一个时代中最具特色和最富成就的文学样式。

然而，高丕基对汉赋、唐诗、宋词等文学样式的发展历程仅作简要的阐释。例如第三编第一章第四节"唐之诗学"：

> 诗体至唐乃大备，唐初虞世南、魏徵均能诗，尚有风骨。王、杨、卢、骆，诗之气味，不异陈、隋，然风格渐整，其所作不曰古诗，而曰排律，惟词华旨靡，所作五七古亦然。迨陈子昂起，力脱陈、隋余习，所作《感遇诗》三十八首为唐世古风体格之正宗。其律诗亦气力雄厚，但调未尽洽。及沈佺期、宋之问出，五律音调始谐，七律亦由此二人肇端。佺期所作《古意》一首颇高华，唐代诗格至此完成。按唐代诗学变迁，约分四期：自国初至开元曰初唐；自开元至大历曰盛唐；自大历至太和曰中唐；太和以后曰晚唐。初唐已如前所述。盛唐诗家，为古今特色。初以张说、张九龄为杰出，继

---

① 谢无量. 谢无量文集（第九卷）中国大文学史［M］. 北京：中国人民大学出版社，2011：40.

则王维、孟浩然、李颀、岑参、高适、王昌龄、储光羲
诸人，均以能诗名。迨李白、杜甫崛起，诗界乃臻于
极盛，而少陵较太白尤高，少陵之诗，包涵万象，驰骋
古今，后世诗家多宗之，是曰盛唐。大历以后，风气
稍变，韦应物、刘长卿与大历十才子卢纶、吉中孚、韩
翃、钱起、司空曙、苗发、崔峒、耿沛、夏侯审、李端
等，诗皆研炼字句，力求工秀，不复有雄浑厚重之气，
然其体韵步武盛唐。其余诗子，大抵类此，是曰中唐。
太和以还，诗道乃衰。许浑、赵嘏、陆龟蒙之徒只讲咏
物，琢句惟工。其间惟李商隐、杜牧二人能自振拔，诗
皆学杜，神气风骨追踪少陵。温庭筠诗学太白，亦其次
也。余则无足观焉。

作为唐代文学之胜的唐诗，高丕基对其分期、代表性的作家
及作品进行了初步的梳理，而对于唐代诗歌的杰出代表李白和杜
甫，也只有简短的评述。值得注意的是，在第三编第一章第二节
"唐代各家之文学"，高丕基列举了王绩、王勃、杨炯、卢照
邻、骆宾王、陈子昂、韩愈、柳宗元等名家的生平著述、文学成
就，但其中却没有李白、杜甫、李商隐、杜牧等诗人。高丕基对
李白、杜甫等人的整体风貌虽未作具体的展现，但也注意到他们
在文学史上的地位和影响。例如论及明初文人高启："盖启之为
人，优于感情，且好以权略耸人听闻，有天下无人之侠焰与放浪
山水、吟啸风月之仙骨，与太白性情相近。太白之诗，无人能
学，故启独能学之，一洗元季纤靡之习。"他将高启与李白相提
并论，同时也间接表明了自己对李白的看法和评价。

最后需要说明的是，本次整理以民国刊本的复印本（复印本

209

没有具体的刊发时间）为底本。整理中，我们将原本的繁体竖排改为简体横排，以现行的标点符号进行点校，修改了一些较明显的错误之处，并对此做了注释。对原书中的人名、书名、译名及引文，除明显排印错误外，均保持原稿风格，均未经改。由于整理者水平所限，书中错漏之处恐难尽免，还望读者方家批评和指正。

目　录

第一编　上古期

第一章　太古文学之起源

第一节　文字之缘起

我国太古文学，世代既远，多无可考。其见诸古书记载者，惟燧人、伏羲、神农时代，尚略有可稽。文学起源，本诸文字，有文字始有文学。古者，文字起于语言，语言出自名物，有物必有名。古称燧人、伏羲始名物虫鸟兽。既有物名，复借物名以名事。因有官名，官名取诸龙鸟之属，即本之于物名也。有名则有音，宣之于口者即字音，笔之于书者即字形。

我国太古时代，结绳记事，文字未兴。洎伏羲氏仰观象于天，俯观法于地，中观万物之宜，始作乾、坤、坎、离、震、兑、艮、巽之八卦，以通神明之德，以类万物之情。相传其八卦 ☰为古天字，☷为古地字，☵为古水字，☲为古火字，☳为古雷字，☱为古泽字，☶为古山字，☴为古风字，此即当时象形文字之萌芽。神农以后，文字踵增，虽其体不可考知，要为仓颉造字所本。仓颉造字于下章详之。

213

第二节　诗歌之创始

歌曲之作，太古时已有之。民有悲愉之情，动于中而形于言，言之不足，乃咏歌嗟叹之，以舒疾长短之声而成文，谓之歌曲。故文学起原，韵文实先于散文也。古之韵文，以乐歌为著。伏羲乐有《扶徕》之歌、网罟之咏，名曰《立基》。神农乐曰《下谋》，一名《扶持》。其时并有乐器，《世本》谓"伏羲作瑟五十弦。瑟，洁也，使人清洁于心，淳一于行"。《说文》谓"琴，乐也，神农所作。洞越练朱五弦"，或谓"神农为琴七弦，以通万物而考理乱也"。

古时既有乐歌，且以乐器谐其声，可见古时即以诗歌为乐，诗与乐合为一，不同后世诗与乐分为二也。惟当时乐歌之辞，多无从稽考。《郊特牲》云："伊耆氏始为蜡，其《蜡辞》云：'土返其宅，水归其壑，昆虫毋作，草木归其宅'。"此韵文之可考者。按伊耆氏即神农，神农初国伊，继国耆，合而称之，故又号伊耆氏，又考葛天氏之乐，三人操牛尾，投足以歌八阕，一曰载民，二曰玄鸟，三曰遂草木，四曰奋五谷，五曰敬天常，六曰达帝功，七曰依帝德，八曰总万物之极。惜其歌辞今不得见。总之，皇古乐歌，即后世乐府之导源，亦即后世诗歌韵文之鼻祖也。

第三节　散文之肇兴

皇古时名字既作，人事日见进化。关于记载及宣传之事，自必日繁，散文即由此兴焉。《周礼》小史掌三皇五帝之书，可见三皇时已有书。楚左史倚相能读《三坟》《五典》《八索》《九丘》（《左昭十二年》）。《三坟》即三皇之书，《五典》即五帝之书，《八索》即八卦之书，《九丘》即九州之志，汉碑称"贲典"（《张纳功德叙》及《王政碑》）。贲，与坟古字通。贲，饰也，卉声，从贝，或曰刻饰于贝类之甲也。《易·系辞传》云："上古结绳而治，后世圣人易之以书契，百官以治，万民以察。盖取诸《夬》。"太古民淳事简，凡事可结绳以记验之。及人群进化，事繁民伪，结绳不足以治，故易之书以记之；恐遗忘也，易之契以验之；恐欺伪也，取诸《夬》者，取其明决之意也。又《伪孔尚书·序》曰："古者伏羲氏之王天下也，始画八卦、造书契，以代结绳之政。"伏羲所造之书契，即散文之起原也。

《汉书·食货志》亦载神农之教曰："有石城十仞，汤池百步，带甲百万，而无粟不能守也。"《文子》亦引神农之教曰："丈夫、丁壮不耕，天下有受其饥者。妇人当年不织，天下有受其寒者。故其耕不强者，无以养其生。其织不力者，无以衣其形。"其他子书所载神农之教亦多，是固不敢断定为当时原文。然教令之事，当兴自皇古，至《神农本草经》，尤行于后世，然则我国散文体已肇始于皇古之时矣。

第二章　五帝文学

第一节　黄帝时之文学

我国文学多孕育于黄帝时代。黄帝以前，草昧初开。黄帝以后，文明日启。黄帝时之文学，影响于文学界甚大，兹即其于文学最有关系者述之于下：

（一）文字之进化。我国太古文字，自伏羲画卦外，多无可稽。虽以年远灭没，要以其时文字简缺，故流传者少。及黄帝时，仓颉造字，我国文字之用始备。仓颉为黄帝左史，生有异禀，通于神明，仰观星象圆曲之势，俯察龟文鸟迹之形，触类旁通，因而造字。其造字大抵统以象形、指事、会意、形声、转注、假借诸法，周初名之曰"六书"。《周礼》所谓"八岁入小学，保氏教国子先以六书"是也。象形，如日、月等字。指事，如上、下等字。会意，如武、信等字。形声，如江、河等字。转注，如考、老等字。假借，如令、长等字。仓颉时所造之字，为蝌蚪形，后世谓之古文，亦曰古篆。汉武帝时，鲁恭王坏孔子旧宅以广其居，于壁中得所藏虞夏商周之书，皆蝌蚪文字。晋太康元年，汲郡民盗发魏安釐王冢，得竹简漆字蝌蚪之文。其字，头粗尾细，似蝌蚪之虫。唐孔颖达《书》疏亦曰"蝌蚪字为仓颉本体"。盖上古时未有笔墨，以竹梃蘸漆，书于竹木，漆腻竹坚，作书不能如意，故头粗尾细，犹水虫蝌蚪形。后人以其相类，故以名焉。自仓颉造字，文字乃普及。仓颉前，民间尤用结绳遗法。《庄子·胠箧》篇曰："昔者容成氏、大庭氏、柏皇氏、中央氏、栗陆氏、骊畜氏、轩辕氏、赫胥氏、尊卢氏、祝融氏①、伏羲氏、神农氏，当是时也，民结绳而用之"，谓其时民犹用结绳法，可见其时文字尚未普及。《荀子·解蔽》篇曰："好书者众矣，而仓颉独传者，壹也。""壹"之云者，犹秦同文书而统一之，言其文字普及百官万民也。仓颉造字后，历代逐渐增益，至清《康熙字典》一书，有四万七千余字，溯厥渊源，要以仓颉为之祖。文字为文学根本，文字进化，文学乃能发达。黄帝时，文字普及实我国文学进展之导线也。

（二）各文体之构成。黄帝时，文字既备，文学乃兴，各种文体，多肇端于是时。《庄子》谓"黄帝张咸池之乐"，有炎氏为颂曰："听之不闻其声，视之不见其形，充满天地，包裹六极"，是颂之始也。《汉志》有《黄帝铭》六篇。蔡邕《铭论》："黄帝有巾几之法，孔甲（黄帝史臣）有盘盂之戒。"《大戴记》载黄帝丹书之言曰："敬胜怠者吉，怠胜敬者灭，义胜欲者从，欲胜义者凶。"清严可均谓黄帝书尽亡，惟《金人铭》独存。《说苑·敬慎》篇谓："孔子观周太庙，见《金人铭》，顾谓弟子曰：'此言虽鄙，而中事情。'"上古朴质，故铭文不免于鄙，是铭之始也。《管子》曰："轩辕有明堂之议"，是议之始也。刘勰《文心雕龙》其《诏策》曰："轩辕唐虞同称曰'命'"，是诏命之始也。《归藏》曰："蚩尤登九原以伐空桑，黄帝杀之于青丘，作《桐鼓之曲》十章，一曰《雷震惊》，二曰《猛虎骇》，三曰《鸷鸟击》，四曰《龙媒蹀》，五曰《灵夔吼》，六曰《雕鹗争》，七曰《壮士奋》，八曰《熊罴吼》，

---

① 原书缺"祝融氏"。

九曰《石荡崖》，十曰《波荡壑》"，是军歌之始也。《汉志》道家有《黄帝四经》四篇、《黄帝君臣》十篇。《列子》引《黄帝》曰："精神入其门，骨骸反其根，我尚何存。"他如道书所载，天真黄人之《度人经》，宁封之《龙跷经》，广成子之《自然经》皆黄帝所受，是道书托始于黄帝也。《汉志》有《黄帝杂子气》三十三篇，是天文书托始于黄帝也。《汉志》有《黄帝五家历》三十三卷，是历谱托始于黄帝也。《帝王世纪①》："黄帝命雷公、岐伯论经脉，旁通问难八十为《难经》，教制九针，著《内外经术》十八卷。"《汉志》亦载《黄帝内经》十八卷、《外经》三十七卷，是医书托始于黄帝也。《汉志》兵、阴阳有《黄帝》十六篇，黄帝臣《封胡》五篇、《风后》十三篇、《力牧》十五篇、《鬼容区》三篇，是兵书托始于黄也。其他诸书所载关于黄帝时之文学亦多，虽不免后人依托，不必果出自黄帝，然当时必已有各种著述，故后人依托者众，足见黄帝时文学多为后世渊源，影响我国文学界诚大矣哉。

第二节 颛顼、帝喾时之文学

黄帝时文化既兴，颛顼、帝喾继起，其文学多承黄帝之旧，可考者少。《淮南子》曰："帝颛顼之法，妇人不避男子于道者，拂之于四达之衢。"据此，则颛顼时已有法令之书矣。又《新书》所载颛顼之言曰："至道不可过也，至义不可易也，是故以后复迹也。故上缘黄帝之道而行之，学黄帝之道而赏之，加而弗损，天下亦平也。"又载帝喾之言曰："缘道者之辞而

---

① 原书作"《王帝世纪》，改作"帝王世纪"。

学为已①，缘巧之事而学为巧。行仁者之操而学为仁也，故节仁之器②而修其躬，而身专其美矣。故士缘黄帝之道③而明之，学帝颛顼之道而行之，而天下亦平也。"据此，则颛顼、帝喾之道皆原本于黄帝也。又考颛顼命飞龙氏会八风之音，为《圭水》之曲，名曰《承云》之乐，帝喾命咸黑典乐为声歌，名曰《九招》之乐。然则歌曲之作，颛顼、帝喾时亦有之，但其歌曲之词失传，无从考也。

第三节　唐虞时之文学

孔子删《书》，断自唐虞，可见唐虞以前非无《书》。其所以断自唐虞者，因唐虞前多荒渺难稽，惟唐虞有历史可征信，且上古文化，至唐虞日隆，政治道德，均极完美。其精一执中之心传，实足垂训万世。孔子删《书》自唐虞始，殆欲后世皆法尧舜之道。故孟子道性善，言必称尧舜，后世所谓"文以载道""文以明道"者，要不外乎尧舜之道也。唐虞文学，读《书经·虞书》二《典》三《谟》诸篇，已可概见。至理名言④，质而不陋，醇而不漓，乃千古经世之至文，至其文词古老，尤非后人所能学步。是由神圣之光气，蔚成文字之灵长也。当时文体，《虞书》所载，多系散文，惟《益稷》篇末喜起明良歌词，乃为韵文。当日舜命夔之言曰："诗言志，歌永言，声依永，律和声，八音克谐，无相夺伦。"是诗教亦始于此时，且可见其诗歌、音

---

① 原书作"学为己"，改作"学为已"。
② 原书作"节仁之智"，改作"节仁之器"。
③ 原书作"上缘黄帝之道"，改作"士缘黄帝之道"。
④ 原书作"至理各言"，疑误，故改之。

乐合一也。

其他诸书所载尧舜时之诗歌亦多。《帝王世纪》云："帝尧之世，天下太和，百姓无事，有老人击壤而歌曰：'日出而作，日入而息，凿井而饮，耕田而食，帝力何有于我哉？'"《列子》云："尧微服游于康衢，闻童谣曰：'立我蒸民，莫非尔极，不识不知，顺帝之则。'"《淮南子》载："尧戒曰：'战战栗栗，日慎一日，人莫踬于山而踬于垤。'"《尚书大传》载："舜将禅禹，于是俊乂百工相和而歌《卿云》，帝倡之，八伯咸稽首而和。帝乃载歌曰：'《卿云》烂兮，纠缦缦兮，日月光华，旦复旦兮。'八伯歌曰：'明明上天，烂然是陈，日月光华，弘于一人。'帝载歌曰：'日月有常，星辰有行。四时从经，万姓允诚①。于予论乐，配天之灵。迁于贤善，莫不咸听。鼚乎鼓之，轩乎舞之。菁华已竭，褰裳去之。'"《家语》载："舜弹五弦之琴，歌《南风》之诗。其诗曰：'南风之薰兮，可以解吾民之愠兮，南风之时兮，可以阜吾民之财兮。'"统观尧舜时代诗歌，皆盛世之音，足以代表当日朝野上下气象，其歌词古雅，尤为后世诗歌家所祖。然则唐虞时之散文、韵文，在我国文学史上均有重大之价值也。

---

① 原书作"四时顺经，万姓充诚"，改作"四时从经，万姓允诚"。

第三章　夏代文学

唐虞之际，文明虽启，然洪水为患，文化是难普及。至禹平水土，民获宁居，中华全民族之文化乃得发展，禹之功伟矣。兹即夏时之文学言之。禹之文学，其言词载在《书经·虞书》诸篇者，均大义微言，昭垂千古。又《书经》《洪范》篇曰："天锡禹洪范九畴，世谓此即《洛书》。"汉刘歆云："《洪范》'初一曰五行'以下，六十五字，为《洛书》原文"，未敢据以为信。《史记》谓"武王克殷，访问于箕子，箕子以《洪范》陈之"，意《洪范》发之于禹，箕子又推衍附益。今考《洪范》所载，体博用宏，皆治国之大法。又经书《禹贡》一篇，孔子删《书》，定为《夏书》之首，以昭王业所由兴。或曰《禹贡》是夏史追书，其中所记禹别九州，随山浚川，任土作贡，以及各种物产，均极详备，后世以为作记之始。我国地理书，实以此为鼻祖也。《山海经》一书，亦创于禹时。《论衡》谓："禹、益并治洪水，禹主洪水，益主记异物、海外山表，无远不至，以所见闻作《山海经》。"《吴越春秋》谓："禹巡行四渎，与益、夔共，行名山大泽。山川脉理、金玉、鸟兽、昆虫之类，及八方之民俗、殊国异域、土地里数，益疏而记之，故名之曰《山海经》。"按其书多志怪异，亦有后世郡国地名，或后人本益所记，有所增益也。他书并载："禹治水，名山刻石，其最著名曰《岣嵝碑》。"岣嵝，即衡山之别名。《舆地纪胜》曰："禹碑在岣嵝峰。"按岣嵝碑，唐宋以来已有之，今所传拓本，则显于明时，杨慎始为释文，录于其金石古文中，后人颇有异释，此碑真伪不可知。其释文亦各出臆解，此有待于考古者详焉。

他如《大戴礼记》所载《夏小正》，为言岁时书之祖。《书经》所载禹征有苗及《甘誓》《胤征》诸誓师词，为行军誓词之祖。《周书》所载《夏箴》，为作箴言之祖，其文词均可观也。至于夏时诗歌，诸书亦多言之。《虞书·大禹谟》篇："禹曰：'九功惟叙，九叙为歌'，又曰：'劝之以《九歌》'。"当时重视咏歌可见。世称启作乐有《九辩》《九歌》，其词今不传，至《五子之歌》，载在《夏书》，其文可考，实足垂戒来世。又《吕氏春秋》载涂山女之《候人歌》，谓为南音之始，周公、召公取其南音，为《周南》《召南》，以作乐歌，是亦《诗经》之渊源也。

第四章　商代文学

商之文学较前代颇见发达，《书经·商书》与《诗经·商颂》诸篇，实商代文学之代表也。商代尚质，文亦似之。《商书》篇多散佚，观其存于今者，文词甚简厚典重。虽三盘诘屈，硬语聱牙，而其词意绵密周至，颇足感人。至《汤诰》言性，《仲虺》言仁，《太甲》言诚，《说命》言学，尤足阐发道藏之奥秘，昭大训于来兹。商书编录既富，辞理较夏书亦充。《法言》称："虞夏之书，浑浑尔。商书，灏灏尔。周书，噩噩尔。"谓商书灏灏，是诚然也。《诗经·商颂》五篇均为殷人所作，其中《那》之诗，郑玄谓为太甲祭汤时作，尤为最古，其他《玄鸟》诸篇，均各长二十余句，为古诗所罕见。中国之诗至此始有严密正确之意义。胡应麟曰："唐虞之时，大音声希，至《商颂》而百代诗法渊涵矣。"又曰："至《商颂》《玄鸟》诸篇闳深古奥，实兆典型。"苏子由曰："商人之书，简洁而明肃。其诗奋发而严厉，均为有见之言也。"商之文学，见诸《诗》《书》以外者，《大学》："汤之《盘铭》曰：'苟日新，日日新，又日新。'"此铭词约旨深，最有价值。他如《说苑》载："汤之大旱，祝词曰：'政不节邪，使人疾邪，苞苴行邪，谗夫昌邪，宫室崇邪，女谒盛邪，何不雨之极也？'"是为祝词之始，其反躬自责，不妄事祈祷，尤为祝词所罕觏。《京房易传》汤嫁妹之词曰："无以天子之尊而乘诸侯，无以天子之富而骄诸侯，阴之从阳，女之从夫，天地之义也，往事尔夫，必以礼义。"是为女训之始，观其训词谆谆焉，以礼义为归，实立千古妇道极则。至于《汉志》道家有《伊尹》五十一篇，小说家有《伊尹说》二十七篇，又有《天乙》三篇，天乙指汤而言。此均出自依托，未可据以为信。若《吕氏春秋》所载有娀女之《燕燕往飞》歌，则为北音所自始。《诗经·卫风·燕燕于飞》实因袭乎此，犹之《曹风》"彼候人兮"因袭乎涂山女"候人兮猗"之南音也。

第五章　周代文学

第一节　总述

古代文学，至周为极盛。周初文王演《周易》，周公制官礼，是周代文学之最古者。至《书经》所载《周书》各篇，较前代尤为宏富，而文词亦颇严肃，故扬子以"噩噩"称之。《诗经》惟《商颂》五篇作自殷人，其余均系周人所作，谓千古诗学渊源。周监二代，诚郁郁乎文哉，然虽文胜其质，而周初文学，词意均醇至无颇。尧舜禹汤之道统，周固传而延之也。下逮春秋，孔子继起，以至圣集上古文学之大成，为儒家之祖。及门弟子三千七十皆得闻文章，道统乃流传愈广。其时，老子经著《道德》①，微言玄理，为道家所宗。他如管子以天下才著书繁博，为春秋时之大政治家，而其文章雄峻奇劲，亦当代文豪。《晏子春秋》虽不得与《管子》并论，要亦文学之选，若左丘明之《春秋》传经。《国语》纪事，议论闳肆，蔚为大观，千古文章，当推此为第一。降及战国，诸子纷起，百喙交腾，著述之富，为我国文学极盛时代。后有作者，皆弗能及。统观周代文学，由国初而春秋，由春秋而战国，文学日见发展，文体亦日有不同。周初去古未远，训诰官礼，风南雅颂，上以宣扬治化，下以陈述民风，固无所谓学派，亦无所谓文派。迨东迁以还，自春秋迄战国，学派始分，惟孔子大圣，学无不包，不得以一家名。其余诸

---

① 疑误，恐为"老子著《道德经》"。

子，各著书立说，以成一家之言。学派既分，文体亦有派别。春秋时，管子之文以雄峻称，晏子之文以精核著，《左》《国》之文以宏博典奥名世，老子之文以精深高简见长。春秋时文理虽不及诗书之醇，而才识权奇，殆由醇而肆矣。至战国百家朋兴，学派愈繁，文体派别亦愈多。以义胜者，儒家之文也；以质胜者，墨家之文也；以诡胜者，兵家之文也；以辨析胜者，名家之文也；以深刻胜者，法家之文也；以排傲胜者，纵横家之文也；以夸诞胜者，阴阳家之文也。他如杂家、农家、滑稽家、小说家、词赋家等，莫不各吐所能以宏篇制。

周代文学之盛，洵古今所未有也。至其文学兴盛之原因，大要如下：（一）上古文化历唐虞迄夏商，渐臻完备。周承其后，发扬而光大之，文化愈见开明，故文学乃愈见进步。（二）三代盛时之教育，为国家所专擅，国学、乡学，阶级极严。自周衰学校不修，孔子乃以私人设教授徒，遂打破教育上不平等之阶级。此后平民均得授高深教育，故文学大见发展。（三）战国时代，七雄纷争，需才孔急，各国皆竞养游士以自重，一时文士皆欲抵掌高谈以取卿相。故对于学术莫不简练揣摩，各逞所长，文学乃因之日放异彩。（四）人民生活至周衰大受影响，列国争衡，战祸日烈，社会乃发生绝大之不宁。各国政治又多黑暗腐败，一时知识阶级欲起而解决人生问题，故各本所见以著作学说为人民谋福利。作家既多，故文学日见发皇。以上数端，为周代文学兴盛之主要原因。我国文学以周代为枢纽，上拓前古而增其华，下开百派而张其绪，是诚中华民族文学之渊薮也。

第二节　经学之完成

经学为我国上古文学之代表，《易》《书》《诗》《礼》《春秋》诸经，皆完全于周代。兹即各经概要分述于下：

（一）《易经》。自伏羲画卦，为演《易》之始，厥后神农、黄帝亦相继演《易》。神农亦称连山氏，故其《易》曰《连山》。黄帝亦称归藏氏，故其《易》曰《归藏》。三《易》肇于上古，而夏用《连山》，殷用《归藏》，周用《周易》。《周易》即伏羲所演之《易》，伏羲之《易》名为《周易》者，因其《易》首乾，乾为天，天道周流，无所不包也。伏羲当日只具画卦，文王乃系以卦辞爻辞。《史记·日者传》载，"司马季主曰：'伏羲作八卦，文王演三百八十四爻。'"《淮南子》曰："伏羲为之六十四变，周室增以六爻。"《汉书·艺文志》班固曰："文王重易六爻，作上、下篇。"或谓爻辞为周公所作，实无明确之考证。其后孔子出其读《易》心得，作《十翼》，即上象、下象、上象、下象、上系、下系、文言、说卦、序卦、杂卦是也。《易经》一书，至是乃完成。按"易"含有三义：曰变易，即万象变易也；曰不易，即万象变易，有恒常一定之序也；曰简易，即万象变易，不外始中终三相之运移也。总之，《易》发明哲理，为我国最古哲学，后世或专以为卜筮之书，实失其本旨。至后世文章之体，亦多本诸此，如说与序皆肇于孔子之说卦、序卦，而文言尤千古文章之祖也。

（二）《书经》，即古记事之史。黄帝置史官，左史记言，右史记事，其时以仓颉为左史，以沮诵为右史。此后历代各有史官，凡所记录者皆谓之古史，亦皆谓之古书。惟古书年代既远，事难征实，故孔子删《书》断自唐虞，其《书》分《虞书》《夏书》《商书》《周书》，而《周书》删定，较为繁富，《书经》亦至此完成。按古来治国之大法，莫备于《书经》，而我国文章，亦以《书经》为最古也。

（三）《诗经》，诗即古之歌谣，人民本其性情之所至，自然吐露。如《八阕歌》《康衢歌》《击壤歌》《卿云歌》《南风歌》，涂山有《娥女歌》，此见之于古史者。下及周代，诗歌尤盛，妇人女子，亦均能诗。诗歌即政教风俗之表现，观其诗歌，即可知其政教风俗如何。其为太史采于民间者，谓之风，其出自王朝者，谓之雅、颂。孔子取其可为法戒者删定之，名之曰《诗经》。《商颂》以外，皆作自周人，是《诗经》亦完成于周代。按《诗》有六义，即风、雅、颂、赋、比、兴也，风、雅、颂三者为《诗》之分类，赋、比、兴三者，言《诗》之体制。"风"谓风化、风刺，主咏一人之事，多为田夫野人所作。"雅"述王政兴废，主咏天下之事。政有大小，故有大雅、小雅之分，为王室公卿大夫所作。"颂"者歌咏先世功德，告于神明，使后世子孙爱而慕之也。至比、赋、兴三者，亦有区别。"比"谓全篇用譬喻，借他物以表其义。"赋"则不用譬喻，但如原状铺述以表之。"兴"乃始借他物以为抒思之引起，终则如状以述事象也。后世诗歌词赋、一切韵文体，莫不以《诗经》为准绳焉。

（四）《礼经》，即周公所作之《周礼》《仪礼》。《周礼》详六官之职掌，故亦称为《周官》。《仪礼》损益前代之冠、婚、丧、祭、朝聘、射、餐之礼而记之，并为周代政治典章之书。其文亦甚简古，经孔子删定后，成为《礼经》定本。后世史志、通典、通考诸作均祖此。汉朝《礼经》不列《周官》，惟列《仪礼》。唐定《五经正义》，又不用《仪礼》，而只用《小戴礼记》，未免名实不符也。

（五）《春秋》。自周室既衰，诸侯放恣不轨，史官失其职守，所记不足以贻法戒。孔子乃因鲁史作《春秋》，盖即鲁史册书成文，修而正之，遂成为六经之一。其所以名为《春秋》者，因其书按年编记，而年有四时，言春以包夏，举秋以兼冬，错举以为名，简称之曰《春秋》。《春秋》一书以文字寓褒贬，书法极严，后世史学家之祖也。

以上各经，合之《乐经》，称为"六经"。《乐经》亦为孔子所删定，但《乐经》至汉朝已亡，兹不复述。按经学为我国学术本源，其中所载义理，如日月经天，江河行地，万古不没。中华立国数千年之久，均赖此纯正义理维系于其间。虽后世立国之法，不能不因世界潮流随时变通，而关于义理所在，均不能越其范围。遵其义理而行之则治，违其义理而行之则乱。观中国全部治乱史，实成为一定比例。至经书所载一切文词，简洁古奥，亦独有千古，后世文学家皆胚胎于此。凡说理之文、叙情之文、记事之文，均自经学演绎而出。世之文学家未有不通经而能成为名家者。经学诚我国文学之母也。柳子厚曰："吾为文章，本之《书》以求其质，本之《诗》以求其恒，本之《礼》以求其宜，本之《春秋》以求其断，本之《易》以求其动，此吾所以取道之原也。"据此，则经学为文章根本，不诚然乎？

第三节　史学之演进

太古未有文学以前，结绳而治，国无纪事之史。及有文字以后，记事日繁，必须有专官以职掌之，此史官之所由设也。设置史官自黄帝始，以仓颉、沮诵为左右史。前已言之，其时记载体例有三：一曰纪年，即世所谓《竹书纪年》是也，记载简略，为后世编年史所祖；二曰世本，记帝王大臣之世系，为后世谱牒史表所祖；三曰书，孔子删《书》，断自唐虞，则唐虞以前，固已有《书》，其书即记事之史。由唐虞夏商以迄周代，书之记载日多，无一非史。周代史官一职，最为重要，观《周礼》所载太史、小史、内史、外史、御史等所掌可知。降及周季，史官失职，孔子因鲁史修《春秋》，上起隐公，下迄哀公，笔削谨严，以寓一王之大法。盖其判定是非善恶，以道德为法律，足以惧乱臣贼子，其书法固为史家之祖，其编年体例，亦为史家所宗。考其编年体例，以事系日，以日系月，以月系时，以时系年，所以纪远近、别同异，此为上古史学界开一新纪元也。其时，左丘明① 受《春秋经》于孔子，因经作传，博引事实以证明之，名曰《左传》。《左传》因经而作，其名为传者何？或曰"传"者，转也，转受经旨以受后人。或曰"传"者，传也，所以传示来世。按孔安国注《尚书》，亦谓之"传"，斯则"传"者乃训释之意。考左氏释经，或言见经文而事详传内，或传无而经有，或经阙而传存。欲知《春秋》时代之制度、风俗人情，端赖此书，可以代表当时社会一切活动之现象且其文词高妙，论断以礼

---

① 原书作"左邱明"，改作"左丘明"，下同。

为主，足以羽翼六经。刘知幾谓"其言简而要，其事详而博"，可谓知言。至其编纂体裁，系因经按年编录，亦编年体也。左氏复著有《国语》一书，盖以《左传》所余之材料弃之可惜，乃别为一册，故称《左传》为《春秋》内传，《国语》为《春秋》外传。《左传》主记事，《国语》则主记言，分记周、鲁、齐、晋、郑、楚、吴、越八国之语，故名曰《国语》。起自周穆王，终于鲁悼公，合为二十一篇。其文以方内传，或重出而少异。其立言大旨，多本先王之训，亦六经之亚，文章描写亦极精妙。按言语为精神之表现，由《国语》得窥其时代之精神，左氏之功亦甚大。此书专记各国所语之事实，乃纪事体也。自左氏传经后，又有鲁人穀梁赤、齐人公羊高皆学于子夏，亦因《春秋》经文作传，一名《穀梁传①》，一名《公羊传》，与左氏合称为"《春秋》三传"，皆解说《春秋》，亦纪事体也。但《公》《穀》二传，专尚议论，不及《左传》之切于事实。盖三传既均为历史上文学，当以叙事见长，《公》《穀》未免失之缺略，然其议论透辟，亦文学家所必读之书也。他如《战国策》一书，于史学亦颇有关系。此书系刘向采集战国时代各国之文而录之，计三十三篇，其名为《战国策》者，谓记战国时游士之策谋，其书亦纪事体也，至其文笔纵横奇肆，文学家亦均喜读之。按我国史学体例，不外编年、纪事两种，而其大体已备于《春秋》《左》《国》《公》《穀》及《国策》诸书，后世史学家皆渊源于此。若以文章论，以《左传》为最，《国语》次之，《公》《穀》二传及《战国策》又次之。在我国文学史上均占重要之位置，千古

---

① 原书作"穀羊传"，疑误，故改之。

大文豪皆由此脱胎而出也。

第四节　文字学之改进

自仓颉造字后，文字渐臻完备，然历代造字，虽依六书之法，而所造之字体各异，一国所用之文字，亦靡有定体，未能统一。至周宣王时，有太史焉，其名为籀，职司群籍，以为如此造字，实难普及，乃著《大篆》十五篇，集合各种之字，写成为一定之形体，颁诸小学，复保氏之职。时人以其书出籀手，故名曰籀文，亦称《籀篇》，又因籀官太史，故亦称《史篇》。其字体与古文不尽同，所谓古文者，即仓颉以后、史籀以前所造之字，均称为古文。史籀盖将古来文字加以改变而整齐之，使其字体统一，易于普及，厥功甚伟。但孔子写六经，左丘明写《春秋左传》，不用史籀之大篆，仍用史籀以前之古文，殆以不可据近人所造之字以改古人之书，致失古书真相也。史籀之文，至汉时已多散亡，今《说文解字》内尚间有籀文可考。唐时发现十石鼓，刻诗十章，其文皆记田猎事，韩愈定为宣王时物，以其与《车攻》《吉日》相类。宋欧阳修、苏轼亦皆以韩说为然，世均信为史籀之笔也。

第五节　周末各家之兴起

古昔文学，无有所谓专家者。至春秋及战国时，诸子纷兴，各有专书之著作，文学始有专家，既有专家，始有派别。其派别区分，汉太史司马谈叙六家要旨，乃分为六家：一道家、二儒家、三法家、四名家、五墨家、六阴阳家。《汉书·艺文志》引刘歆《七略》，其诸子略分为十家，亦称九流。九流即九派之意，以小说家系附录，不在九流之内，故十家而简称九流。其所谓十家者，即儒家、道家、阴阳家、法家、名家、墨家、纵横家、杂家、农家、小说家是也。各家亦各有其所自出，儒家出于司徒之官，道家出于史官，阴阳家出于羲和之官，法家出于理官，名家出于礼官，墨家出于清庙之官，纵横家出于行人之官，杂家出于议官，农家出于农稷之官，小说家出于稗官，此各家之所由来也。其中谓道家出于史官，墨家出于清庙之官，似属不类。然道家首推老子，老子本周守藏史，故谓道家出于史官。墨子据《吕氏春秋》系史角之弟子，鲁以郊天请求周室，周遣史角至鲁，则史角自当为其管理祭祀之官，故谓墨家出于清庙之官也。

至周末诸子，何人属于何家，则又可即其最著者分别言之。如孔子与其门弟子及孟子、荀子等，则属于儒家也；老子、列子、庄子等，则属于道家也；驺衍、驺奭等，则属于阴阳家也；管子、韩非子、慎到、商鞅、申不害等，则属于法家也；尹文、公孙龙、惠施、邓析等，则属于名家也；墨翟、禽滑釐等，则属于墨家也；苏秦、张仪等，则属于纵横家也；尸子则属于杂家也；许行则属于农家也；宋钘则属于小说家也。

此外，有不列于十家者，如兵家则有司马穰苴、孙武、吴起、尉缭；滑稽家则有淳于髡；词赋家则有屈原、宋玉。以上所述，已可概括诸子之派别矣。若各家学说之内容，最关重要者，当推老、孔、墨三家，盖三家皆志在救世也。老子生于周衰之时，见文胜法弊，礼意失实，社会愈纷扰而不宁，乃欲一切反诸无为自然之地，故其所著之《道德经》，大旨注重在自然主义，但其刍狗万物、刍狗百姓，举世间所有典礼文物而空之，未免矫

233

枉过正。孔子以老子学说空玄不适于用，乃提倡民治主义，注重人伦之大节、仁义礼智之常道。凡于身心性命、社会国家有关者，谆谆言之。其学说主张，大抵详于《论语》一书，反其说而行之，国家必大乱。故中国人心受其学说支配者，已二千余年。墨子学说注重实用主义，急欲挽救当时之社会问题，其所谓尚贤尚同，所以救国家之昏乱也；其所谓节用节葬，所以救国家之贫穷也；其所谓兼爱非攻，所以救国家之争夺嗜杀也。诸如此类，无一不注重实用，故其学说颇见重于世。老、孔、墨三家诚为当时学术三大宗也，他如法家主张法治主义，亦有合于治乱国、用重典之意，但其流弊失之过于严刻，不顾德教，是其缺点。名家于名实上之关系，辨析至精，凡用字之定义，立言之方法，皆有斟酌，学者立言多用此法，为今世论理学家所本，于学术上之进化，所关亦巨。纵横家讲外交，当国际竞争时代，亦不得不然。农家讲耕田，许行并耕之说，主张上下平等，亦有特别见解。阴阳家讲神话，虽无至理，而骈衍大九州之说，实可开拓万古心胸。小说家编录巷议街谈，于采取民风、改良社会，亦不无关。宋钘弭兵之说，尤有卓见。杂家钞集他人学说，似无价值，然取各家之长，于政治亦有裨益。兵家谈兵法，亦为兵学所祖。滑稽家虽语多诙谐，然罕譬而喻，亦足感人。词赋家尚词华，虽欠质实说理，然屈原《离骚》，托词委婉，颇得周诗之遗，但楚辞风气一倡，而后来文学遂生尚理、尚词之两大派。盖古来学说重理论，祖此者多尚理；词赋家重词章，祖此者多尚词。汉以后辞赋风盛，实源出楚辞，所作惟竞采藻，无真实义理，以致文格日卑，是其最大之流弊也。周末各家派别及其学说概要，既如上述，兹复即各家文学最有关系者，分别述之于左。

（一）儒家之文学

孔子及其门弟子

孔子删定六经，集上古文学之大成，前已言之。六经以外，尚著有《孝经》《论语》。《史记》谓《孝经》为曾子所作，以记孔子论孝之言，郑玄则以《孝经》为孔子所作。《论语》一书系游、夏诸人萃集孔子之言编纂而成，为儒教一大圣典。《大戴礼》中所载《三朝记》七篇，为孔子三见哀公所作，文辩恢宏，足见孔子应机说教之本领。孔子《家语》今不传，传者王肃伪造。他如曾子作《大学》，子思作《中庸》，此二书系宋代二程从《礼记》中抽出，与《论语》《孟子》合称曰"四书"，朱子承之作《章句集注》，为儒家入门之教科书。朱子次第"四书"，定为：第一《大学》，次《论》《孟》，最后《中庸》，以《中庸》说理颇高也。按《大学》一书，为记录三代大学校所教授伦理之精髓，始以诚意、正心、修身锻炼人格，继以齐家、治国、平天下致其功效。至《中庸》所谓天命性道以及所谓诚者、诚之者云云，乃我国大哲学之书也。又《礼记》一书，多载孔门师弟问答语，以关于礼者为主，班固谓为七十子后学者所记，世称此书与周公所作之《周礼》《仪礼》为"三礼"。《礼记》原只一百三十一篇，汉河间献王得之，时无传之者。至刘向校经，因第而叙之，又得《王史氏》《乐记》等篇，合为二百十四篇。戴德删其繁重，为八十五篇，谓之《大戴记》。戴圣又删《大戴记》为四十六篇，谓之《小戴记》，马融传小戴之学，复有增益，共为四十九篇，即今《礼记》是也。按《礼记》之文，作者不一，故义理纯驳、深浅不同，其中以《檀弓》《大学》《中庸》为最有价值。又《尔雅·释诂》一书，相传为周公所作，扬子云谓《尔雅》为孔子门徒所记①，以解释六艺者。郑康成《驳五经异义》，谓《尔雅》者，孔子门人所作，以释六艺之旨。按《尔雅》文杂，实非一家之著。盖孔子弟子既治六艺，必先精小学，孔子教人习《尔雅》以正名，门人又补周公《释诂》以下而为书也。

孟子

名轲，字子舆，邹人。受业于子思，通五经之学，尤长于《诗》《书》。游齐，齐宣王不能用，适梁，梁惠王亦不果所言，以为迂阔而远于事情。当时方务于合纵连横，以攻伐逞能，而孟子乃述唐虞三代之道，故所如不合，乃退而作《孟子》七篇，明儒者之术，盖能承圣门之正统者。孟子主张性善，注重仁义，时以浩然之气发仁义之言，一生议论，不肯让人，常有击破对谈者之决心。是虽为战国雄辩之风尚所感化，但言必中理，与苏、张纵横之说不同，乃战国时合理之辩论家，故与之谈者，均为所折服。其书乃为其一生辩难攻击之笔记，其所以如此好辩者②，盖欲昌明圣道，以正人心、息邪说，弭天下之大乱。其抱负如此，诚无愧为孔子后之继人也。孟子本领，只性善二字认得真，其自处只"愿学孔子"四字尽之，其教人只"人皆可为尧舜"六字尽之。其书七篇，皆其自作，其叙次皆有深意，与《论语》杂出于门人所记不同。孟子志在行道，其通篇所记，总不外其行道之意。《孟子》一书，固无心为文，而辟阖抑扬，曲尽其

---

① 原书作"杨子云"，而书中"扬雄"之"扬"大部分作"扬"字，为保持前后统一，故改之。
② 原书此段"辩"均作"辨"，疑误，故改之。

妙，非独理明意精，而字法、句法、章法均足为作文楷式，尤妙在善用比喻，使人易于理解，乃成为最多趣之文章，诚古今之大文豪。孟子欲行道而道不果行，著书以明道，道理充足，故其文章绝千古也。后世文学家均喜读《孟子》，苏老泉尤得力于此，有苏批《孟子》传世。

荀子

名况，赵人，或称荀卿，传子夏之学说者也。年五十始游于齐，三为祭酒，齐人或谗之，荀卿乃适楚，春申君以为兰陵令，春申君殁，荀卿废，因家兰陵。荀卿生战国之季，睹人类之狡猾，愤慨而主张性恶，因而唱导形式主义，务以礼为规矩，殆欲以外部身体之动作，调摄内部心灵之发动，并欲以强硬手段，期其必行。儒家之精神，一转而与法术家之主义相接近。此韩非、李斯之徒所以出于其门也。著有《荀子》一书，虑周藻密，颇富于文辞，彼盖不染当时策士气习，力守学者悠然之态度，故以充分之准备，细加推敲而成书，注意修辞，乃其特征。其文章虽觉绚烂炫目，但乏气魄，少精神，往往不免有冗漫芜杂之病。然其文之有规律处，亦颇易学步。秦汉后有偏尚修辞雅丽之一派，亦多沾染于此也。

（二）道家之文学

老子

姓李名耳，字聃，或曰字伯阳，谥聃，楚之苦县人。其生年约与孔子同时而稍长，孔子尝从而问礼焉，为周守藏史，多涉猎人间不易得见之书，博通古籍，著《道德经》五千余言。其大旨欲从自然之倾向，安送人类一生之幸福。盖其生当乱世，激于人民之痛苦，抱一种厌世主义，以现在为偶然假现，当顺自然以了一生，不必无事自扰而有为，则人民之痛苦自去。此为理想上之生活，断难实现，且其愤慨当日时势，出言辄走于极端，彼谓世上所谓道德，乃不道德之原因，必废弃道德而后可，此说于维持社会之安宁，实多危险，决不可行，但其学说思想极自由，为周末思想界发达之原动力，于中国哲学进步上，颇有关系。其《道德经》一书，普通称曰《老子》，与《孟子》《荀子》书均未经后人羼杂，保有极纯粹之面目。虽后世流传不无误写，或有一二因脱落而增入者，究不损其真意。若以文章言之，极简洁，犹有六经气息，文字少而意义多，一句一理，在我国文学史上乃卓然自成一家者。后世为老子书作注解者颇多，明沈一贯《老子通》堪称珍本。自老子唱无为之说，同时归之者，有文子、关尹子，均有著书，而其书皆散佚已久。今所传者，《文子》十二篇、《关尹子》九篇，当系后人伪托也。

列子

列子即列御寇，为老氏之学者也。刘向《别录》曰："列子，郑人，与郑缪公同时。"《战国策》及《吕氏春秋》均见其名，《汉志》《列子》八篇，世谓其书非其所自著。《四库全书提要》曰："凡称子某子者，乃弟子之称师，非所自称。"此书皆称子列子，则决为传其学者所追记，非御寇自著。柳宗元《列子辨》谓"其文辞颇类庄子，而尤质厚，少伪作"，谓为"少伪作"，实未敢信。宋濂、王元美咸赞赏其文，谓其记事简劲宏妙。然则《列子》书虽非出列子之手，而其文笔亦颇可观也。

庄子

名周，蒙人，尝为漆园吏。蒙，宋地，后隶于魏。《史记》

谓"庄子与梁惠王、齐宣王同时。其学说无所不窥，其要本归于老子之言，著书十余万言，大抵皆寓言"，又谓"其言洸洋自恣以适己，王公大人不能器之"。按庄子为老子之学，其思想较老子更进一步。老子之厌世主义，虽以现世为无意义之偶然假现，然其思想尚有改良社会之意，是以不建设为建设者。庄子之人生观，则以生死变化迅速无常，视现实界为全无意识之一场幻梦，故忘物应化，以去烦恼而脱羁绊，因而齐万物、一生死，是殆参透造化之秘奥，为中国上古哲学一大进境。庄子既视现实界为幻梦，故其书中立言变化不测，皆入缥缈幻境，逍遥于无何有之乡，至其文笔纵横跌宕，奇气逼人。虽为战国文章，习尚使然，亦由其天才与人不同，故其文章独有千古也。庄子书本有五十三篇，今存者三十三篇，计《内篇》七篇、《外篇》十五篇、《杂篇》十一篇。其《内篇》七篇俱有深义，确为庄子自作。其《外》《杂》等篇，则不无可疑。如《让王》《说剑》皆浅陋，《刻意》《缮性》亦肤浅；《盗跖》之文，非惟不类先秦，并不类西汉；《马蹄》《胠箧》诸篇，文意亦凡近；《渔父》一篇，名言虽多，但笔力弱而气不振。《外》《杂》二十六篇，或其徒之所述而附益之者欤？注《庄子》者，昔以郭象注为有名，后以陆树芝《庄子雪》较为善本，近皆以王先谦《集解》、郭庆藩《集释》为佳也。

（三）墨家之文学

墨子

墨翟，宋人，或以为鲁人，殆鲁人而仕宋者。墨子居宋，习闻老氏之风，又学儒者之业，受孔子之术，乃综合儒道，自为巨子。其学说注重实用，已如前述，至其兼爱主义，与近世之所谓大同主义、平等主义，虽似相合，但兼爱而至于爱无差等，于事实上究难实行，故其说为孟子所反对。又墨子之学颇重正名，作《辩经》以立名本，实为名家专书，惠施、公孙龙皆祖述其学以显于世。战国文采华辩极盛，亦由墨家启之，其于文学上固有关系也。按墨子生春秋之季，卒于战国。当战国之初，墨学传统以禽滑釐为最著，彼先受业于子夏，卒事墨子。此外有相里氏之墨、相夫氏之墨、邓陵氏之墨，韩非子曾言之。陶潜《圣贤群辅录》又曰："不累于俗，不饰于物，不尊于名，不忮于众，此宋銒、尹文之墨。裘褐为衣，跂蹻为服，日昼不休，以自苦为极者，相里勤、五侯子之墨。俱诵《墨经》而背谲不同，相为别墨以坚白，此苦获、己齿、邓陵子之墨。"此略本于《庄子·天下》篇者，后世校《墨经》者颇多，惜多错脱。今传《墨子》十五卷，其文章意显而语质，盖墨子著书本旨在质实切用也。

（四）法家之文学

管子

管仲字夷吾，颍上人。《汉书·艺文志》列管子于道家，殆以其《心术》《内业》诸篇，语近道家也。《隋书》《唐书》则列诸法家之首。按管子言治尚法，颇倾向法治主义。彼当春秋纷争之世，治国以富强为务，于政治上、法律上、经济上均大发挥其新思想，且本诸法治精神，凡所设施必期贯澈其主张，非责实收效不可，但其对于法制之改革，大抵采取《周官》精意，变通而善用之，观《牧民》《乘马》《幼官》《轻重》诸篇可见。所谓参国为三军者，即伍两卒旅之旧也，因罚备器用者，即两造两剂之遗也。选士首以好学慈孝，而且及于拳勇股肱，亦兴贤之故典也。铸币①以黄金刀布，而并及于鱼盐针铁，亦圜法之旧章也。师周公之意而不袭其故，因时制宜，是管仲之善于变法。至其治国根本原则，在注重民德与民生，其言曰："礼义廉耻，国之四维，四维不张，国乃灭亡。"可见其以道德为立国之大本。又以欲国民道德之实行，必先解决民生问题，故曰"仓廪实而知礼节，衣食足而知荣辱"，此尤为千古不磨之格言，盖非如此，不能以保持相互之安宁与秩序。管仲治国眼光伟大，故能成一匡九合之功也。管子书计二十四卷，八十六篇，为汉刘向所校录，后渐残缺不完，今所传者为明万历中赵用贤刻本。或曰管子书非出一人之手，亦非成于一时。因其中庞杂重复，文致亦不一律，且多管仲以后事。今观其《经言》九篇，论高文奇，殆多为管仲所作，其他各篇，或先秦时代承其余风者之所附益也。

韩非子

韩非，韩之诸公子。善刑名法术之学，与李斯同事荀卿。生当战国之末，见自国之弱，不胜愤慨，屡上书韩王，王不用，乃作《孤愤》《五蠹》《内外储说》《说林》《说难》十余万言。人传其书至秦，秦始皇见之深为赞叹。后秦攻韩，韩王遣非使秦，始皇悦之，而未信用。李斯、姚贾谮非，谓"用之，终为韩不为秦"，始皇下非狱，李斯使人赠非毒药，劝自杀，遂死于秦。按韩非思想为纯粹法治主义，治昏弱之国家，固为对症良药，但其失在过重法律，轻视人情，故司马迁讥其惨礉少恩。秦

---

① 原书作"铸弊"，改作"铸币"。

杀非而实行其法，虽统一六国，然以严法之弊，未几即亡。韩非书本名《韩子》，至宋，嫌其与韩愈混同，始加"非"字。《汉书·艺文志》谓非书五十五篇，今传本仍五十五篇，合于汉书之旧，其书皆出韩非自著。所载《初见秦》《存韩》二篇，为使秦时所作，其余皆为旧作。其书在诸子中为保有最完全之真面目者，其文最警峭，唐顺之评其《孤愤》，曰："法度绳墨之文，有架柱，有眼目，有起结，有收拾，有照应，部勒齐整，句适章妥，谁谓古文无纪律哉？"观此，则韩非能文可知，其他篇亦可类推，至其《内外储说》，世谓即连珠体之肇始，然则韩非之法，虽不无弊，则其文章则大有助于文学界也。

（五）纵横家之文学

苏秦、张仪

苏秦，字季子，东周洛阳人。初游秦，书十上而说不行，金尽裘敝，憔悴而归。乃发《阴符》读之，学成说行，并相六国，为合纵之长。张仪，魏人。相秦，以连横之策说六国。合纵谓合六国以抗秦，连横谓连六国以事秦。战国时纵横家多有其人，苏、张乃其杰出者。《史记》谓"苏秦、张仪俱事鬼谷先生"，是纵横之学始于鬼谷子，而大显于苏秦、张仪也。《汉书·艺文志》有《苏秦》三十一篇、《张仪》十篇，无鬼谷子书。今苏、张书皆不传，其言论见之于《战国策》。凡纵横家言，《战国策》均载之。按苏秦、张仪辈，以纵横之术游说诸侯王，举四海生灵之命，尽簸弄于其三寸之舌。其思想惟在博取富贵功名，固非为民众造福，以人格言，原不足取。若以文论，有精神，有气魄，能以利害动人，其文字外有一种勾引人之势力，故信口放论，玩万乘诸侯于掌上。朱子谓《战国策》为乱世之文，然有英伟气，可谓定评。王世贞曰："《檀弓》、《考工记》、《孟子》、《左传》、《战国策》、司马迁，圣于文者乎？其叙事则化工之肖物。"然则纵横家言，亦我国文学作品中之最卓者也。

（六）词赋家之文学

屈原、宋玉

屈原，名平，楚之同姓也。为楚怀王左徒，博闻强志，明于治乱，娴于辞令，入则与王图议国事，以出号令，出则接遇宾客，应对诸侯，王甚任之。上官大夫靳尚与之同列争宠，而心害其能，谗之于王。王疏屈原，屈原以邪曲害公，方正不容，忧愁幽思，乃作《离骚》。"离"者，遭也，"骚"者，忧也，屈原以此名篇，谓其遭忧也。其文则为赋体，屈原又作《九章》《九歌》《天问》等篇，终作《怀沙》赋，怀石投汨罗江而死。其人格极纯洁，不肯生于污浊之世，可谓中国厌世诗人之祖。《汉书·艺文志》谓屈原赋二十五篇，今考其所作，内容一贯之以忠君爱国之情。汉王逸评之曰："《离骚》之文，依《诗》取兴，引类譬喻。善鸟香草[①]，以配忠良；恶禽臭物，以比谗佞；灵修美人，以媲于君；宓妃佚女，以譬贤臣；虬龙鸾凤，以托君子；飘风云霓，以为小人。其词温而雅，其义皎而明。凡百君子，莫不慕其情高，嘉其文彩，哀其不遇，而悯其志焉。"可谓至论。按屈原之作，乃改革南方诗形为词赋之一体。春秋后，诗人不作，屈原以楚人上承南音，继之以《离骚》赋，为古诗一大

---

① 原书作"害鸟香草"，疑误，故改之。

变相。其思想极自由，材料亦甚丰富，为后世词赋家元祖，学之而皆弗能及。战国时，荀卿尝愤世嫉时，作《礼》《知》《云》《蚕》《箴》五赋，语平词质，视屈原之作实远逊也。

宋玉，楚人。仕为大夫，屈原之弟子。《汉书·艺文志》谓宋玉赋十六篇，其赋见《楚辞》及《文选》中。其见于《楚辞》者，《九辩》及《招魂》是也；其见于《文选》者，《风赋》《高唐赋》《神女赋》《登徒子好色赋》是也。屈原弟子，又有景差、唐勒等，景差赋早散佚，《汉书·艺文志》有唐勒赋四篇。屈原诸弟子，所作实不得与屈原并论。盖屈原为有道德意义之讽谕，如咏美人乃借以譬君，至宋玉以下，竟直接咏美人，而焕发其词藻，颇富于想象力，为词赋盛行于后世最大之原动力。自汉魏以来，词赋家多铺陈词华，扬葩吐艳①，以词胜不以理胜，实由此开之。汉刘向以屈原诸作及宋玉《九辩》《招魂》与作者不明之《大招》《惜誓》、淮南小山之《招隐》、东方朔之《七谏》、严忌之《哀时命》、王褒之《九怀》合为十五卷，名曰《楚辞》。后自作《九叹》以追念屈原，增为十六卷。厥后汉之王逸作《九思》以颂屈原，又作《楚辞章句》，合为十七卷，此《楚辞》传世之由来也。

第六节　诗歌之变迁

古诗三百，多以四言为体。自春秋以还，四言诗就衰，南方一变而为词赋，既如上述。其在北方亦多变而为七言诗，如孔子临河歌曰："狄水（沈德潜《古诗源》注，狄，水名，在临

---

① 原书作"杨葩吐艳"，疑误，故改之。

济，旧作秋，误）衍兮风扬波，舟楫颠倒更相加，归来归来胡为斯。"《楚聘歌》曰："大道隐兮礼为基，贤人窜兮将待时，天下如一兮欲何之。"《获麟歌》曰："唐虞世兮麟凤游，今非其时来何求，麟兮麟兮我心忧。"又《徐人歌》曰："延陵季子不忘故，脱千金之剑兮带邱墓。"又《荆轲易水歌》曰："风萧萧兮易水寒，壮士一去兮不复还。"凡此皆系七言体，他如宁戚之《饭牛歌》亦系七言，因歌词较长，不录。其余七言诗歌，载在沈德潜《古诗源》者亦多。至荀卿之《成相》篇，更三言、四言、七言相间成文，则为后世乐府词曲之导源也。

第六章　秦之文学

　　秦自始皇统一六国以后，享国日浅，至二世即亡，无多文学可述，兹即其统一前后而言之。秦之文学，其产生最古者，为《诗经》之《秦风》。考《秦风》十篇，孤峭峻厉，与他诗不同，足以表示其西方国民之特色。此外于文学作品上较有价值者，有《吕氏春秋》一书，此书为秦相吕不韦使其门下客人各著所闻，集合而成。其书分《八览》《六论》《十二纪》，计二十余万言，以为备天地万物古今之事，名曰《吕氏春秋》，《汉书·艺文志》列之于杂家。班固曰"杂家兼儒墨合名法"，可见其书为吕氏门下客采集各家之言而编纂成之。统观其书，首尾一贯，每篇起首冒以抽象之议论，次举事实以证明之，复引此喻以补正之，终回复初论。其书颇明晰易读，方孝孺谓："不韦以大贾乘势，市奇货，致富贵，功业无足道，特以宾客之书显名后世。"其书诚有足取者，其《节丧》《安死》篇讥厚葬之弊，其《勿躬》篇言人君之要在用人，《用民》篇言刑罚不如德礼，《达郁①》《分职》篇皆尽君人之道，切中始皇之病。其后，秦卒以是数者偾败亡国，非知几之士，岂足以为之。又谓其时去圣稍远，论道德皆本黄老，书出于诸人之所传闻，事多舛谬云云。按其书作者已观破法治主义之弊，颇有挽救之倾向，孝孺以知几称之，诚为有见之言。至谓其得之传闻者，事多舛谬，亦确论也。若其文章，茅坤尝评之曰："其文沉郁孤峻，如江流出峡，

---

　　① 原书作"达爵"，疑误，故改之。

遇石而未伸者，有哽咽之气焉。"此评亦切当，今有汉高诱《吕氏春秋注》传世。

次则论李斯之文学，李斯之文，《谏逐客书》外，见诸列传者数篇，并散见于《始皇本纪》所载之刻石。其《泰山》《之罘》《碣石》《会稽》诸刻均三句取韵，《琅琊台》刻石二句取韵，大抵皆撰自李斯之手，而自书之。李斯文词直截而壮玮，诚一时之绝采，足为始皇统一后文章之代表也。

其时，又有一事与文学上最有关系者，即始皇统一文字是也。我国文学自史籀作大篆后，而诸侯之国言语异声，文字异形，文字均未能完全统一。秦既并六国，感于行政上文字不统一之困难，乃废其不与秦文同者。李斯、赵高辈取史籀大篆而省约之，改为小篆以应用。又以官狱职务繁，篆文仍不便书写，乃命程邈作隶书，字体益省易，可用之于徒隶，故名曰"隶书"。又考《说文·叙》曰："秦书有八体，一曰大篆，二曰小篆，三曰刻符[①]，四曰[②]虫书，五曰摹印，六曰署书，七曰殳书，八曰隶书。"《汉书·艺文志》又谓"自刻符以下为六技"。刻符、虫书、摹印、署书、殳书皆不离大小二篆，而诡变各自为体，故与隶书以六技称之。我国字体自秦殆大备，其隶书即后世楷书之远祖。我国文字经秦统一后，全国文字完全归于一致，人人尽能书写，文字普及，于中国文学之发达为功至钜焉。惟始皇听李斯言，焚烧诗书，蔑弃古籍，古来多年之文学，顿遭浩劫，尽成灰烬，殊令人叹息痛恨无穷。至汉以后，古书虽渐有发现，然多不

---

① 原书作"刻苻"，改作"刻符"，下同。

② 原书作"四书"，疑误，故改之。

完，失其真相。后之学者不得复睹古书之本来面目，始皇与李斯诚千古文学界之大罪人也。推其原因，实因奉行韩非极端之法治主义，以君权为无限，使人民绝对服从，视学者以古非今为大不便。故燔毁古籍，悉令绝灭，所存者不过医药、卜筮、种树之书而已。然则，极端之法治主义为祸亦烈矣哉。

第二编 中古期

第一章 两汉文学

第一节 总述

我国文学经暴秦焚书坑儒之后，文风衰歇。至汉开国初年，高祖以马上得天下，不事诗书，侮慢儒士，文学犹未兴起。至惠帝，除挟书之禁，文帝征用游学之士，文学渐兴，迄武帝奖励文学，文风大盛。我国文学摧残于秦者，复兴于汉，则有汉一代，诚我国文学界一大关键也。考西汉文学，大抵摹仿周季，文颇近古。其时文章约分两派，一理论派，一词章派，如贾谊、晁错、司马迁、董仲舒、刘向之伦，其文皆以理论擅长，不尚词华，为后世散文之祖；如邹阳、枚乘、司马相如、东方朔辈，其文均以丽采葩韵胜，词极炜谲，为以后骈文之宗。散、骈两体，皆肇端西汉，至东汉则变而渐靡，然彪、固、崔、张、马、蔡之流，后先辉映，亦蔚然为一代作者，两汉诚千古文章之冠焉。惟就汉代文章统而观之，理论派究不及词章派之兴盛。西汉作家以论策散文鸣者，尚不乏人，及东汉则文学界几全为词赋化，类讴歌物质之富饶而少精神生活之状态，词胜于理，故文格渐靡。至其尚词之原因，要不外下列数端：（一）因汉代经儒，多以名物、章句、训诂相尚，影响所及，文学亦多尚词，不复质实说理。（二）因字学进化，自汉初定律，能诵籀文九千字以上者乃得为史，故以后文人辄有字书著作，长卿《凡将》、子云《训纂》、许慎《说文》皆于文字学有所发明，故文人秉笔，多喜字句新奇。（三）因汉初文人受屈、宋影响，多喜好楚辞，以能为楚辞方为极文人之能事，如贾长沙固以论策著者，乃亦善词赋，他如枚乘、严忌、司马相如、朱买臣、枚皋各词客尤以词赋争雄，故酿成风气。（四）因汉初贵族如吴、梁各藩王皆雅好词华，一时词客多出其门。至武帝好大喜功，奢侈成性，华丽词章尤适其所好，故长卿、曼倩均获优宠。文人以词赋可以猎官，故竞尚词华，推波逐流，至东汉乃成为词赋化。魏晋六朝骈俪浮靡之习，实由此开之。以上数因，为我国文学尚词最大之主动力，故特表而出之，以便学者之注意。至两汉各家文学之最著者，则于后分别述明之。

第二节　西汉各家之文学

贾谊

谊，洛阳人。少受知吴公，荐为博士，一岁中超迁至大中大夫，诸多建议。所上《治安策》敷陈时政，首尾五千余言，莫不切中事情，而终之以重礼义，尤为探本之论。其《过秦论》，文势如回风激水，蹙蹙生波，断制谨严，开史家无数法门。其文雄伟似孟子，为苏老泉所私淑。至《鵩鸟》《吊屈原》诸赋，瑰词玮意，亦为枚、马先导。曾文正公称其文有天授，非人力所能几。《汉书·艺文志》："贾谊《新书》五十八篇，今佚其三，定为十卷。"

晁错

错，颖川人。习申商之学，峭直刻深。文帝时，拜太子家令，以辩得幸，号曰"智囊"。其文之行于世者，有《言兵事书》《募民徙塞》《重农贵粟》及《应贤良诏》诸奏疏，均为经世之文。《汉书·艺文志》："晁错书三十一篇，今已佚，有世人所辑录者一卷，名《晁氏新书》。"

邹阳、枚乘①、枚皋、东方朔

邹阳，临淄人；枚乘，亦称枚叔，淮阴人。二人始事吴，继事梁。其文瑰玮侈丽，语多寓意，深得讽谏之体。乘著《七发》，尤有名，乘子皋及东方朔能得其传，但皋为文多嫚戏，班《书》谓其"可读者百二十篇"。朔，字曼倩，厌次人，其文传于世者，以《答客难》及《非有先生论》为著。其他奏对诸作，曲规隐讽，遇事多所匡救，惟语杂诙谐，与皋同以俳优见畜。

董仲舒

仲舒，广川人。为学以"正谊不谋利，明道不计功"为宗旨。其文辅翼经训，《贤良三策》明天人之道，达性命之原，发治教之实，粹然儒者之言。仲舒习《春秋》，著《春秋繁露》十七卷。

司马相如

相如，字长卿，成都人。初游梁，与邹、枚往来，以词赋见

---

① 原书作"枝乘"，疑误，故改之。

称。著《子虚赋》，武帝读而善之，以杨得意荐，召为郎。其文主谲谏而不诡于正，刘彦和称其文诡势瑰声，模山范水，乃西汉词赋家之巨擘也，著有《司马文园集》。

司马迁

迁，字子长，龙门人。文章极古今伟观，其《史记》一书不惟以史才擅长，论文者莫不奉为泰斗。迁之文盖以雄伟雅健胜，后世古文家得其一鳞一爪即足傲睨一世。其《史记》之内容于下节详之。

刘向

向，字子政，本名更生。以宗室之胄，丁元成之际，忠爱之忱往往于文字发之。盖王氏之祸，向皆逆料于十年以前，如烛照数计，无丝毫或爽。向著述极富，如《新序》《说苑》《列女传》等作，其最著者。至文章渊源经术，不为浮词，与董仲舒相伯仲。向子歆，经术、文章亦颇著，惜与谷永、杜钦辈依附外戚，致成贼莽之篡，文学家羞之。

扬雄

雄，字子云，成都人。仿《论语》作《法言》，仿《易》作《太玄》，仿相如作赋，仿东方朔作《解嘲》。其生平著作多不免摹仿之习，惟《酒箴》一空依傍，苏子瞻称为雄文之冠。雄所作诸赋，酷似相如，他体亦与子政媲美，不愧一代作者。惟《剧秦美新》颂莽功德，令人不堪卒读，其晚节诚不无可议也。

第三节　东汉各家之文学

班彪、班固

彪，字叔皮，扶风安陵人。东汉文士多竞尚词章，惟彪文颇以理论见长，所著《王命论》及《请置太子诸王官属》《答匈奴乞和亲》诸疏为其文之最著者。《汉书》亦实始于彪，其子固特继为之耳。固，字孟坚。著述颇富，而《文选》所载《两都赋》《幽通赋》《答宾戏》等篇为其杰作，但固之文词虽整密，而不免失之靡弱，实无西京气骨。

崔骃、崔瑗、崔实、崔琦

骃，字亭伯，安平人。与班固、傅毅齐名，所著箴、铭、赋、颂等篇均富于文词，其《达旨》一篇盖仿《答客难》《解嘲》以自明其志者。当窦宪擅权骄恣，骃上疏谏，是文人有气节，不肯阿附权贵者。骃中子瑗能继父学，善为书、记、箴、铭，其《南阳文学官志》，诸能文者皆弗能及。瑗子实明于政体，论当世便事十数条，名曰《政论》，世人称之。同时有崔琦者，实之同宗，亦以文章博通名，著有赋、颂、铭、箴等篇。

傅毅

毅，字武仲，扶风茂陵人。章帝时，与贾逵、班固共典校书，以文雅称。据范《书·文苑传》称毅著诗、赋、诔、颂、祝文、《七激》、《连珠》凡二十八篇。《文选》仅载《舞赋》一篇。其载于《艺文类聚》者，有《洛都赋》《雅祝赋》《七激》《窦将军北征颂》《明帝诔》等篇，其文极典丽。永元初，窦宪请毅主记室，与班固共事最久，颇齐名，然以早卒，未与宪祸，亦云幸矣。

张衡

衡，字平子，南阳西鄂人。当东汉中叶，承平日久，自王公以下莫不逾侈。衡拟班固《两都赋》作《两京赋》，用以讽谏，精思附会，十年乃成，竟与班赋并传。衡居官积年不徙，论者疑之，乃作《应闲》一篇，视《答客难》《解嘲》《答宾戏》诸作，风骨较逊而见道之语尚多。盖衡雅好玄学，尝谓"子云《太玄》妙极道数，与五经相拟"，又谓"吉凶倚伏，幽微难明，作《思玄赋》以宣寄情志"，此可谓挺然独立，处浊世而不污者。

马融

融，子季长，茂陵人。以经学著称，其文章亦能卓然成家。《本传》所载《广成颂》，《文选》所录《长笛赋》，《艺文类聚》所载《琴赋》《围棋赋》《东巡颂》，皆导源枚、马，铿铿作金石声。其他策疏诸作，渊懿朴茂，尚有西京之遗。

蔡邕

邕，字伯喈，陈留圉人。为汉季一大家，其著以碑词为最富，章奏次之，赋又次之。考其碑文，自名公钜卿、鸿儒硕士，下逮隐君子之流，其子孙苟有所求，邕皆奋笔为之。然铺张扬厉，率多溢美。邕尝自谓"独郭有道碑为无愧词"，昔人斥昌黎善谀墓之文，其端自邕开之。

孔融

融，字文举，孔子二十世孙。与陈琳、王粲、徐幹、阮瑀、应场、刘桢称建安七子。然琳、粲诸人皆附曹魏，融独不然，高志直情，与操诸书多嘲笑侮慢之词。虽终以言取祸，为操所杀，而其人格高峻，实罕觏也，著有《孔北海集》。

第四节　汉之史学

汉代史学，西汉有司马迁之《史记》，东汉有班固之《汉书》。而司马迁史才尤杰出，《史记》一书堪称创作，为史学界特开一新纪元。迁父谈当武帝初为太史令，著历代史，未成而卒。迁嗣父职，家学渊源，备读百家诸子之书，学极通博，卒成父志，著《史记》一书。上自五帝下迄天汉，成《帝纪》《世家》《列传》《表》《书》百三十篇，为国史纪作。其例则纪、传、世家，本之《尚书》《国语》，诸表本之《世本》，八书本之《禹贡》《周官》，采取前人所长，荟成钜篇。刘向、扬雄皆称其有良史才，服其善叙事理，辨而不华，质而不俚，文直事赅，无惭实录，后之作史者莫能出其范围。其文笔雄伟顿挫，尤独有千古也。及东汉班彪作《史记后传》六十五篇，其子固编集高祖至王莽时事，成纪、传、表、志百二十卷，凡八十余万言，名为《汉书》（固死时，书未成，其妹曹大家续成之）。其书武帝以前，多采《史记》；太初以后，则杂以史孝山、褚少孙、扬雄、刘歆、班彪、曹大家之文，体杂而不纯，不如《史记》出于谈、迁父子两人手，较为精粹。其中笔法虽详密整齐，颇合史家体裁，但以文论，不及迁《史》之宏放，惟其创断代为史之体，立后世史家标准，实有功于史学界也。

第五节　汉之诗学及乐府

汉初之时承周末风气，如高祖之《大风歌》为其时之七言诗，即《饭牛》《易水》之遗也。唐山夫人《房中歌》则影响于荀卿《成相》，乃三言四言错出者。高祖《鸿鹄歌》、商山四皓《紫芝歌》皆四言也。至文、景时，而五言诗始作，倡始者枚乘也，《古诗十九首》相传为枚乘所作。武帝喜作七言诗，如《瓠子歌》《秋风辞》及《柏梁台》成君臣之唱和，皆是也。而当时文人多作五言，如卓文君之《白头吟》、苏武李陵之《咏别》均五言，而苏李之诗意长神远，堪为后世五言之祖，汉诗于是为盛。自汉武后，诗道渐衰。元成间，惟韦玄成《自劾诗》、班婕妤《怨歌》及蔡邕《饮马长城窟行》尚为杰作，其余则不足观也。乐府之名自汉始，周《诗》三百，其时诗与乐未分，作乐时即取诗而歌之，并无所谓乐府也。自汉高祖定《房中歌》十六章为祠乐，武帝定郊祀礼，遂建立乐府，以李延年为协律都尉，集司马相如、枚皋等诸文学士，为《天马》《赤蛟》《白麟》等十九章，以为郊祀乐歌，汉之乐府始盛。汉末乐府如《雁门太守行》之类直叙事情，而辞不华藻，亦被于丝竹，大抵后世词曲皆导源于乐府也。

第六节　汉之小说

小说者，文学之副产物也。刘歆《七略》于《诸子略》中列小说为第十家，曰小说家者流，此为小说家见于史书之始。古之王者立稗官，采民间事实编为小说，与輶轩采风之意同。盖欲知民间之风俗，与后世闲谈奇事或出自伪撰者不同。战国时有伊尹说、黄帝说，是小说之见诸汉代以前者。《汉书·艺文志》小说家《虞初周说》九百四十三篇、《百家》百三十九卷是为钜作。虽原书尽亡，然据命题观之，《周说》殆后世《三国志演义》之类，而《百家》比于诸子百家亦有历史之关系。至《汉武内传》《飞燕外传》《杂事秘辛》等作，或以为出诸后人依托之书，若认为真汉代之小说则误矣。

第七节　文字学之进化

汉代字学，初虽兼习秦之八体（即大篆、小篆、刻符、虫书、摹印、署书、殳书、隶书），然惟符玺、幡信用篆，余悉用隶。至草书，秦已有之，但世未通行。及汉元帝时，黄门令史游作《急就篇》，草书始多用之。东汉杜度颇工此，章帝尤好此体，命上章表亦用草书，谓之"章草"。此后草书日见盛行，大抵皆折衷史游。史游之草书有波磔不连。东汉张芝乃作一笔草，则无波磔，且数字相连，谓之"今草"。今草较章草笔画为省，晋之王羲之颇以此著名。但草书取其急于成就，不得谓之"正书"。正书者，即楷书也。东汉之季，始变隶为楷，自陈遵创之，施诸章表、笺记、程课之事，谓之"章程书"，锺繇传之，即今之楷书。汉末刘德昇又作行书，字体始备。行书即正书而小变，务从简易，相间流行，故谓之"行书"，后之工此书者亦以王羲之为最。我国文字由古文变大篆，由大篆变小篆，由小篆变隶，由隶变楷，皆所谓"真书体"。至草书、行书，不得与真书并论，惟取其简便耳。

第二章　三国文学

第一节　总述

三国文学以曹魏为渊薮，然承东汉词赋之遗风，文人多竞尚词华，文体日见卑弱。虽曹植与建安七子均以能文鸣，而词多纤丽，实张六朝骈俪之焰。陵夷至正始之际，何晏、王弼崇尚老庄，破坏儒术，阮、嵇之辈继之，翛然物外。晋代清谈误国之风自此导之，斯不惟文学受其影响，日趋浮靡，要亦人才升降之枢也。至蜀吴偏处一隅，文学固不如曹魏之盛，然蜀之诸葛武侯不以文章著，而其文实为三国之最。观其《出师》两表，简而尽，直而不肆，足与《伊训》《说命》相表里，为古今之至文。盖本忠诚恳挚之意发为文章，故独有千古也。他若吴之虞翻、韦昭等本经术为文章，亦三国时之卓卓者。兹将三国各家之文学分述于下。

第二节　三国各家之文学

（一）魏

曹氏父子

孟德以盖世雄才兼好词章，如《短歌行》《苦寒行》等篇均其杰作。子丕嗣响，尤矜文藻，所著《典论》二十篇，当世称之，《论文》一篇，品评当代文人颇悉。其次子植，为当时文人之冠，所著赋、颂、诗、铭、杂论百余篇，举世莫及。

王粲、陈琳、徐幹、阮瑀、应玚、刘桢

此六人者与孔融合称"建安七子"。文帝《与吴质书》称："伟长怀文抱质，著《中论》二十篇，辞义典雅，足传于后。德琏常斐然有述作，其才足以著书。孔璋章表殊健，微嫌繁富。公幹有逸气，但未遒耳。元瑜书记翩翩，致足乐也。仲宣独自善于词赋，惜其体弱，不足起其文。至于所善，古人无以远过。"又《典论·论文》称："粲长于词赋，幹时有逸气，然非粲匹。琳、瑀之表、章、书、记，今之俊也。应玚和而不壮，刘桢壮而不密。"又植《与杨德祖书》谓"今世作者可略而言，仲宣独步于汉南，孔璋鹰扬于河朔，伟长擅名于青土，公幹振藻于海隅，德琏发迹于大魏，足下高视于上京"，又谓孔璋"不娴辞赋"，而自谓"与长卿同风，譬画虎不成还为狗"云云。诸子长短，观丕与植之所论可见矣。粲字仲宣，琳字孔璋，幹字伟长，瑀字元瑜，玚字德琏，桢字公幹。玚弟璩，瑀子籍，时皆称为能文，籍与嵇康齐名。吴质字季重，德祖，杨修字也，亦以文章为当世所称。

（二）蜀

诸葛亮

武侯以经济宏才为三代下第一流人物，无意为文而文自高。考其遗著，不事装饰，自然雅洁，词质而古，气劲而醇，是殆天授，非人力所能及。《隆中》数语已定三分之局，其《出师》两表为千古杰作。

刘巴、秦宓、谯周、郤正

昭烈即位，凡诏文典诰皆出巴手。宓文藻壮美，推一时才士。谯周、郤正，蜀亡后皆仕晋，陈《志》称"周词理渊通，有董、扬之规；正文词灿烂，有张、蔡之风"，二子之文于此可见。

（三）吴

张昭、张纮

昭，字子布。著《春秋左氏传解》及《论语注》，为东吴文学著名之士。刘表尝自作书，欲与孙策，以示祢衡。衡谓欲使策帐下儿读之耶，将使张子布见之乎，表卒毁其稿，其见重如此。纮，字子纲。纮著诗、赋、铭、诔十余篇。陈琳在北，尝举纮赋示人，谓此吾乡张子纲所作也。衡、琳皆当时著名文士，于二张盛加推许，其长于文词可知。

阚泽、薛综、虞翻、韦昭、华覈

泽以儒学勤劳封都乡侯，每朝廷有大议及经典所疑，辄咨访之。虞翻尝谓阚生矫杰，盖蜀之扬雄，又谓阚子儒术德行亦今之仲舒也。综著诗赋难论数万言，名曰《私载》，又注张衡《两京赋》。翻与昭经术颇深，翻有文集三卷，与亲友诸书，一时称善。昭有文集二卷，文赋不逮华覈，而典诰则过之。华覈以文学入为秘书府郎，前后陈便宜，及贡荐良能，解释罪过，书百余上，皆有补益。

第三节　三国时之诗学

当东汉之季，诗学渐衰，至三国时，诗道复振。然其时，蜀、吴两国以诗著者颇少，实无可述，惟魏之诗人则独盛一时。魏诗以孟德为第一，其"月明星稀，乌鹊南飞"句在赤壁战前，月下横槊所作，沉雄悲壮，苏东坡《赤壁赋》亦引之。孟德诗又曰："老骥伏枥，志在千里。烈士暮年，壮心未已。"其老当益壮之气概流露于字里行间，此为千古不朽之名句。其冬日冒雪逾太行山所作之《北山行》一首，亦为杰作，今试举其数句，曰："北上太行山，艰哉何巍巍。羊肠坂诘屈，车轮为之摧。树木何萧瑟，北风声正悲。熊罴对我蹲，虎豹夹路啼。溪谷少人行，雪落何霏霏。延颈长叹息，远行多所怀。"观孟德之诗，纯为汉音遗响，且时露霸气，无愧为一世之雄也。

其子丕亦能诗，但变乃父悲壮之习，而以婉约出之，《燕歌行》为其作之佳者。其次子植，不惟以文章擅长，诗亦甚有名。沈德潜曰："子建诗五色相宣，八音朗畅，使才而不矜才，用博而不逞博，苏李以下，故推大家。仲宣、公幹，乌可执金鼓而抗颜行哉？"徐祯卿以之比诸乃兄曰："曹丕资近美媛，远不逮植，然植之才不堪整栗，亦有憾焉。"后世诗家对于植之诗加以品评者，说各不一，然即其诗考之，足以上继苏李，下开百代。其有关于诗学界者，约有三端：（一）炼调。古诗不假思索，植则起调必工，如《鰕䱇篇》云："鰕䱇游潢潦，不知江海流①。"《泰山梁父行》云："八方各异气，千里殊风雨。"其

---

① 原书作"江海风"，改作"江海流"。

起调皆几经段炼，非任意为之。（二）炼字。古诗不假烹炼，植则用字必工，如《箜篌引》云："惊风飘白日，光景驰西流。"《赠丁仪》云："凝霜依玉除"，《赠徐幹》云："文昌郁云兴"，用字皆烹炼而后出。（三）谐声。古时节奏天然，植则平仄必谐，如《情诗》云："游鱼潜绿水，朔鸟薄天空。始出严霜结，今来白露稀"，皆音调妥协，唐律实由此肇端。按诗以雄浑天成、出之自然者为高绝，古诗皆然。子建刻意为之，力求工整，魏诗与汉诗异点在此，但其结体行气尚有西京之遗。此外，七子之诗以王粲、刘桢为最，然拟之子建，则较逊也。

第三章　两晋文学

第一节　总述

两晋文章可观者少，其足垂不朽者，惟王右军之《兰亭序》、陶渊明之《归去来辞》、李密之《陈情表》。皆沛然从肺腑流出，不假装饰，为晋代有数文字，余多繁词缛采，夸多斗艳而已。顾两晋文章，固多以词胜，而其擅名当时者，又可分别言之。

晋初巨子，首推太冲，《三都赋》及《咏史》诸作为其杰出者。他如二陆、两潘、三张之属，亦以能文鸣，而士衡《连珠》五十首实大开四六之门，骈俪风气至此乃如驰骐骥而下峻坂，不可控勒矣。江左文人，景纯为最，《江赋》《南都赋》，当世称之。次则孙兴公亦有名，《天台赋》自谓"掷地当作金石声"，是固江东文豪也。然两晋之文，诗赋两体多于他作。刘彦和谓"采缛于正始，力柔于建安。或流美以自炫，或析文以为妙。"斯言得之。盖晋代玄风既盛，竞尚清谈，务净以旷其思，增华而减其骨，文风既靡，故文格日卑。即两晋比较观之，西晋步武曹魏，仰钻两汉，较东晋尚优。至东晋则江河日下，文格既卑，文风亦日衰而不振，考其原因，约有数端：（一）自五胡乱起，典午东渡，中原士夫播迁流离，加以州镇跋扈，士气摧残，文学遂深受其影响。（二）自何晏、王弼崇尚老庄，玄风既炽。迄东渡以还，士大夫尤役心于此，学穷柱下，理究《南华》，虚胜者实病，故文风日即浮靡。（三）自魏武贱礼教，尚放达，竹林七贤

263

均以放荡为高，至东晋，此风尤甚。士大夫皆趋于乐利主义，谁复于文学苦心探索？文风衰颓，理所必然。（四）自三国以来，佛教日盛，东晋士大夫多好从之游，虚无之习日甚，故文学大受其损失。以上数端，皆晋文学中衰之主因也。

第二节　西晋各家之文学

张华

华，字茂先，范阳方城人。学业渊博，无书不览，初未知名，作《鹪鹩赋》以自见。阮籍见之，称为王佐之才。晋室开基，于仪礼宪章多所损益，一时诏诰，多所草定。尝徙居，载书三十乘。凡世间奇秘，人所罕有者，悉在华所。故博物洽闻，世无与比，著有《博物志》十篇，与其文章并行于世。华好奖掖人才，陆机兄弟入洛，皆师事华，成公绥、束皙、陈寿之属，赖华广为延誉，显名当世。

左思

思，字太冲，齐国临淄人。词藻壮丽，不好交游，惟以闲居为事，作《齐都赋》，一年乃成，复欲作《三都赋》。会妹芬入宫，移家京师，乃诣著作郎张载，访岷邛之事，遂构思[①]十年，门庭藩溷，皆著笔纸，偶得一句，即便疏之。自以所见不博，求为秘书郎。及赋成，时人未之重。时皇甫谧有高誉，乃造而示之，谧称善，为其赋序，张载为注《魏都》，刘逵为注《吴》《蜀》，卫瓘又作《略解》。其后张华见而叹之，称为班、张之流，于是乃见重于世，豪富之家，竞相传写，洛阳为之纸贵。初

---

① 原书作"购思"，疑误，故改之。

陆机入洛，欲为此赋，闻思为之，抚掌而笑，与弟云书曰："此间有伧父欲作《三都赋》，须其成覆酒甓①耳。"及思赋出，机绝叹服，以为不能复加，遂辍笔焉。思又著《白发赋》，载《艺文类聚》。

皇甫谧、挚虞

谧，字士安。年二十余，就乡人席坦受学，勤力不息。居贫，躬自稼穑，带经而农，遂博览典籍、百家之言。沉静寡欲，有高尚之志，以著述为务，号玄晏先生。魏晋间，屡征不起，常作《玄守论》《释劝论》以明其志。史称"谧素履幽贞，确乎不拔，为有晋之高人"，洵定论也。著诗、诔、赋、颂、论甚多，又撰《帝王世纪》《年历》《高士》《逸士》《列女》等传、《玄晏春秋》。门人挚虞能传其学。虞，字仲洽。少事谧，才学通博，著述不倦，撰《文章志》四卷，又撰古文章，类聚区分为三十卷，名曰《流别集》。其书虽佚，其论尚散见《艺文类聚》中，辞理惬然，亦文学名家也。

陆机、陆云

机，字士衡；云，字士龙，吴郡人，吴丞相逊之孙，大司马抗之子。吴灭入洛，造太常张华，华素重其名，如旧相识，曰："伐吴之役，利获二俊。"机少有异才，服膺儒术，非礼不动，为文天才秀逸，辞藻宏丽，所著文章二百余篇。张华尝称之曰："人之为文，常恨才少，而子更患其多。"机祖父世为将相，有大功于江表，故论吴之兴亡，及述先世为业，作《辩亡论》二篇，《晋书》载之。其《豪士赋》、《文赋》、《连珠》五十

---

① 原书作"履酒甓"，改作"覆酒甓"。

首，尤为杰作。《文选》于前代连珠无所取，独录机作。机弟云，少与机齐名，虽文章不及机，而持论过之。幼时，吴尚书闵鸿见而奇之曰："此儿若非龙驹，当是凤雏。"著文章三百余篇，又撰《新书》十篇。《四库提要》称其："集中诸启，执词谏诤，陈议鲠切，诚近于古之遗直。至文藻丽密，词旨深雅，与机亦相上下。"时称"二陆"。

张载、张协、张亢

载，字孟阳，安平人。文采颇著，傅玄赏其文，为之延誉，遂知名。太康初，省父蜀中，至剑阁，以蜀人恃险好乱，著铭示诫。张敏表上其文，武帝命镌之剑阁山。载弟协，字景阳。亢，字季阳。协，少有俊才，与载齐名，亢才藻不及二昆，亦时有属缀，时人号为"三张"。载有集七卷，协有集四卷。载貌极丑，常游洛阳市，群儿以瓦石掷之。

潘岳、潘尼

岳，字安仁，荥阳中牟人。少有才颖，乡里号为奇童，文思如江濯锦绮，所作《藉田》《闲居》等赋，极有丽词，尤善为哀诔之文。岳美姿容，少时挟琴弹，出洛阳道，妇人皆投以果，满车而归，与夏侯湛友善，湛亦美容观，每行止同车接茵，京师谓之"连璧"。《文选》录岳文最多，诚一代宗匠也。尼，字正叔，岳从子。少有清才，文词温雅，与岳俱以文章见知于世，时称为"两潘"。尼初应州辟，后以父老归养，居家十余年。父终，晚乃出仕，其性格恬退不竞，惟以勤学著述为事，与文人之热心仕宦者迥不同矣。

第三节　东晋各家之文学

郭璞

璞，字景纯，闻喜人。好经术，博学有高才，而讷于言论，词赋为中兴之冠。时有郭公者，居河东，精卜筮，璞从之游，得其囊中书九卷，由是洞知五行阴阳卜筮之术。好古文奇字，所注《尔雅》《穆天子传》《山海经》及《楚辞》等书，多传于世。所作诗、赋、诔、颂亦数万言。避乱过江，元帝重之，以为著作郎，后为王敦所害。

孙绰

绰，字兴公，楚之孙也。博学善属文，少有高尚之志，居于会稽，游山水十有余年，乃作《遂初赋》以致其意，于张衡、左思之赋甚为推重，每云："《三都》《二京》，五经之鼓吹也。"尝作《天台山赋》，辞致甚工，初成，以示友人范荣期曰："卿试掷地，当作金石声。"又善为碑志之文，时以为可继蔡邕之后。桓温欲移都洛阳，绰上疏力争。温曰："致意兴公，何不寻君《遂初赋》？知人家国事也。"绰以文才著称，为当时冠。

葛洪

字稚川，丹阳人。著《抱朴子》内外篇，其自序曰："世儒徒知服膺周孔，莫信神仙之书，不但大而笑之，又将谤毁真正。予所著虽不足藏诸名山，且欲缄之金匮以示识者。自号抱朴子，因以名书，共一百一十六篇。"《晋书》谓洪"所著碑、诔、诗、赋百卷，移、檄、章、表三十卷，博闻深洽，江左绝伦，著述篇章，富于班、马"，当世称之。

王羲之、王献之

晋尚门户，王谢并称。谢氏玉树盈庭，其文字足录者，多在异代以后。王氏代有闻人，著名当时，而觞咏风流，逸兴遄飞，独能留心时政，寓经济于文章之内，当以羲之为最。羲之为光禄大夫王览之后，字逸少，官至右军将军。其书法为古今之冠，论者咸无异词。集中《兰亭序》一篇，在南朝文字中殊少伦比，昭明以"天朗气清"四字，不宜暮春，摈不入选，此昭明之失也。至其他与当道诸书，言论风旨，可著廊庙，未可徒以文人目之。羲之有子七八人，徽之、献之能传其学，而献之尤知名。献之，字子敬。高迈不羁，风流为一时冠，著有文集十卷，工草隶，善丹青。桓玄雅爱其父子书，各为一帙，置左右以玩之。

陶潜

潜，字渊明，名元亮，晋亡，改名潜，晋大司马侃之曾孙也。自以先世晋臣，不肯仕宋，征著作郎不就，遂借诗酒以自适，箪瓢屡空，处之晏如。所著文章皆题年月，义熙以前，书晋代年号，自永初以后，但纪甲子。潜少有高趣，博学善属文，仕晋为州祭酒，不久解归。后复为彭泽令，不以家累自随，在官八十余日，郡遣督邮至，吏白当束带见之，潜叹曰："我不能为五斗米折腰向乡里小儿。"即日解印绶去，时义熙二年也，赋《归去来辞》以见其志。门栽五柳，作《五柳先生传》以自况。宋元嘉初卒，世称之曰靖节先生。潜固晋之完人也，潜之殁，颜延年为作诔，梁昭明太子尤好其文，称其文章不群，辞彩精拔，跌宕昭彰，独超众类，抑扬爽朗，莫之与京。其《桃花源记》之体例，即今之短篇小说，其命意即今之理想小说，是篇乃学庄列寓言，以写其所谓乌托邦者，其词藻之丽，思想之奇，最堪玩味。其生平所作，文体省静，殆无长语，词意雅正，兴致婉惬。每观其文，想其人德，世叹其质直。其文之特色，在不染当时之弊，能维持古文之命脉。《归去来辞》脍炙人口，欧阳修曰："晋无文章，唯陶渊明《归去来辞》一篇而已。"要因其人格高尚，故文章超出流俗也。

第四节　晋之史学

晋代史学，陈寿《三国志》最为绝伦。寿，字承祚，巴西安汉人。少好学，师事同郡谯周[①]。入晋，除著作郎，撰魏、蜀、吴《三国志》，凡六十五篇，叙事简明，文质辨洽，迁、固以后，此为良史才也。夏侯湛时著《魏书》，见寿所作，便坏己书。张华亦深善之，谓寿曰："当以《晋书》相付耳。"其为时所重如此。寿尊魏为正统，后世多非之。然晋承魏，尊晋即不得不尊魏，古今均列为正史，宋司马光《资治通鉴》因之，至朱子《纲目》，始改以蜀为正统，以魏、吴为僭窃。或曰丁仪、丁廙有盛名于魏，寿谓其子曰："可觅千斛米，当为尊公作佳传。"丁不与之，竟不为立传。寿父事蜀坐髡，诸葛瞻又轻寿，寿为亮立传，谓亮将略非所长，言瞻惟工书，名过其实，议者以此少之。寿又撰《古国志》五十篇，《益都耆旧传》十篇，今皆不传。

此外，习凿齿作《汉晋春秋》，亦有功史界。凿齿，字彦威。博学洽闻，以文章著称，桓温甚器遇之，辟为从事。凿齿见

---

① 原书作"谁周"，疑误，故改之。

温觊觎非常，作《汉晋春秋》以裁正之，明天心不可以势力强也。《汉晋春秋》计五十四卷，起汉光武，终晋愍帝。三国时以蜀为正统，至司马昭平蜀，乃称汉亡，又著《晋承汉统论》，反复指陈，皆以篡逆目魏。朱子作《纲目》，以正统予蜀，后世称为特识，不知其实本于习氏也。他如孙盛所作《魏氏春秋》及《晋阳秋》，亦称良史。盛，字安国，楚之孙也，自少至老，手不释卷，学问极博，所作《晋阳秋》以约举为能。桓温见其叙枋头事，怒谓盛子曰："枋头诚失利，何至如乃翁所言！若此史遂行，自是关君门户事。"诸子号泣盛前，请为百口计。盛大怒，不从，诸子潜改之。盛写两定本，寄于慕容儁。太元中，孝武博求异闻，始于辽东得之，书遂两存。至司马彪之《续汉书》志，干宝①之《晋纪》，亦均为后世正史。彪之《续汉书》志三十八卷，即后人所取以补宋范晔之《后汉书》者也。

第五节　晋之诗学

晋代诗人首推阮籍，彼当魏晋代兴之际，诗最有名，所作《咏怀》八十二首，导源《离骚》，为《古诗十九首》以后之杰作。唐代陈子昂《感遇》三十八首、李白《古风》五十九首皆学之。继起者则有傅玄及三张、二陆、两潘、一左，即张载、张协、张亢②、陆机、陆云、潘岳、潘尼、左思，是也。傅玄之诗以妍媚宛转之趣见称，然于气骨，不甚致意。张华之诗，评者谓其儿女情多，风云气少。例如其《杂诗》云："朱火青无光，兰

---

① 原书作"于宝"，疑误，故改之，下同。

② 原书作"张华、张载、张协"，与前文相出入，疑误，故改之。

膏坐自凝。重衾无暖气，挟纩如怀冰。"于寒夜灯下，独坐之神理，可谓刻画尽致，然全失天然空灵之妙。潘、陆诗皆焕发英华，涂饰膏泽，绝少气骨，同为变两汉矫健之风格，而入于铺排浅靡者。

其时，有足为苏、李继响，不卷入绮靡潮流者，则有左太冲之挺拔、刘越石之清刚、郭景纯之豪俊，王渔洋所称为晋代三诗杰也。太冲《咏史》《招隐》诸作，词伟格高，为千古绝唱。其云："振衣千仞冈，濯足万里流。"直可移为其诗之总评。沈德潜曰："太冲胸次高旷，而笔力又复雄迈，陶冶汉魏，自制伟词，故为一代作手，岂潘陆辈所能比埒？"此言洵非过誉。越石中夜闻鸣起舞，固一世豪杰，其《北伐》《劝进》两表，劲气直达，实能文之士，而诗亦卓著。观其《赠卢谌》诗有云："功业未及建，夕阳忽西流。时哉不我与，去乎若云浮。朱实陨劲风，繁英落素秋。狭路倾华盖，骇驷摧双辀。何意百炼刚，化为绕指柔。"其清刚之气于此可见。元遗山《论诗绝句》云："曹刘虎啸坐生风，四海无人角两雄。可惜并州刘越石，不教横槊建安中。"其意盖谓越石若生建安时代，可与曹子建、刘公幹辈一角其才也。沈德潜曰："越石英雄失路，万绪悲凉。故其诗随笔倾吐，哀音无次，读者乌得于语句间求之！"即元、沈二家之言观之，越石无愧为有晋诗豪矣。景纯有中兴第一之誉，其《游仙诗》十四章为有名杰作，诗想高洁，与阮籍《咏怀》、左思《咏史》并有千古价值。

此外，又有一诗界伟人，足以矫正魏晋以后诗坛之弊风，使晋诗见重于百代者，则陶渊明也。渊明为人，观《五柳先生传》可知，彼有高尚之意趣，故其诗中冲澹洒脱。赋《归去来》后，

271

肥遁田园，自建其世界观，保持乐天主义，向自然界，乐天然美，悠然安送其一生。观其东篱采菊，悠然见南山，一刹那间，风景之谋目合意，已达天我契合之妙境。古今田园诗人，此为第一。然渊明虽持乐天主义，究不能解脱人生，亦其真挚之性使然。故一念及国家人生，不禁悲从中来，观其"穷通靡有虑，憔颜由化迁。抚己有深怀，履运增慨然"等句，可以想见。彼欲求解脱，则饮酒以遣之，曰："何以称我情？浊酒且自陶。千载非所知，聊以永今朝。"彼非沉湎于酒者，特以为一种安慰精神之必需品耳。渊明人格高尚，亦由其尊重道德而来，曰："养真衡茅下，庶以善自名"，曰："朝与仁义生，夕死复何求"。陆象山称之曰："有志于吾道"，殆深誉之。渊明人格既高，天机亦畅，故其诗词均出之自然，不求工而自工，笔随意下，毫无滞涩窘束之苦，不烦绳削而自合规矩。东坡曰："吾于诗人无所好，独好渊明诗。渊明作诗不多，然质而实绮，癯而实腴，曹、刘、鲍、谢、李、杜诸人，皆不及也。"渊明诗，唐韦应物、柳宗元、白居易，宋王安石、苏轼、苏辙等皆常慕而拟之，然应物失之平易，宗元失之深刻，轼、辙所规，亦惟得其皮相而已。然则，渊明不仅为田园诗人之开山祖，亦我国千古诗人之神圣乎。

第六节　晋之小说

小说家好集异闻，固难征信，然以纪载为职，亦史家之支流也。晋之小说，沿汉代好奇旧习，多志怪异，干宝以史才特长（宝曾著《晋纪》，直而能婉，当世称为良史），著《搜神记》，没世志怪者取法焉。宝父先有所宠侍婢，母甚妒忌。及父殁，母乃生推婢于墓中，宝兄弟年幼，不之知。后十余年，母丧，开墓，而婢伏棺如生，载还，经日乃苏。言其父尝取饮食与之，恩情如生，家中吉凶，辄语之，考校悉验，既而嫁之生子。又宝兄尝病气绝，积日不冷，后复寤，云见地间鬼神事，如梦觉，不自知死。宝以此遂撰集古今神祇灵异、人物变化，名目《搜神记》，计二十卷。其后陶潜又撰《搜神后记》，他如王嘉之《拾遗记》附会古事，亦近小说。又祖台之《志怪》，今已不传。按小说搜撰怪异，滋人迷信，实人群进化之魔障。今世民智开明，迷信小说，将被天然淘汰，不能存在矣。

第四章　南北朝之文学

第一节　总述

自东晋告终，大江南北，宋魏对峙，江南由宋而齐而梁而陈，谓之南朝。江北由北魏而北齐、北周，谓之北朝。其时文体，既尚骈俪，复竞纤艳，性情渐隐，声色大开。盖专重形式，修辞求工，魏晋文学至此又一变，更无气骨之可言，兹即南北朝文学分别述之。

江左当东晋之季，文风较衰，自王坦之为《废庄论》，范宁为《罪王何论》，殷仲文、谢叔源均排玄风，士气稍振，文艺渐兴。及刘宋继起，南朝太祖文帝、世祖孝武帝皆雅尚词华，故元嘉以还，文体均崇丽藻。其时，谢灵运、颜延之、鲍照等咸以文章名世，然所作皆骈四俪六，琢句雕章，无不力争奇丽。至齐，文词尤求秾艳。谢朓灵心秀口，以工艳词之短诗见长，如《玉阶怨》《金谷聚》诸作，其最著者。王融亦好作艳句，有名于世。其时，所谓永明体者，为文讲四声，文章音节至此亦谐。梁之文学，尤好艳体，简文宫体，江左化之。其时，昭明太子辑《文选》，刘勰撰《文心雕龙》，学者奉为准绳，为文益求工整。汉魏以来之骈俪文体，至是乃大告完成。下逮于陈，文体乃流于淫艳，甚至狎客贵嫔，互相唱和。一时所作，多系品评美人，文章价格，荡然无存。总观南朝文学，宋则修辞求丽，齐梁则由丽而艳，陈则由艳而淫，文风愈趋愈下。推其原因：（一）因南朝君臣，偏安江左，恢复中原之志，早已不存。朝野上下，率多耽于晏安，恣于游侠，故声色之美盛，而淫侈之辞多。（二）因江南地利富饶，食物丰足，得以乐其生，且风景佳丽，具有天然之美感，故逸荡之情炽而荒乐之咏兴。（三）因南朝学风承两晋清谈、老庄之余习，而继之以佛学盛行，虚无成俗，无复以国家为事，故轻浮之习重，而实质之文衰。有此数因，南朝文风所以日坏也。

复言北朝之文学，拓跋魏建国之初，干戈扰攘，文章事业，尚无人提倡。由太和迄北齐，文风乃渐盛。盖自孝文迁洛，注重文词，遂多体物缘情之作，温子昇、邢邵、魏收、颜之推等，皆其时之卓著者。至周文创业，病当世文体浮华，乃命苏绰仿《尚书》体作《大诰》，令此后文笔皆依此体，然自南方文士如王褒、庾信等入周后，北方文人复靡然从之，仍以纤艳为宗，一时又成为风气也。《北史·文苑传序》谓"江左宫商发越，贵乎清绮；河朔词义贞刚，重乎气质。气质则理胜其词，清绮则文过其意，理深者便于应用，文华者宜于咏歌"云云。其谓江左贵清绮，文过其意，尚为确论，至谓河朔重气质，理胜其词，则未尽然。

盖南北朝之文学，总不外乎艳丽之一体，南朝倡之，北朝则受其传染而已。自来文运随世运为转移，盛世之文，其气象必光明正大；衰世之文，意浅而繁，文匿而彩，词尚轻险，情多哀思，此延陵季子所谓亡国之音也。晋魏以降，惟南北朝之乱最甚，亦惟南北朝之文最卑。《隋志》谓简文宫体，递相仿习，流宕^①不已，讫于丧亡，诚有慨乎其言之。

---

① 原书作"流岩"，疑误，故改之。

第二节　南朝各家之文学

（一）宋

谢灵运、谢惠连、谢庄

灵运，陈郡阳夏人，晋车骑将军玄之孙也。袭封康乐公，食邑二千石。性豪奢，车服鲜丽，衣裳器物，多改旧制，为人褊激，多愆礼度。少颖悟，博览群书，文章之美，为江左第一，尝谓"天下才有一石，曹子建得八斗，己得一斗，天下共分一斗"，其自负如此。尝作《山居赋》，并自注以言其事，是为自注之始。生平好游览山水，其写山水之作极工。刘勰谓"宋初文咏，滋意山水，俪采百字之偶，争价一句之奇，情必极貌以写物，辞必穷力而追新"，此自灵运启之，可谓确论。灵运诗、书，皆称独绝，每文手自写之，宋文帝称之为"二宝"，征为秘书监，迁侍中，以其人性狂肆，不登要职，惟以文义待遇之。自谓才能宜参机要，常愤愤称疾不朝，未几携家族归，游娱宴乐，夜以继昼。与其族弟惠连及何长瑜、荀雍、羊璿等以文章相赏会，共为山泽之游，时人呼为"四友"。其游也异常粗暴，尝伐木开径，从者数百人，不知者惊为山贼。或因诉其有异志，后为临川守，有司纠之，将召捕，乃逃亡兴兵叛，作诗曰："韩亡子房愤，秦帝仲连耻。"寻被擒，徙广州，旋弃市，史以"猖獗不已，自致覆亡"责之。著有文集六卷。惠连亦负文名，为灵运所称服，时称灵运、惠连为"大小谢"。惠连所作《祭古冢文》及《雪赋》颇工，灵运见其文，辄曰："张华重生，不能易也。"

著有文集四卷。惠连从子庄，文名亦著，为文章四百余首。南平王铄献赤鹦鹉，诏群臣为赋。其时，袁淑文冠一时，作赋毕，示庄，及见庄赋，叹曰："江东无我，卿当独步；我若无卿，亦一时之杰。"遂隐其赋。谢氏诚多文人也。

颜延之

延之，字延年，琅琊临沂人。少孤贫，好学，无书不览，其文章与谢灵运齐名。《宋书》谓："潘岳、陆机之后，文士莫及，江右称潘、陆，江左称颜、谢。"当时傅亮、袁淑等均以文义自高，延之视之蔑如也。延之尝问鲍照己与灵运优劣，照曰："谢五言如初发芙蓉，自然可爱；君诗如铺锦列绣，亦雕绘满眼。"世谓其作，源出陆机，体裁绮密，一句一字，皆致意焉。延之当宋受命之初，恒参朝列。好酒疏诞，不能斟酌当世，每犯权要，见刘湛、殷景仁当要路，心甚不平，曰："天下之务，当与天下共之，岂一人之智所能独了？"元嘉中，为刘湛所构，出为永嘉太守，湛诛，复见任用，位至光禄大夫。延之为人，性既褊激，好肆意直言，又常有酒过。惟居身清约，布衣疏食，不营财利，其为人视谢灵运略高，以诗言之，则稍逊，著有文集三十卷。

鲍照

照，字明远，东海人。文辞赡逸，尝为古乐府，甚遒丽，其文学殆拟迹颜、谢之间。元嘉中，河济俱清，时以为瑞，照撰《河清颂》甚工，当世称之。《文选》载其《芜城赋》《舞鹤赋》。其诗亦有名，杜甫称为"俊逸"。照常谒刘义庆，未见知，欲献诗言志，或止之，照曰："千载上英才异士沉没而不闻者，安可数哉！大丈夫岂可遂蕴智能，使兰艾不辨，终日碌碌，与燕雀相随哉？"遂奏诗，赐帛二十匹，后文帝命为^①中书舍人。文帝自夸能文，及见照作，以为弗及。著有《鲍参军集》十卷。

（二）齐

谢朓

朓，字玄晖，陈郡阳夏人。尝为宣城太守，故称为"谢宣城"。文章清丽，善草隶，尤长五言诗。梁武帝常爱诵之，谓"三日不读，便觉口臭"，沈约亦曰"二百年来无此诗"。李白论诗，目无古人，常谓自建安来，绮丽不足珍。而独推崇谢朓，集中多追慕之作，如曰"解道澄江静如练，令人长忆谢玄晖"。王渔洋《论诗绝句》亦曰李白"一生低首谢宣城"，可见其为齐代文人之杰出者。有文集五卷。当东昏侯废立之际，朓畏祸，反覆不决，遂被刑祸，卒于狱中，卒年三十六，是乃不幸之才人也。

王融

融，字元长，琅琊临沂人，僧达之孙也。神明警慧，博学无遗，武帝时为秘书丞，朝廷诏册，多出其手。永明九年，武帝幸芳林园，禊宴朝臣，使融为《曲水诗序》，文藻富丽，见称当世。其《曲水诗序》及《策秀才》诸文，《文选》录之。生平好作艳句，惟务以声色胜人，有文集十卷。

孔稚珪

稚珪，字德璋，会稽人。《南齐书》稚珪本传载表数篇，粲

---

① 原书作"名为"，疑误，故改之。

然可观，有集十卷。《文选》录其《北山移文》，奇思逸趣，惊倒一时。但文词过于雕琢，六朝时文章之真面目，此可为之代表也。

（三）梁

萧氏父子

梁武帝萧衍，与王融、谢朓、任昉、沈约、陆倕、范云、萧琛等同入"竟陵八友"之列者。少笃学，博览群书，手不释卷，及晚年，耽于佛典，亦颇有造诣。帝奖励文艺，辅政者多文学士，文宴侍从，有彬彬之风，为南朝文风最盛时代。帝所为诗、赋、诏、铭、赞、诔、笺、记等均臻妙境。著经、子讲疏，凡二百余卷，文集百二十卷，古来博学艺能如武帝者，实罕觏也。武帝第三子简文帝，幼而颖敏，既长，博综儒书，赋诗千言立就。武帝尝曰："此吾家东阿王也。"然好为轻艳之词，江左化之，当时号曰"宫体"。晚年悔之，敕徐陵撰《玉台集》以大其词，今传《玉台新咏》是也。武帝第七子元帝，承父兄之风流，文名亦著，常与裴子野①、萧子云为布衣交，著述篇章皆行于世。昭明太子统，武帝长子也，谥号昭明，生而聪颖，笃志好学，著有文集二十卷。尝筑"文选楼"，引刘孝威、庾肩吾等讨论文籍，选文自周秦迄梁代为三十卷，名之曰《文选》，为总集之大观。后世文学家称为选本之祖。然其所选文章，皆系富于词藻者，此可代表当时文学界之好尚矣。

---

① 原书作"斐子野"，疑误，故改之，下同。

沈约、江淹、任昉

约，字休文，吴郡武康人也。幼孤贫，好学，昼夜不辍。其母恐以劳致疾，常暗中减油灭火，昼之所读，夜辄诵之，遂博通群籍。宋末，为郢州刺史、蔡兴宗记室，入齐为著作郎，后官至吏部尚书，入梁为尚书仆射，封建昌县侯。历仕三朝，聚书至二万卷，著书颇多，其所著文集有一百卷。又撰《四声谱》，复论诗之八病，其文学拘于声韵，未免有伤真美，然所作体料甚富，名句多，词气亦较厚，实萧梁一代文宗也。淹，字文通，考城人，六岁能文，以文章名世，历仕三朝，入梁始卒。生平所作，善于摹拟，尽力修饰，风骨不高，与沈约皆饶于体料，而乏性情。著有文集四卷，晚年才思减退，为诗因少佳句，时人谓之"才尽"。昉，字彦昇，才思无穷，文名颇著，王公表奏，多请昉为之。为诗援笔即成，不加点窜。然晚年为诗，欲压倒沈约，用事过多，属词不得流便，转成穿凿，于是亦有才尽之诮也。有文集八卷。

何逊、吴均、庾肩吾

逊，字仲言，东海郯人。八岁能赋诗，弱冠举秀才，与范云结忘年交。一文一咏，云辄叹赏，谓所亲曰："顷观文人，质则过儒，丽则伤俗，其能含清浊、中古今，见之何生矣。"其为人所推重如此。均，字叔庠，吴兴故鄣人。家甚寒贱，均好学有俊才，文名颇著。沈约见均文，颇称赏之。均文体清拔，在当时为较有古气者，世谓之"吴均体"。均与何逊之文，殆欲去艳靡之习，摅写其本素者，但以时风所驱，犹存有时好之迹也。肩吾，字慎之，新野人，即庾信之父也。所作声色臭味俱备，世称其诗椎炼精工，气韵香美，为声律绝技，是实促进唐律者也。

锺嵘、刘勰

嵘，字仲伟，颍川长社人。齐永明中为国子生，明《周易》，卫军王俭领祭酒，颇赏识之。梁时，为晋安王记室，尝品古今五言诗，论其优劣，分上、中、下三品，名曰《诗评》。其考究源流，评论利病，尚称精审之作。或曰嵘尝求誉于沈约，约拒之，及约卒，其《诗评》于约颇有微词，盖追宿憾也。勰，字彦和，东宛莒人。早孤，励志好学，以家贫不婚娶。依沙门僧祐，与之居处十余年，博通经论，昭明太子深爱接之。其所著《文心雕龙》五十篇，论古今文体颇悉，所见多在六朝文士之上。其书初成，未为时流所称，勰自重之，欲取定于沈约。约时显贵，无由自达，乃负书，候约出，干之于车前。约便命取读，大重之，谓其"深得文理"，常陈诸几案。是书与锺嵘《诗评》为后世诗文评之宗，于文学颇有价值也。勰又长于佛理，京师寺塔及名僧碑志必请勰制文，奉敕与慧震沙门于定林寺撰经。证功毕，遂启求出家，先焚鬓发以自誓，敕许之，乃于寺变服，改名曰"慧地"，未期而殁。

（四）陈

徐陵

陵，字孝穆，东海郯人。目有青睛，时人以为聪慧之相。年数岁，有僧相之曰："此天上石麒麟也。"八岁能属文，十二通庄老义。既长，博涉史籍，纵横有口辩。梁简文为太子时，与父摛同在东宫，颇蒙优礼。历使魏朝，会齐受魏禅，被留甚久。及还，未几梁亡，遂仕于陈。自陈创业，文檄军书及禅授诏策，皆陵所制。世祖高宗之世，国家有大手笔，亦均陵为之，为一代文宗。于后进之徒，接引无倦。其文才巧密，多有新意，每一文出，士人多传写成诵。其所著《玉台新咏》，绮丽可爱，而无气韵，有文集六卷。

姚察

察，字伯审，吴兴武康人。幼有至性，以孝闻。其文才在梁代已有名，陈时为东宫学士。徐陵名高一代，见察所作，深为推重。尝谓子俭曰："姚学士德学无前，汝可师之也。"尚书令江总与察颇厚善，每有制作，必先以简察，然后施用。察专志著书，白首不倦，撰梁、陈二史，未就，子思廉于隋唐之际续成之。

阴铿

铿，字子坚，武威人。幼聪慧，五岁能诵诗赋，日千言，其五言诗尤佳，巧于琢句，有名梁世。陈世祖天嘉中，为始兴王府中录事参军。世祖赏宴，群臣赋诗，徐陵因称铿，即召预宴，使赋《新安乐宫》，援笔立就。杜甫诗曰："李侯有佳句，往往似阴铿。"李侯即李白，然则铿亦唐律之先导也。

江总

总，字总持，济阳考城人，晋散骑常侍统之十世孙也。总少有文名，梁时，张缵、王筠等皆相推重，为忘年友。入陈，官至尚书。总好学能文，于五言、七言诗尤善，然失之浮艳，故为后主所爱幸。后主时，总当权宰，不持政务，但日与孔范等十余人侍后主游宴后庭，当时呼之为"狎客"。后主颇能诗，惟喜艳体，每与贵妃等游宴，使诸贵人及女学士袁大舍等与狎客共赋新诗，采其尤艳丽者以为曲词，被以新声，令宫女习而歌之以为乐。其曲有《玉树后庭花》《临春乐》等，大抵皆美张、孔诸贵妃之容色，此虽为词曲之源，亦实亡国之音。君臣昏乱，终至于亡，总为宰辅，不能匡君，反以艳词导淫，乃文学界之罪人也。

第三节　北朝各家之文学

（一）北魏

温子昇

子昇，字鹏举，济阴人，晋大将军峤之后也。文章清婉，梁张皋使北，写子昇文传于江左，梁武帝见而称之曰："曹植、陆机复生北土。"阳夏守傅标使吐谷浑，见其国王床头有书数卷，皆子昇文。世称其文足以陵颜轹谢，含任吐沈①，谓足与颜延之、谢灵运、任昉、沈约媲美也。杨遵彦作《文德论》，谓古今辞人皆负才遗行，浇薄险忌，唯邢子才、王文景、温子昇彬彬有德素，可见子昇品学俱优。史称其所著文有三十五卷。

邢邵

邵，字子才，河间人。十岁能属文，有才思，聪明强记，日诵万余言，读《汉书》五日略遍。年未二十，名震一世。既参朝列，屡掌文诰，凡帝命朝章，援笔立就，词致宏远。与温子昇为一代文士之冠，世称"温邢"。子昇卒，世称"邢魏"，魏即魏收也。邵有集三十卷。

魏收

收，字伯起，钜鹿人。与邢子才并以文章显，世称"大邢小

---

① 原作"吐沉"，改作"吐沈"。

283

魏"。收与子才争名，每议鄙子才之文，子才亦曰："江南任昉，文体本疏。魏收非直摸拟，亦大偷窃。"收闻之，乃曰："伊常于沈约集中作贼，何意道我偷任。"可见邢、魏文学多源出沈、任，亦可知其好尚之所在矣。历魏入齐，名誉日盛，魏时尝受诏修《魏书》，是非失实，众口哗然，号为"秽史"。

（二）北齐

颜之推

之推，字介，琅琊临沂人。善周官、左氏学，博览群书，无不该洽，词情典丽。少为梁湘东王所爱，自梁入齐，除司徒录事参军，寻迁通直散骑常侍，俄领中书舍人。齐亡入周，大象末，为御史上士。隋开皇中，太子召为学士，历仕数朝，均以文名见重，今传《颜氏家训》二十篇。曾撰《观我生赋》，文致清远，载在《齐书》本传，其《家训·文章篇》论文颇悉。

祖鸿勋

鸿勋，涿郡范阳人。文词婉丽，与颜之推同为齐国词翰之宗。弱冠为州主簿，仆射、临淮王彧表荐鸿勋有文学，宜试以一官，敕除奉朝请。人谓之曰："临淮举卿，便以得调，竟不相谢，恐非所宜。"鸿勋曰："为国举贤，临淮之务，祖鸿勋无事从而谢之。"彧闻之喜曰："吾得其人矣。"后去官归乡里。其《与阳休之书①》，词婉而丽，其无心仕宦，人格清高，亦于是书见之矣。

---

① 原书作"与汤休之书"，疑误，故改之。

（三）北周

苏绰

绰，字令绰，武功人。学极通博，有王佐才，周文创业，倚绰为腹心。绰所作《六条》及《大诰》，务存朴质，实能秕糠魏晋，宪章虞夏。《北史》谓其"矫枉非适时之用，故莫能常行"，可见文弊改革之难也。

王褒

褒，字子渊，琅琊临沂人。曾祖俭，齐侍中，祖骞、父规并仕梁，有重名于江左。褒识量渊通，志怀沉静，美风仪，善谈笑，博览史传，尤工属文。周师征江陵，从元帝出降，先是褒曾作《燕歌行》，妙尽关塞寒苦之状。元帝及诸文士并和之，而竞为凄切之词，所谓亡国之音，至此验矣。于是褒与王克、殷不害等数十人入周，周文喜曰："昔平吴之利，二陆而已；今群贤毕至，可谓过之。"世宗即位，笃好文学，时惟褒与庾信文名最高焉。

庾信

信，字子山，南阳新野人。少聪敏绝伦，博览群书，尤善《春秋左氏传》。父肩吾为梁太子中庶子，掌管记，东海徐摛为左卫率，摛子陵及信并为抄撰学士。父子在东宫，均蒙优礼，文并绮艳，世称为"徐庾体"。元帝时，信奉使于周，遂留长安，屡膺显秩。陈受禅，与周通好，南北流寓之士，各许还其旧国。陈请褒、信等十数人，周惟放还王克、殷不害等，信及褒并留而不遣，盖重其文学也。《周书》谓"子山之文，其体以淫放为本，其词以轻险为宗，故能夸目侈于红紫，荡心逾于郑卫"，讥为词赋之罪人，然杜甫则称其诗曰"清新"，信之作殆绮艳、清新兼有之也。

第四节　南北朝之史学

　　南朝史学家以宋之范晔为最著。晔，字蔚宗，顺阳人，车骑将军泰之子。生平致力文学，元嘉初，左迁宣城太守，不得志，乃参考群籍，叙次东汉光武至献帝时事，作十纪、八十列传，共九十九卷，是为《后汉书》。后人以晋司马彪《续汉书》志三十卷附入，始成今本。范书纪传，多采用前人，如隗嚣、公孙述、马援等传，皆班固笔，序、论、赞则出自晔手。而其文多排偶，亦当时骈俪风气使然也。宋初，裴松之[①]注陈寿《三国志》，鸠集传记，增广异闻，当时以为不朽之作。子骃著《史记集解》，亦传于世，然皆系补注，不得谓之史笔。至梁之沈约著《宋书》，萧子显著《南齐书》，虽均为正史，然不过铺叙事实而已，裴子野又删沈约《宋书》，为《宋略》二十卷，约见而叹曰："吾弗逮也。"子野乃松之曾孙，承先世史学渊源，以史才见长，不尚丽靡之词，所删成《宋略》，实事虽欠详备，但文笔实欲脱却时尚以自异者。他如北朝魏收，当北齐[②]时，所修之《魏书》，叙事过于繁碎，与旧史体例不同，且是非失实，世以"秽史"讥之，实无史学之价值。又北魏崔鸿，颇有著述志，见晋魏前，史皆成一家，无所措意。以"五胡乱"后，刘渊、石勒、慕容廆、符洪、慕容垂、姚弋仲、赫连勃勃、慕容德、张轨、李雄、乞伏国仁、吕光、秃发乌孤、沮渠蒙逊、李暠、冯跋

---

① 原书作"斐松之"，疑误，故改之。
② 原书作"北魏"，改作"北齐"。

等，皆跨借一方，各有国书，未有统一。乃撰《十六国春秋》，成为百卷，因其旧记而加以损益褒贬，于史学界实有裨益者也。

第五节　南北朝之诗学及乐府

南北朝时文学，诗歌最为发达，为其时文学界之生命。专工词藻，色彩有余，情意不足，且拘于声律，气力枯竭，尚无魏晋浑融澹逸之致。降至于陈，诗格愈下，艳冶淫靡，大发亡国之音。然其间作品较高者，亦不乏人，唐代律诗，多渊源于此。盖其唱导声律既为唐律所本，而新巧名句亦多为唐人所规摹，可见其时诗学为汉魏古诗及唐代律诗二者中间之连锁也。兹先叙南朝之诗。

南朝宋之诗家，以谢灵运为第一，颜延之、鲍照次之。谢诗虽雕琢求工，穷极奇丽，然尚能惨淡经营，归于自然，故锺嵘《诗评》列灵运为上品。其游览山水诸作，皆超绝一世。颜诗体裁绮密，但喜用古事，殊觉拘束，填缀虽工，未免伤气，其洗炼之妙，实不及谢。所作《五君咏》《秋胡行》尚以清真高逸称，为其杰作。鲍诗雕琢颇似谢，自然之趣稍不足，而其佳者笔力矫健，亦能自成一家格调，故杜甫称之曰"俊逸鲍参军"，然其失往往过于尚巧，不免陷于险俗之弊。南齐之诗，总之曰"艳"，色泽益浓，真情愈失。其时惟谢朓尚称为大家，沈德潜评之曰："玄晖，灵心秀口，每诵名句，渊然冷然，觉笔墨之中、笔墨之外，别有一段深情妙理。"唐之李白，亦甚推称之。今观其诗多专工起头，为唐之岑参、高适诸人所摹仿，然往往首尾欠贯彻，故锺嵘《诗评》谓其"意锐而才弱"。至其所作短诗实肇唐绝，如《玉阶怨》是其例也。玄晖而外，以王融为著，融好作艳句，刻饰涂泽，殊鲜气骨。梁诗则尤尚艳，江左竟为简文宫体化，沈德潜谓"诗至萧梁，君臣上下惟以艳情为娱，失温柔敦厚之旨。汉魏遗轨，荡然扫地"，可见诗体至梁益卑。其时以沈约、江淹为有名，然沈约拘于四声八病，江淹①过于模拟修饰。诗至此风趣益失，性情之真更不可见矣。下及陈代，诗人则有徐陵、阴铿、江总。徐尚绮丽，阴工琢句，江总则以淫艳之词为后庭狎客，诗品愈下，人格不存。后主昏乱，性喜艳诗，以恣淫欲，竟成亡国天子。此南朝诗学之概况也。

北朝诗人不及南朝之多。如北魏之温子昇、邢邵、魏收及北齐颜之推等，虽有文名，但其诗不甚著，惟北周之王褒、庾信，以南人北归，诗颇有名，而庾信尤为杰出，杜甫称之曰"清新庾开府"。盖当时诗人惟欲多得名句，专事雕琢，彼于琢句之中，清气尚存也。南北朝之诗略如上述。

至其时之乐府，亦有可言者。南朝宋之鲍照所作乐府，奇调独创，其《拟行路难》《梅花落》诸作，实开唐代李白乐府之先。又如梁时军中马上之《横吹曲》多作于武人之手，其音铿锵，钲铙竞奏，如《企喻歌》《陇头歌辞》《折杨柳歌辞》《木兰诗》等篇，犹有汉魏遗响。他如北齐斛律金之《敕勒歌》尤为卓绝，其歌曰："敕勒川，阴山下。天似穹庐②，笼盖四野。天苍苍，野茫茫，风吹草低见牛羊。"歌词极短，神趣高古，可上追汉代。按南北朝之诗，皆乏风骨，而乐府尚有成为古今绝调者，实其时文学中特放异彩者也。

---

① 原书作"江掩"，疑误，故改之。
② 原书作"天以穹庐"，疑误，故改之。

第五章　隋代文学

隋既代周灭陈，河洛及江左文士皆翩然来集。其时文体，仍沿梁陈绮艳习尚。李谔上文帝《论文体轻薄书》，急欲改革之。开皇四年下诏，公私文翰并宜实录，表奏有过华艳者，付所司治罪。然一时文词虽务追秦汉之风，而体格实循梁陈之旧，积习既久，难遽革新。炀帝亦颇好文艺，其始专仰梁陈余沥，嗣欲一变其体，冀归雅正，观其所作《饮马长城窟》及《白马篇》可见。但即位日久，恣意游幸，穷极侈靡，所至流连声伎，大制艳篇，词甚淫绮。当时文士因之复好丽词，雅制终废。炀帝尝令乐正白明达造新声，创《万岁乐》《藏钩乐》《七夕相逢乐》《投壶乐》《舞席同心髻》《玉女行觞》《神仙留客》《掷砖续命》《斗鸡子》《斗百草》《泛龙舟》《还旧宫》《长乐花》及《十二时》等曲，是即后世戏曲之源，炀帝乐此不已。隋社以墟，与陈后主之《后庭花》同一覆辙也。至隋代文士之著名者，见《隋书》所叙刘臻、崔儦、王頍、诸葛颖、王贞、孙万寿、虞绰、王胄、庾自直、潘徽等之文学传，而其中饶有文采者当推薛道衡、虞世基、孙万寿、王胄诸人。彼等亦均能诗，近宗徐、庾，下开沈、宋，律诗始于沈约声病论，而形成于陈、隋之间，此于薛、虞、孙、王诸人之作见之。薛之《昔昔盐》、虞之《出塞》、孙之《寄京邑知友》、王之《大酺应诏》等作，皆唐律之先导也。当隋之世，有一特别文人，于文风浮靡、士品卑劣之余，独能尊崇儒术、冀挽颓风者，王通是也。通，字仲淹，龙门人，其门人谥之曰"文中子"。仁寿三年，献《太平十二策》，不用，遂归河汾设教。弟子自远方来者甚众，唐初房、杜诸贤咸出其门。通著述多依经典，其言纯于儒术，所作《中说》即拟《论语》者。举世溺于浮采，通作独希周孔，视苏绰《大诰》，惟猎取字句者不同，是真能拔出流俗、卓然独立者。其《中说》论文，眼光先注射在士之品行，故言多切当。其答房玄龄之问文曰："古之文也，约以达，今之文也，繁以塞。"尤为卓论。通淡于仕宦，累征不起，杨素甚重之，劝之仕，通曰："通有先人之敝庐，足以庇风雨；薄田足以供饘粥；读书谈道，足以自乐。愿明公正身以治天下，使时和年丰，通也受赐多矣，不愿仕也。"观此，则通之品格清高，实为罕觏。品高故学粹，其河汾设教，倡导儒术，实根本打破六朝以来虚浮之旧习，于文学上特开一新面目。至唐代，文风渐次复古，殆亦受此影响也。

第三编　近古期

第一章　唐代文学

第一节　总述

　　唐初文学，承陈、隋纤丽之陋习，琢句绘章，仍多喜用骈俪。如王、杨、卢、骆号称四杰，文虽精切，尤沿江左余风，语尚对偶。他若苏颋、张九龄、陆贽，咸称一代隽才，亦用四六。试观陆宣公一部奏议，通体以对偶作成。以关于政治上之建议，尚且如此，其他可知。甚矣，积重之难返也。至韩柳出，为文章革命，努力振起古文，举汉魏以来千余年之文弊，一扫而空之，文学界始开一新纪元，而大放曙光，是为我国文学变迁史上一大枢纽。然唐代文学革新，实非一朝一夕之故。当韩柳未出以前，文体改革，凡经三大变：最初出者陈子昂，为文力矫陈、隋纤艳，务求质实古劲，而文体一变；次则张说，兴于开元初，为文亦求脱却浮靡，以宏茂出之，而文体又一变；继则元结，兴于天宝末，为文奇古，不蹈袭，不谐俗，独孤及又接踵出，其文欲追先秦西汉遗风，而文体又一变。唐文经此三大变，文章始渐近古。风气所趋，遂胎孕韩柳二人，此二人继出后，文章革新事业乃大完成。夫韩柳所以有此本能者，实因其学有伟大根柢。韩之《进学解》，自谓："上规姚姒，《盘》、《诰》、《春秋》、《易》、《诗》、《左氏》、《庄》、《骚》、太史、子云、相如，闳其中而肆其外"。柳《答韦中立书》亦谓："每为文章，本之《书》《诗》《礼》《春秋》《易》，参之《穀梁》、《孟》、《荀》、《庄》、《老》、《国语》、《离骚》、太史，以各得其旨。"此其所以卒起八代之衰也。韩柳而外，学为古文者，复有韩门弟子张籍、李翱、皇甫湜、李汉诸子，以古文相提倡，遂渐成风气。统观唐代三百年中之文学，大抵每变而益上，与东汉魏晋以后愈变而愈下者，迥乎不同。良以骈俪文体占领文坛既久，人多厌弃，且雕琢词句，不适应用，故被天然淘汰，文学遂日见革新。凡事历久则必变，唐代文运之转机以此也。至唐代各家之文学，兹择其最著者分别述之于后。

第二节　唐代各家之文学

王绩

字无功，"文中子"通之弟也。绩性简放，嗜酒，不随通讲学，然其文疏野有致，不尚排偶，是唐初文人之特别者。初官大乐丞，旋解官归，自号"东皋子"，著有《东皋子集》三卷，所作《醉乡记》最为东坡所称。

王勃、杨炯、卢照邻、骆宾王

勃，字子安，通之孙也。六岁善属文，九岁得颜师古所注之《汉书》读之，作《指瑕》以摘其失。高宗时，父左迁交趾令，勃往省，重九抵南昌，时都督阎公大会客于滕王阁，先命其婿吴子章作序夸客，故出纸遍请客作序，莫敢当者。勃独受不辞，阎遣吏伺其文即报之，至"落霞与孤鹜齐飞，秋水共长天一色"，乃瞿然曰："天才也"。勃平素为文，辄磨墨数升，酣饮，引被覆面卧，及寤，援笔成篇，不易一字，时谓"腹稿"。炯亦以文著，曾为盈川令。《旧书·文苑》炯本传载其《盂兰盆赋》等篇，为其文之杰出者。炯尝谓"愧在卢前，耻居王后"。张说谓"盈川如悬河，酌之不竭，优于卢，而不减于王。"耻居王后，信然，愧在卢前，谦也。炯为文好叠古人姓名，世呼之为"点鬼簿"。照邻，字升之，曾为新都尉，以病去官，手足挛废，自沉颖水死。盖文人之极坎坷者，生平所作大抵欢寡愁殷，有骚人之遗响。宾王当武后乱政时，为徐敬业传檄力斥武后非。后得文读之但嬉笑，至"一抔之土未干，六尺之孤安在"，瞿然责宰相不应失此人。世谓王勃有天才，惟宾王可配之。宾为文往往以数字属对，世呼之为"算博士"。《四库总目》载勃集十六卷，炯集十卷，照邻集七卷，宾王集四卷。

陈子昂

唐初文章不脱陈、隋旧习，其发愤自为，力追古之作者，首推陈子昂。韩愈诗云："国朝盛文章，子昂始高蹈。"马端临《文献通考》乃谓："子昂惟诗语高妙，其他文则不脱偶俪卑弱之体。"不知子昂所有表、序诸作，虽尚沿排偶之习，若论事、书、疏之类，实朴茂近古。唐代文学改革，此其前驱。所惜者，子昂以文学巨子，与苏味道、李峤、崔融、宋之问、阎朝隐之徒，失身事武后，实为其人格之污点也。

张说、苏颋

开元之间，文化大兴，作者辈出，要以张说为之魁，与说齐名者复有苏颋。说封燕国公，颋封许国公，时称"燕许大手笔"。说为文属思精壮，不尚卑靡之浮词。唐代文格由此日尊，朝廷大著作多出其手，有文集二十五卷。颋性敏悟，文思泉涌，朝中书诏，多委颋为之。李德裕尝谓："近世诏诰，惟颋叙事外自为文章，是叙事而兼以文章见长也。"

张九龄

九龄守正嫉邪，以道匡弼，称开元贤相。而文章高雅，实不在燕、许下。著有《曲江文集》，宏博典实，具见《大雅》之遗，张说称为后出词人之冠也。

苏晋、贾曾、孙逖、许景先、韩休、齐浣、王翰、徐坚

苏晋、贾曾，当明皇监国时，同典制诰，时称苏贾。孙逖本传称开元间苏颋、齐浣、苏晋、贾曾、韩休、许景先及逖典诰，为代言最，而逖尤精密。张九龄视其草，欲易一字不能也。许景先与齐浣、韩休知封诰，俱以雅厚称。张说谓："许舍人之文，虽乏峻峰激流，然词旨丰美，得中和之气。"说又与徐坚论同时文章，谓："韩休之文，如太羹玄酒，有典则，薄滋味。许景先如丰肌腻理，虽秾华可爱，而乏风骨。王翰如琼杯玉斝，虽灿然可观，而多玷缺。"徐坚，字元固。属文典厚，于典故多所谙识，《新唐书》列入《儒学传》。

萧颖士、李华、李翰、李观

颖士与李华齐名，而颖士尤为当代所宗。李邕自负才高，所作《芝草表》，假手颖士，其推服可知。华文词绵丽，精采焕发，所作《含元殿赋》，颖士以为在景福之上、灵光之下，所作《吊古战场文》，世多读之。然华文实少雄杰气。华宗子翰，从子观，皆有文名。张巡死节睢阳，人嫉其功，以为降贼。肃宗未

及知，翰传巡功状表上之，巡之大节遂白于世，义士多之。观为文不傍沿前人，时谓与韩愈相上下。及观少夭而愈文益工，论者以观文未极，愈老不休，故卒擅名。然观尚词，故词胜理，愈尚质，故理胜词。观即后愈死，亦终不能如愈之文以理取胜，为学者之极轨也。

元结、独孤及

大历、贞元之间，文士多为古文。元结、独孤及尤奋然兴起，极力铲除排偶绮靡之习。唐代文章，斫雕为朴，二子之功颇伟，是实韩柳之先导也。结于天宝十二载①举进士，会世乱，沉浮人间。肃宗时上《时议三篇》，后以讨贼功进水师员外郎，代宗时授著作郎，益著书。结性不谐俗，往往迹涉诡激，颇近古之狂士。然制行高洁，而深抱悯时忧国之忧。文章戛戛自异，世称其文奇古不蹈袭，如古钟磬不谐俗，盖在韩柳以前能毅然自为者。结著有《元子》十卷，《文编》十卷，并见《唐志》，今皆不传。所传者有《次山集》十二卷，实后人掇拾散佚而编之，非旧本也。独孤及著有《毗陵集》二十卷。权德舆称其"立言遣词，有古风格，澝波澜而去流宕，得菁华而无枝叶"。皇甫湜亦称其文"如危峰绝壁，穿倚汉霄，长松怪石，巅倒岩壑"。当韩柳未出之先，与元结力挽颓流，厥功最大。《唐实录》谓"韩愈学独孤及之文，当必有据，特风气初开，明而未融耳"。

陆贽

贽，字敬舆，谥宣②。德宗时为翰林学士，呼为陆先生而不

---

① 原书作"天宝十二年"，改作"天宝十二载"。
② 原书作"谥宣公"，改作"谥宣"。

名。当其从幸奉天之日，诏书旁午，思如泉涌，武人悍卒，无不感泣思奋。著有《奏议翰苑集》。《新唐书》例不录排偶之作，独取赞文十余篇，详载《本传》。其敷陈时政，皆本仁义，炳如丹青，惜德宗不能尽用。司马温公作《资治通鉴》，甚重赞议论，采其奏书三十九篇，后苏轼亦乞以赞文校正进读。盖其文多为匡救规谏之语，而于古今政治得失之故，无不深切著明，故见推重于后世。至其文体虽为四六，然出之自然，不见雕琢痕迹，非后人所能学步，其天才然也。

韩愈

唐自武德、贞观之后，文学家力倡古文，以改革陈、隋旧习。而卒能完成此改革之功者，韩愈也。愈，字退之，邓州南阳人。三岁而孤，七岁知读书，日记数千言。比长，尽通六经诸史百子，年二十五擢德宗贞元间进士。其文重在明道，以六经之文为诸儒倡，粹然一出于正。凡所为文，务去陈言，横骛别驱，汪洋大肆，要之无抵牾圣人者。其道盖自比孟轲，以荀况、扬雄为未醇。学者仰之如泰斗，有志于古文者，莫不视公以为法。

柳宗元

宗元，字子厚，河东人。贞元间进士，与韩愈俱以振兴古文为职志者。宗元少聪敏绝众，其文下笔构思，与古为侔，其文之得力处见于《答韦中立书》。得罪后，远窜荒裔，文思益进。江岭间文人走数千里从之游，经其指授为文者皆有法。世称"柳柳州"，有文集四十卷。韩愈尝评其文曰："雄深雅健似司马子长，崔、蔡不足多也。"

刘禹锡、欧阳詹、樊宗师

禹锡，字梦得。其文恣肆博辨，于韩柳外自为轨辙，有文集三十卷。欧阳詹、樊宗师，韩愈均推重之。詹与韩愈同举进士，其文有古格。詹卒，愈作哀词推许甚至。宗师亦以能文名，惟句颇僻涩，有不可句读。其始末具韩愈所作墓志中，皆韩柳同时之卓卓者。

张籍、李翱、皇甫湜、李汉

籍、翱、湜皆韩愈入室弟子，汉为愈子婿，亦师事愈而得其传者。籍文不概见，《文苑英华》载与翱、愈书二首，其笔力在翱、湜之间。翱有集十八卷，其《与梁载言书》论文甚详。《寄从弟正辞书》谓："人号文章为一艺者，乃时势所好之文，其能至古文者，则仁义之词，乌得以一艺名之？"可见其立言具有根柢。其文温厚和平，俯仰中度，绝无矜心作意之态。湜有文集六卷。论者谓："翱得愈之谨严，湜得愈之奇崛。"汉为文，刚悍颇类韩，亦韩门之著者也。

沈亚之、杜牧、刘蜕、孙樵、皮日休

亚之为文，务为险崛，在杜、刘、孙樵之间。杜牧纵横奥衍，多切经世之务，《罪言》一篇，为其杰作，有《樊川文集》二十卷。刘蜕有《文泉子集》一卷，其文原本扬雄，亦多奇奥，险于孙樵而易于樊宗师，大旨与元结相出入。孙樵之文，亦私淑韩者，储同人及《唐宋文醇》，于八家外均增李翱、孙樵二家，其文自属可重。皮日休善箴铭，集中书、序、论、辨诸作，亦能原本经术。其《请孟子立学科》《韩愈配飨太学》二书，在唐人尤为特识，不得仅以文人目之也。

第三节　唐之史学

唐代史学家，颇为发达，如房乔之《晋书》、姚思廉之《梁

书》《陈书》、李百药之《北齐书》、魏徵之《隋书》、令狐德棻之《周书》，皆为今日正史，而当时史学家要以令狐德棻为最著。武德中，德棻以诸史不完善，建议修梁、陈、齐、周、隋五代史。贞观更修，其书始成，总其事者，德棻与魏徵也。李延寿作《南北史》，亦就正于德棻，其具有良史才可知。考延寿之《南北史》，实为史学之佳著。其书北起魏讫隋，南起宋讫陈，网罗八代，删繁就简，远胜本史。自此书出，宋、齐、梁、陈、魏、齐、周、隋各史，遂罕有习者。盖其书本创始于延寿父大师，历时既久，而采取各史，专叙实事，不取芜词，简括明白，颇便观览也。若杜佑《通典》，尤为创作，不纪事而纪制度。盖以为制度与国民全体有莫大之关系，故专纪制度以备参考采用，是为有国家思想者。虽未尽完备，但前此所无而创为之，别具眼光，独超古人范围之外，是于史学界放一异彩者。他若柳芳之《唐历》，以编年为纪事体，上法《春秋》，下开《通鉴》之例，亦能自成为一家言者。此外，如刘知幾之《史通》，取前代史书，掇其得失，著为评论，读史者亦便之。

第四节　唐之诗学

唐代诗学之发达，古今无与比伦。推其主要原因，盖唐以诗取士，苟能诗即可得显宦、擅盛名，故唐代文人莫不专精诗学。兹即唐代诗学界概况述之于下。

唐诗分古今体，古体即五言古、七言古；今体即五言律、七言律。此外并有五言绝、七言绝。诗之绝句，不见于古，乃唐人截取律诗首尾而成。有截取前四句者，则后联属对是也；有截取后四句者，则前联属对是也；有截取中间四句者，则两联皆对是也。故又谓之截句，亦曰断句。唐人乐府，每用此体，如《清平调》即其证也。诗体至唐乃大备，唐初虞世南、魏徵均能诗，尚有风骨。王、杨、卢、骆诗之气味，不异陈、隋，然风格渐整。其所作不曰古诗，而曰排律，惟词华旨靡，所作五七古亦然。迨陈子昂起，力脱陈、隋余习，所作《感遇诗》三十八首为唐世古风体格之正宗。其律诗亦气力雄厚，但调未尽洽。及沈佺期、宋之问出，五律音调始谐，七律亦由此二人肇端。佺期所作《古意》一首颇高华，唐代诗格至此完成。

按唐代诗学变迁，约分四期：自国初至开元曰初唐；自开元至大历曰盛唐；自大历至太和曰中唐；太和以后曰晚唐。初唐已如前所述。盛唐诗家，为古今特色。初以张说、张九龄为杰出，继则王维、孟浩然、李颀、岑参、高适、王昌龄、储光羲诸人，均以能诗名。迨李白、杜甫崛起，诗界乃臻于极盛，而少陵较太白尤高，少陵之诗，包涵万象，驰骋古今，后世诗家多宗之，是曰盛唐。大历以后，风气稍变，韦应物、刘长卿与大历十才子卢纶、吉中孚、韩翃、钱起、司空曙、苗发、崔峒、耿沣、夏侯审、李端等，诗皆研炼字句，力求工秀，不复有浑雄厚重之气，然其体韵步武盛唐。其余诗子，大抵类此，是曰中唐。太和以还，诗道乃衰。许浑、赵嘏、陆龟蒙之徒只讲咏物，琢句惟工。其间惟李商隐、杜牧二人能自振拔，诗皆学杜，神气风骨追踪少陵。温庭筠诗学太白，亦其次也。余则无足观焉。唐代诗学与文章异，文则日变而日盛，诗则日变而日衰，是亦足觇当时之趋尚矣。

第五节　唐代词学之兴起

词学多渊源于古诗及乐府之长短句，自有诗而即有长短句，如《南风》之操、《五子之歌》是也，《周颂》三十一篇，汉《郊祀歌》十九篇，其中皆有长短句，是均为词之源。南朝梁武帝之《江南弄》，沈约之《六忆》，亦皆词之先导也。唐始以诗为乐，乐歌四言外，五七言绝句皆乐。至玄、肃则乐章一变而为词，李白之《忆秦娥》、张志和之《渔歌子》是其肇端，乃唐一种之新乐府，普通所认以为词者也。《忆秦娥》云："箫声咽，秦娥梦断秦楼月。秦楼月，年年柳色，灞陵伤别。乐游[①]原上清秋节，咸阳古道音尘绝。西风残照，汉家陵阙。"《渔歌子》云："西塞山前白鹭飞，桃花流水鳜鱼肥。青箬笠，绿蓑衣，斜风细雨不须归。"考其本原，不尽脱胎于古乐府之长短句，亦破唐代之乐章而为之者。盖唐代乐府以五七言绝句为最通行，如李白之《清平调》、刘禹锡之《竹枝词》、白居易之《柳枝词》、王建之《霓裳词》，皆七绝也，皆名曰"词"。歌者按调迁就歌之，其后诗人作词，则将绝句增减其字以为之，如《渔歌子》本为七绝，将第三句减去一字，乃为词。李白《桂殿秋》亦然，其词云："仙女下，董双成，桂殿夜深吹玉笙。曲终都从仙官去，万户千门惟月明。"是将七绝第一句减去一字而为词也。此后作者日众，如韦应物、白居易、刘禹锡、温庭筠等皆创调填词，而温庭筠尤为杰出，举其《菩萨蛮》词之一章如下："小山重叠金明灭，鬓云欲渡香腮雪。懒起画蛾眉，弄妆梳洗迟。照花前后

---

①　底本缺"乐游"二字，补之。

镜，花面交相映。新帖绣罗襦，双双金鹧鸪。"是其词之最著者也。词学风气一开，而填词之学日盛。自填词作法上观之，其大要有三：（一）调有定格；（二）字有定数；（三）韵有定声。填词谓填字于其间也。

第六节　唐之小说

唐代小说，多系传纪体，如《李邺侯外传》《李林甫外传》《杨太真外传》等作是也。其最著者曰《会真记》，为元稹所作，元代《西厢记》即本诸此，以散文叙事，极意铺张描写，而文字又极凝炼。唐代文章，韩愈数家外，可观者少。而此等小说实有文章之价值者也。

第二章　五代文学

　　五代变乱相寻，享国日浅，无甚文学之可言，兹概括述之于下。五代时，于文学有关者莫如印刷术一事。自冯道请刻"五经"，而世人竞以传刻古书为事，古来书籍自此流传日广，于后世文学之发展，关系甚钜。其时词学颇为世人所尚。五代时，词以蜀与南唐为最盛。蜀之韦庄、牛峤、毛文锡、牛希济、薛昭蕴、顾琼、魏承咏、毛熙震、李珣、欧阳炯、孙光宪等均以能词鸣，而赵崇祚所编之《花间集》，录自温庭筠以下词人所作凡五百首，其余多系蜀士，蜀词赖《花间集》以传。《花间集》实词学总集之祖，后世词家多宗之。南唐诸主多善为词，而后主煜尤工，当时冯延巳所作亦甚警丽。《菩萨蛮》及《浪淘沙》词为后主之杰作，延巳著乐章百余阕，其《鹤冲天》及《归国谣》等词皆其词之著者。他如晋之和凝，少年好为曲子词，布于汴洛，泊入相，专托人收拾、焚毁不暇。凝为相厚重有德，终为艳词玷之，其《采桑子》词，尤其词之艳者也。至其时，诗文皆不竞，唐末诗人如罗隐、杜荀鹤等尚有存者。后如王仁裕、郑云叟诸人，虽以诗名而粗滑，实无足观。其时文体尤浮浅猥俗，惟蜀之牛希济《文章论》尚为有志古文者。蒯鳌在南唐时，史称其为文力矫纤丽之弊，然其所作不概见。南唐徐铉与弟锴并治《说文解字》。锴早卒，别有《说文通释》。铉入宋，又受诏校定《说文》，后世承用其本。铉亦以文采擅长，尝为故主李煜墓志，立言有体，当世称之。

第三章　两宋文学

第一节　总述

宋初文学承五代文敝之余，故开国伊始，文风靡弱不振。至太宗时，柳开、穆修出，乃提倡古文，以延韩柳之传，然其文不无艰涩之弊。杨亿、刘筠继之，其文更险怪奇涩，而学者多仿为之，遂成风气。及欧阳修崛起，力革时文积弊，大振古风。嘉祐中，修知贡举，痛抑时文，不取钩章棘句，得士多人，苏轼、苏辙、曾巩等俱出其中，自此士习一变。宋代文章，乃炳焉复古，后世以欧、苏、曾、王合唐之韩、柳称为"唐宋八大家"。在唐宜首推韩，在宋自不得不首推欧。欧公奋力倡导一时，而三苏、曾、王相与左右其间，此宋之文章所以为后世极轨也。及南渡后，文章与国运俱衰，文体颇杂，其失有二：一则染江湖游士叫器狂诞之习；一则蹈讲学诸儒空疏拘腐之弊。然如李纲、赵鼎，文皆雄深雅健，陈亮、叶適，文亦奇肆纵横。至朱熹、吕祖谦为道学巨儒，不专事文词，而二氏所作，洁净精微，实南宋两大名家。宋末文天祥、谢枋得均以节义著，而文词伟劲，亦文学家所崇拜者。总观宋代文学，大抵以理胜，不以词胜。推其原因，盖自唐韩文公有《原道》《原性》之作，李习之有《复性》之书，皆以明道为重。宋儒继起，光而大之。为学者舍其器而求其道，以异乎汉代章句考据之儒；舍其华而取其实，以异乎魏晋以来文章浮靡之儒，性理之学派乃出焉。北宋理学，以二程为最；南宋理学，以朱子为魁。理学思想支配于两宋文学界，故文学家尚理不尚词。有宋以后之文学，历元明清以迄今兹，文多以理胜，均受此影响。然则，有宋一代亦文学变迁史上一大枢纽也。

第二节　北宋各家之文学

柳开、穆修

宋初为古文者，首推柳开。开，字仲涂，开宝六年进士。开初名肩愈，字绍元，盖慕韩柳之文，故以此为名。继又改名改字，以为能开圣道之涂也。开谓"古文非在词涩言苦，今人难读，在于古其理、高其义"，但以其《河东集》考之，体近艰涩，故王渔洋讥其"能言而不能行"。然宋初变偶俪为古文，实自开始，其转移风气，于文格实为有功。穆修，字伯长。家有唐本韩、柳文集，募工镂版，今《柳宗元集》尚有修后序，其文盖亦师法韩柳者。宋之古文，开与修倡之也。

尹洙、孙复、石介

洙，字师鲁，为文古峭劲洁，继柳开之后，极力提倡古文。钱惟演守西都，因府第起双桂楼，命洙及欧阳修作记。修文千余言，洙只用五百字，修服其简古。欧阳修初工偶俪之文，及官河南，遇洙，见洙文学之，遂以古文倡导一时，其法尽得自洙。宋代古文，欧为巨擘，而洙实导之。自欧文盛行，洙名转为所掩。孙复，字明复；石介，字守道。宋之理学家，以孙、石与胡安定为程朱先河，文学家亦以孙、石与尹师鲁为柳、穆后劲。明复之文，大率谨严峭洁，根柢经术，不愧儒者之言。守道有《徂徕集》二十卷，其论文极推柳开之功，又作《怪说》以排杨亿，其宗旨可以想见。其文倔强劲质，有唐人风，较胜柳、穆二家，盖戛然自为者。

宋郊、宋祁

郊更名庠，字公序，祁字子京。兄弟俱以文名，时称大宋、小宋。文至五代敝极，北宋诸子，各奋起振作。柳、穆诸人沿溯韩柳，宋氏兄弟则力驾燕许之轨，譬诸贾、董、枚、马，体制各殊，同为汉京极盛。郊文温雅瑰丽，汜汜乎治世之音；祁文博奥典雅，具有唐以前风格。然即二子之文比较观之，郊有沉博之气，祁多新警之思，其气亦复少殊，殆所谓文章关乎器识者。祁尝举陆机之谢华启秀，韩愈之陈言务去，以为为文之要，其得力处可见矣。

刘敞、刘攽

敞，字原父，号公是；攽，字贡父，号公非，同登庆历六年进士。敞学极博，六经百氏，古今传记，无所不通，为文敏赡，尝直紫薇阁，一日追封皇子公主九人，方将下直，止马却坐，一挥九制数千言，文词典雅，各得其体。欧公作敞墓志，甚推服其文，《朱子语录》又曰："刘侍读气平文缓，乃自经书中来，比之苏公，有高古之趣。"可见敞尤深于经术也。攽未冠，通五经，博览群书，与司马温公同修《资治通鉴》。东坡称其"能读典坟丘索之书，习知汉魏晋唐之故"。其殁也，曾子固作祭文，亦极称其博学。攽盖学问渊深，文词奥雅者也。

欧阳修

字永叔，庐陵人。四岁而孤，母郑氏守节自誓，亲诲之学。家贫，无资置笔墨，以荻代笔，画地学书。稍长，从邻人借书读，或手抄之，刻苦勤学。年及冠，即嶷然有声。未几举进士，试南宫第一，擢甲科。欧公文学韩愈，东坡序公集，称公："学

305

推韩愈、孟子以达于孔子，著礼乐仁义之实，以合于大道。其言简而明，信而通，引物连类，折之于至理，以服人心，故天下翕然师尊之。"又曰："欧阳子论大道似韩愈，论事似陆贽，记事似司马迁，诗赋似李白。"老泉《上欧公书》曰："执事之文，纡徐委备，往复百折，而条达疏畅，无所间断；气尽语极，急言竭论，而容与闲易，无艰难劳苦之态。"苏氏以此数语评欧公之文，可谓简而尽矣。公好奖掖后进，被赏识者率为闻人。三苏、曾巩、王安石布衣屏处，未为人知，公即游扬其声誉，谓必显于世。三苏、曾、王皆世所谓直接韩柳之传者，溯其师源均出于公，公有功于斯文甚大。公未出以前，学者多宗杨亿、刘筠，为文险怪奇涩。其时，苏舜元、舜钦、尹洙、孙复、石介诸人虽有意矫正之而力不足。当嘉祐二年，公知贡举，士子犹为险怪奇涩之文，号"太学体"。公痛排抑之，凡此等文皆不取。嚣薄者至聚噪马首，街逻不能制，然场屋之习，由此遂变。公学文虽在子美、师鲁诸人后，而转移风气，俾学者渐趋于古，实公之力。汉魏以后，多年文学之弊经韩文公革之于前，欧公正之于后，始入正轨，韩、欧二公诚唐宋文学界革新之伟人也。欧公襟怀洒落，晚年自号六一居士，尝自说明其别号之由来，曰："藏书一万卷，集金石遗文一千卷，有琴一张，有棋一局，而尝置酒一壶，以吾一翁老于此五物之间，是岂不为六一乎？"观公之人物性行、文章道德，无一可非议者，是可为后世之模范矣。

三苏、曾、王 [①]

三苏者，即蜀人苏洵及其二子轼、辙也。洵字老泉，年

---

① 原书作"三曾、苏、王"，疑误，故改之。

二十七始发愤为学。应试进士不第，爰焚生平所作文，益闭户读书，尽通六经百家之说，下笔数千言立就，其文尤得力于孟子。谢枋得评老泉《春秋论》曰："有法度，有气力，有精神，有光焰，谨严而华荡，精熟《孟子》，方有此文章。"按老泉学孟子，于譬喻之妙尤肖。然老泉所学，实不止此，乃集诸家之长而同化之，沉酣古籍，独出新意，不蹈时习。且其性朴直，其才横矫，故文笔刚劲简切，犀利豪迈。惟多杂纵横家言，理论间有未醇，然《辨奸论》发于安石未柄政以前，实具特识。生平诲二子作古文，俾苏氏一家文脉千古不绝，真一代文豪也。轼字子瞻，其文才固出自遗传，然因自修而得者亦多。自好读书，二十岁时博通经史，尤喜读庄子、贾谊、陆贽之书，此即其学问文章之根柢。其文词不但一一奇拔，而一篇中必有特异之警策处，其才识之高，实由天赋也。辙字子由，其文与兄异，才力不及，微嫌卑弱，至于策论得诸家学，亦颇追父兄之后尘。考《栾城全集》，要不失为文章大家也。曾巩字子固，其人以孝友闻，学亦纯正，近于道学。其文虽稍乏才气，然雍容典雅，派衍匡、刘，有《元丰类稿》五十卷。安石字介甫，有《临川集》一百卷，波澜法度，均传不朽。观其《上仁宗言事书》，滔滔数千言，无数见解，无数话头，冲口而出，议论愈歧而文心愈细，非大家无此手腕。于欧、苏诸公外，确占独绝之地位者。按三苏、曾、王均游欧公之门，后世并举欧以配唐之韩柳，谓之"唐宋八家"。八家之名始于明之朱右。茅坤继之，尝选《唐宋八大家文钞》，风行海内，世之学古文者，无不由此八大家入手也。

第三节　南宋各家之文学

朱熹、吕祖谦、陈亮

朱、吕皆讲学大儒，龙川专重事功，其志各不同。然三公之文在南宋均能卓然名家。朱子论文于贾、董、马、班①外，极推八家。《语类》第一百三十九，疏八家之短长，甚为精当，故其所作古文，洁净精微，颇入八家之室。集中如《李忠定公奏稿后序》，激昂慷慨，运以大力，为第一健举文字。朱子好读南丰文，此篇多长句，酣畅似南丰，而气魄过之，若合韩、苏为一手也。东莱文闳肆辨博，陵励无前，所撰文章关键，于体格具有心得，裨益学者非浅。同甫著《龙川文集》，议论之作为多。其才辨纵横，不可控勒，似天下无足当其意者。自谓推倒一时之智勇，开拓万古之心胸，殆无愧斯言也。

薛季宣、陈傅良、叶适

薛、陈、叶诸人与陈同甫俱以事功为重，其文亦皆可传。季宣著《浪语集》三十五卷，学问淹雅，持论明晰，考古详赅，不事依标先儒余绪，而立说精确，卓然自成一家。傅良谙练掌故，通知成败，所著《止斋集》多切实用之文，而密栗坚峭，自然高雅，无南宋末流冗沓腐滥之气。叶适所著《水心集》，雄赡奔逸，其碑版之作，尤可上配古人。适尝自言："譬定人家觞客，虽或金银器照座，然不免出于假借。惟自家罗列者，即仅磁缶瓦杯，然都是自家物色。"其持论如此，故其文能独运机轴。昌黎谓文必己出，若适者知此旨矣。

---

① 原书作"斑"，疑误，故改之。

真德秀、魏了翁

德秀生朱子之乡，力崇朱子绪论，所编文章正宗，持论颇严，集中诸作，皆粹然儒者之言。了翁，蜀人。自谓三苏后鲜以文章显者，其文原本经术，所作纯正有法。而纡徐宕折，出乎自然，不染江湖叫嚣之习，亦不蹈讲学迂疏之病，洵无愧于其乡先正矣。

第四节　宋之史学

宋仁宗时，以石晋刘昫等所修之《唐书》文繁事略，诏宋祁、欧阳修等更修之，事详文省，是为《新唐书》。其序论皆以散体文行之，史学体裁至此乃复马班之旧。宋初薛居正奉敕撰《五代史》，欧阳修更采集异闻，严定史例，成《新五代史》。不惟文笔简净，直追迁史，且本《春秋》书法寓褒贬于其间。司马光于仁宗时奉诏作编年史，上起战国，始自三家分晋，下终五代，名为《资治通鉴》，计二百九十四卷，采择二百余家，体大思精，为千古绝大之伟著。其所以取名"资治"者，言可为国家法戒，藉资以图治理，是书最有价值。此后，朱熹因《通鉴》作《纲目》，寓以褒贬，袁枢因《通鉴》作《记事本末》，以便观览，亦皆有功史界者。他如郑樵之《通志》、马端临之《文献通考》皆仿唐杜佑《通典》而为之者。《通志》二十略，统括历代政治学术而著之篇，发前人所未发。《通考》增益《通典》成二十四类，叙事本诸经史，而参以《会要》及百家之书，谓之文；论事则取当时奏疏、诸儒评论及稗官之记录，谓之献。其书之完备，实远胜《通典》也。

第五节　宋之诗学及词学

宋之诗家多摹仿唐人。宋初杨亿、刘筠等，诗学李商隐，号"西昆体"，此派颇盛，但诗词尚精丽而失之隐僻。苏舜钦、梅尧臣等起而矫正之，诗主雄快浅显，诗格始开。厥后欧阳修诗学韩，王安石诗学杜，诗道乃入正轨。迨苏轼、黄庭坚起，宋诗体格始成。苏诗不主一家，而气格神理颇似少陵。黄学少陵，尤能标新领异，力扫陈腐。庭坚与张耒、晁补之、秦观号"苏门四君子"，而庭坚实为之魁。后之言诗者，大抵皆宗苏黄也。南渡后，诗学日衰，惟尤袤、杨万里、范成大、陆游为有名，陆尤杰出。四家虽不列吕本中《江西诗社宗派图》，实皆学山谷而得其统者也。复即宋代词学言之。

宋代词学之盛，犹唐代之诗，制腔填词，类能为之。初则晏殊及其子几道与张先、柳永之徒，皆工艳体。东坡起乃一扫艳体而空之，豪情盛概，天机洋溢，直上追青莲，为一代词宗。东坡不仅为有宋文豪、诗豪，亦词豪也。其善学东坡者，惟晁补之，山谷则不及。山谷之词失之粗鄙，有通体用白话者。秦观之词，清远婉约，上继温、韦，与苏不同派。至周邦彦出，则体兼众美，词坛擅名。其词沈郁顿挫，为东坡、少游所推服。词至南宋，颇见其盛，要皆师法东坡、少游与美成 [①]（周邦彦字）。辛弃疾学东坡，于悲壮激烈之中兼有温柔敦厚之意。姜夔、王沂孙学周、秦，而姜高于格，王厚于味，此派为当时正宗也。

---

① 原书作"成美"，疑误，故改之。

第四章 元代文学

第一节 总述

有元混一区宇，前后不及百年，戎马倥偬，干戈扰攘，迄未稍休。士生其间，鲜能从容肆力于文学之途。然总核一代著作名家，如姚燧、吴澄者，颇不乏人，是何故也？盖元自灭金并宋而成一统，国初诸儒，如戴表元、赵孟頫辈，多生宋理宗朝，入元后，半逾弱冠，在胜朝之季，已获闻先正绪论。若郝经、魏初等，又皆金之遗民，亲受业于元遗山之门。遗山学于郝晋卿，金亡坚持高节，不复仕元，慨然以著述自任，所选《中州集》，意在以诗存史。其文章则师法北宋，实能接欧苏正轨，为一时文宗。然则戴、赵诸人，既餍闻先正绪论，郝、魏又亲炙遗山，宜乎渊源有自，俾斯文得以弗坠。继又得姚燧、吴澄诸人为之提倡，承学之士，日切观摩，故大德、延祐之间，号称极盛。中叶以后，黄溍、柳贯、吴莱、苏天爵之伦，屹然负一代词宗之目。王袆、宋濂承其指授，遂开有明风气矣。

第二节 元代各家之文学

姚燧、吴澄

燧，字端甫，号牧庵，著有《牧庵集》。《元史》燧本传称其文"闳肆该洽，豪而不宕，刚而不厉，春容盛大，有西汉风"。今以《原集》考之，大抵序集诸作，刊落陈言，独抒心得；而碑志之文，赡而不秽，详而有体，足补《元史》之缺，诚元初文学巨子也。澄生平服膺唐宋诸家，于三苏独去子由，以子由文字纡徐，真气似有未足。集中诸作，随手变化，行乎自然，脱尽皮毛，味余言外，以真气充实故也。

虞集、欧阳元

集，字伯生，宋丞相允文五世孙也。与杨载、范梈、揭傒斯称四杰，集为首出，著有《道园集》。于北宋诸家最崇庐陵，其陶冶群材，亦如庐陵之在北宋，元文于是为盛。尝谓"古文之弊，肤浅则无所明于理，蹇涩则无所昌其词，徇流俗者不能去其陈腐，强自高者惟标窃于异端"，是可谓洞鉴本原也。元与伯生齐名，著作极富，宋景濂称其文如"雷电恍惚，雨雹交下，可怖可愕，及云散雨止，长空万里，一碧如洗"，元之文境于此可见。

黄溍、柳贯、吴莱

溍、贯、莱均受业于宋遗民方凤。《元史》柳贯、吴莱俱附黄溍传，史称溍文："布置谨严，援据精确，俯仰雍容，不大声色。譬之澄湖不波，一碧万顷，鱼鳖蛟龙，潜伏不动，而渊然之光，自不可犯。"著有《日损斋稿》二十余卷。贯文沉郁春容，涵肆演迤，其《待制集》与溍颇相上下。莱行辈稍后溍、贯，其文章则为溍、贯所称许。考莱论文之言曰："作文如用兵，兵法有正有奇，正是法度，要部伍分明；奇是不为法度所缚，举眼之顷，千变万化，坐作进退击刺，一时俱起。及其欲止，什伍各还其队，原不曾乱。"观此可知其作文之妙诀矣。

苏天爵、杨维桢

天爵之文，词华渊雅，根柢深厚，其波澜意度，往往深入于欧苏。至其序事之作，详明典赅，尤有法度。集中碑版之作颇多，于元代制作人物史传阙略者，多可藉以考见，《本传》称其"任一代文献之寄"，诚非虚语。维桢，字廉夫。居铁崖山中，因以地名为号，又别号铁笛道人。文章奇逸，陵跨一时，世诋之为"文妖"，其诗歌、乐府固有怪异处，至其文则文从字顺，不得概以妖目之也。

第三节　元之诗学

元初郝经受业于元遗山。遗山之诗，豪情胜概，壮色沉声，上超苏黄，追踪李杜。郝经得其传，与赵孟頫俱以诗名，诗均以清逸著，一洗宋金粗犷之习。孟頫，字子昂，宋之宗室也。宋亡仕元，其诗固著名一时，而文词书画亦均擅长。惟既为士，当重气节，乃委身仕元，人格已污，殆以性质良懦，遂误大节也。次则虞集之诗，颇健锐，为当世所称。杨载乃赵子昂所赏识者，其诗之音节学唐，风规赡雅。他如仇远、白珽、张翥、马祖常、萨都剌之流，诗词秾艳，而体则卑靡。元末杨维桢以诗与乐府擅名，号"铁崖体"，但欲矫弊而过趋极端，往往流于诡怪，世多讥之。

第四节　曲之兴起

词学至元渐衰，无甚可述，而曲则颇发达也。按曲之兴起，实根本于俚语，宋之词人，已间用俚语作词。金元崛起漠北，入据中原，蛮族不谙文理，词人故曲意迁就，雅俗之语相杂，而曲兴焉。金末董解元作《弦索西厢》，为北曲之始，元王实甫、关汉卿更续成为《西厢记》。此外，乔梦符之《金钱记》、郑德辉之《倩女离魂》、白仁甫之《梧桐雨》、马东篱之《黄粱梦》等曲皆北曲也。厥后以北曲不便于南，永嘉人高则诚作《琵琶记》，为南曲之开端，施君美又作《幽闺记》以继之。由是南北两曲并盛，皆用弦索以歌之。明嘉隆间，昆山魏良辅设剧场、备乐器以演之，南曲又一变而为昆曲，今之戏院所演唱之昆曲，实始于此也。

第五节　小说之改进

元以前之小说家，类用文言，至元则多用白话。盖词人作曲，既杂用俚语，小说用俗语白语，更不待言矣。元之施耐庵作《水浒传》，其弟子罗贯中作《三国演义》，纯用白话，此风一开，白话小说乃纷起。按白话小说，最便于粗通文字者之阅览，于社会教育关系颇大。但小说内容有伤风化者，实宜禁绝，作者眼光，当以改善风俗、开明民智为前提也。

第五章 明代文学

第一节 总述

明初文学承元季虞、柳、黄、吴之后，师友讲贯，学有本原。其时，以文称者以宋濂、刘基、王袆、方孝孺为最著。成、仁以还，杨士奇、杨荣、杨溥等以博大光昌为一世倡，号"台阁体"，后进仿效之，日流于肤廓冗沓。李梦阳起，倡言复古，何景明和之，与徐祯卿、边贡、康海、王九思、王廷相等号"宏治七子"。相率借大言以炫世，矫为秦汉之说，凭陵韩欧，为文务钩章棘句，至有不可句读。王守仁、罗玘、孙承恩等乃以唐宋之文与之抗。其后，王世贞、李攀龙又祖述李、何，大张其焰以排之，与徐中行、宗臣、吴国伦、梁有誉、谢榛等号"嘉靖七子"，曰"古文之法亡于韩"，又曰"不读唐以后书"。后七子之名与李、何后先辉映，谈艺之士，翕然宗之，文风益坏。其文皆聱牙戟口，恣为博奥以自夸。王慎中、唐顺之、归有光又毅然与之角。震川为后出，抱唐宋诸家遗集，与二三弟子讲授于荒江老屋之间，目世贞为庸妄巨子，世贞亦心折其言。自明季以来，学者知有韩欧岸流以溯秦汉者，震川实有力焉。姚姬传举震川文以嗣八家，盖有由来矣。

启、祯时，娄坚、唐时升、李流芳、艾南英、黄淳耀、金声之徒所学有至有不至，然皆兢兢焉，守先正之典型。黎洲谓"有明之文，莫盛于国初，再盛于嘉靖，三盛于崇祯"，其言诚然。惟有明以八股文取士，士子热心功名者皆致力于时艺。沿及清季，滥恶相寻，此文风所以日坏，其研究古文者乃其矫然独异者也。

第二节　明代各家之文学

宋濂、刘基

濂，号潜溪。元末为翰林编修，变乱之际，深隐不出，寻奉太祖诏，出为翰林学士承旨。其文雍容浑穆，在唐宋八家中似曾南丰。《明史》濂本传称其"自少至老，未尝一日去书。于学无所不通，为文醇深演迤，与古作者并"。朝廷大著作咸以委濂，士大夫造门乞文者，后先踵接。外国员使亦知其名，高丽、安南、日本至出兼金购其全集。可见濂为明初文学大家。

基，字伯温。从太祖有功，封诚意伯。其文神锋四出，如千金骏足，飞腾飘瞥，蓦涧注坡，极天下之选，盖其文有天才也。

王袆、方孝孺

袆师黄溍，友宋濂，学有渊源。其文醇朴宏肆，有宋人轨范。濂序其文集，称其文凡三变："初年所作，幅程广而运化宏；壮年出游之作，气象益以沉雄；四十以后，乃浑然天成，条理不爽。"是深知袆者也。

孝孺为宋濂弟子，气节之士也。燕王棣陷京师，闻其名欲降之，终不屈。命草诏书，书"燕贼篡位"四大字，言"死即死耳"，竟被杀，致命成仁。其气节诚足贯金石，动天地，而其文章纵横豪迈，出入东坡、龙川之间。盖其志在驾轶汉唐，锐复三代，故毅然自命之志，发扬蹈厉，时流露于笔墨间也。

危素、林弼、朱右

危素文集，相传有五十卷，明代久佚，后归震川得素手稿一百三十余篇。其文演迤澄泓，当世重之。

林弼，龙溪人。明初闽南以明经学古擅名文苑者，弼为之魁。生平著有《梅雪斋稿》《使安南集》，宋濂序其《使安南集》，称其"文词尔雅"。王廉作弼墓志，亦谓其"诗文雄伟跌宕，清峻之语，复出尘表"，良非虚美。

朱右为文，不矫语秦汉，惟以唐宋为宗，尝选韩、柳、欧阳、曾、王、三苏为《八先生文集》，八家之目始此。其文格律渊源，悉出于是。故所作不为支蔓之词，亦不为艰深之语，盖能谨守规程者也。

解缙、胡俨、杨士奇

解缙才气放逸，下笔不能自休，当时称为才子。其奏议明白剀切，不减长沙。成祖时修《永乐大典》，缙为总裁，编成巨帙，一切遗文坠简，赖以保存，厥功颇钜。

胡俨，馆阁宿儒，朝廷大著作多出其手，史称其文法得于熊钊，钊学于虞集，渊源有自。故其文气格高老，律度谨严，卓然为明初大家。

士奇著有《东里文集》，明初"三杨"并称，而士奇文章特优。仁宗雅好欧阳修文，士奇文亦平正纡徐，得其仿佛。后来馆阁著作沿为流派，遂为七子之口实。然李梦阳诗云："宣德文体多浑沦，伟哉东里廊庙珍"，亦不尽没其所长。盖其文虽乏新裁，不失古格，前辈典型，众望攸归，所以主持数十年之风气也。

李东阳、吴宽、王鏊、罗圮、孙承恩

东阳有《怀麓堂集》，格律谨严，近绍宋元，不愧为作者。吴宽，号匏庵。学有根柢，为当时馆阁钜手。平生学宗苏，其字法亦酷似东坡。鏊有《震泽集》，以制艺名一代，帖括家莫不知有王守溪者。其古文亦湛深经术，典雅遒洁，有唐宋遗风。罗圮以气节重一时，其文学韩，戛戛独造，多掩抑其意，迁折其词，使人思之于言外。孙承恩学颇渊博，故其撰述，类皆深厚尔雅，纡徐委密，论者谓公生平立言，类其为人。

王守仁

阳明之文，超然拔俗，不为时弊所误。其文不言学谁，要于古文格体追踪八家，绝无理学庸腐气习，盖天才既高，故能自成一家言也。所作序、记诸篇，落落词高，飘飘意远，峭折似柳州，而神之隽永，则与庐陵相近。碑版、叙述有法，铭词矜慎，尤为不苟。至奏疏则慷慨敷陈，明白晓畅，置之大苏集中，几不能辨。世皆知公之学派，而鲜道其能文，特表而出之，以备学者取法焉。

唐顺之、王慎中

顺之，字应德，嘉靖八年进士。其文章法度具见其《文编》一书，所录自秦汉以来，大抵由唐宋沿溯以入。尝曰："汉以前之文，未尝无法，而未尝有法。法寓于无法之中，故其为法也，密而不可窥。"所著《荆川集》十二卷，不似李梦阳于秦汉之文，割剥字句，描摹面貌；亦不似茅坤之于唐宋文，比拟间架，掉弄机锋。在有明中叶，实屹然为一大家也。

慎中，字道思，嘉靖五年进士，与顺之齐名。初亦高谈秦汉，谓"东京以下，无可取者"。已而悟欧、曾作文之法，乃尽

焚旧稿，一意师仿，尤得力于曾巩。顺之初不服其说，久乃变而从之，壮年废弃，益肆力于文，卓然成家。李攀龙、王世贞力排之，卒不能敌，著有《遵岩集》。

茅坤、归有光、娄坚、艾南英

坤，字顺甫，治古文，最心折唐顺之。顺之喜唐宋诸大家文，自韩、柳、欧、三苏、曾、王八家外无所取，故坤选《八大家文钞》，其书盛行，海内乡里小生无不知有茅鹿门者。鹿门，坤之别号也。

有光，字熙甫，昆山人。应嘉靖十九年进士，不第，退居安亭江上，讲学著文二十余年，学者称为"震川先生"。嘉靖四十四年始成进士，时年已六十，授长兴知县，政声颇著。震川当王李昌言复古、文体愈坏之时，独守唐宋矩矱，目世贞为庸妄巨子。世贞以为同业之敌，极力攻击之，晚年遽悟自执僻见，不如有光之正，心甚折服。有光殁时，其题有光像，赞曰："风行水上，涣为文章。风定波息，与水相忘。千载惟公，继韩欧阳。余岂异趣？久而自伤。"盖所持者皆正，虽以世贞之高名盛气，终不能夺。公之文章，深于经术，且得太史公之神理，而以唐宋诸大家为其法度准绳，故其文章，堪为学者正宗焉。

娄坚为有光门下高弟，能融会师说，成为一家言，是得有光之心传者。

南英七岁能属文，长为诸生，好学，无所不窥。天启时，曾对策讥魏忠贤，是文人有气节者。会试久不第，而文日有名，于王、李诸作，极力诋之，盖亦师法先民之遗规者也。

第三节　明之史学

自宋以后，史学乃衰。明初宋濂、王祎等奉诏修《元史》，仓卒成书，亦犹元时脱脱等所修宋、辽、金三史，无甚足取。他如陈邦瞻 ① 所纂《宋史纪事本末》《元史纪事本末》，亦未尽完善。若冯从吾仿宋朱熹《伊洛渊源录》作《元儒考略》，实为学史之滥觞。至黄黎洲所著《明儒学案》《宋元学案》，精博超朱、冯诸家之上，于学史中大放异彩，为我国思想界之杰出者。清之唐鉴作《国朝学案》，实本诸此也。

第四节　明之诗学及词学

明初刘基、高启俱能诗。基诗上追韩、杜，以苍莽直古著；而启诗尤杰出，是太白一流人物，其诗直与之相上下，不惟形似，而且神似。盖启之为人，优于感情，且好以权略耸人听闻，有天下无人之侠焰与放浪山水、吟啸风月之仙骨，与太白性情相近。太白之诗，无人能学，故启独能学之，一洗元季纤靡之习。次则贝琼、袁凯、张以宁、杨基、张羽、徐贲等，诗均有名，一时称盛。至永乐而后，一变而为台阁体，诗道复衰。李东阳起而振之，诗学少陵，一革台阁之陋。李梦阳、何景明继起，又力倡复古，曰"文必秦汉，诗必盛唐"，而其实文则之失之赝古，诗尚能近似唐音。盖李、何等皆诗摹少陵，七子之诗较胜于文。同时，杨慎、高叔嗣、华察之徒，亦能于七子外以诗名者。及王、

---

① 原书作"刘邦瞻"，疑误，故改之。

李继出，诗为一时所宗，但后进摹仿，不无沿袭雷同之弊。明末袁宏道又起而矫之，诗尚清真，然不免失之诙谐。锺惺、谭元春又起而变之，诗贵幽峭，而又不免流为僻涩，诗道复衰。陈子龙又起而正其弊，诗道复醇，为有明一代诗人之殿焉。

至于词学，明代作者多而佳者少。初则周用、夏言，词学苏辛（苏东坡、辛弃疾），而有伤生硬。杨用修、王元美好自制腔，而音律亦未谐。至张綖著《诗余图谱》，辨词体之舛错，而为之规矩，词学乃正。王好问、卓发之①、马洪等继之，皆以词著。而洪尤有名，虽有伤浮艳，尚不失两宋风格。明季，陈子龙崛起，词有天然神韵，含意缠绵不尽，亦明代词人之卓卓者也。

第五节　曲之兴盛

明自宏治以还，诗文既振兴，而作曲者亦多有其人，如王九思之《杜甫游春》、郑若庸之《玉玦记》均有名，而汤显祖尤为杰出。显祖，字若士，临川人。万历十一年成进士，后以直言夺官，家居二十年而卒。若士本文章家，以宋濂为主，黜李、何、李、王前后七子而抗敌之。其所居玉茗堂，文史狼藉，鸡埘豕圈，杂秽接近，毫不介意，作词曲于其间，俯仰自得。盖平生欲为政治家而不成，为古文之排击而亦不成，遂以作曲、传奇垂不朽之名焉。其所作之曲有四种，曰《牡丹亭》《南柯记》《邯郸梦》《紫钗记》。此四者无不关于梦，谓之"玉茗堂四梦"，皆荒怪之谈，而《牡丹亭》特以词彩胜，比之《西厢记》，殆无逊色。此外，李日华又改北曲《西厢》为南曲。阮大铖复作有《燕

---

① 原书作"卓发"，疑误，故改之。

子笺》，亦曲之盛行一时者也。

第六节　小说及游记

明之小说以《西游记》一书为最著，乃嘉靖中吴承恩所作，为惟一寓意之神仙谭。其材料本诸中国之神话及佛经巧合而成，文章亦明晰完好。此书内容，玄奘[①]解脱得正果以前，皆藉譬喻描出人间种种烦恼魔障，托诸游戏文字，以解释幽玄高妙之教理。此书有二三异本，悟一子批评本为今世最通行者。其批评不关于文辞，所阐明内容之意义，颇有佳趣，此小说之较有价值者也。此外，短篇小说，明代作者亦多，其特有名者，瞿宗吉之《剪灯新话》，词颇雅醇秀丽。此种小说乃美文之一体，后之文人，多喜仿为之。

若夫山水记游之文字，古昔已有作者，但专家尚未之见，至明代始出。徐宏祖，明之旅行家也，亦记行文家也，所著《霞客游记》十二卷，文辞颇佳，后世之作旅行游记者祖之。

---

① 原书作"玄装"，疑误，故改之。

第四编　近世期

第一章　清代文学

第一节　总述

　　清初能古文者，首推侯、魏。侯方域、魏禧与顾、黄诸公均以故老遗民不愿见用于世，壹志读书作文，以空言垂世。康雍之际，海内乂安，一时元老钜公，如张京江、陈午亭、李厚庵、汤潜庵诸先生，以正学发为昌言，为一时所推崇。其他馆阁之秀，如汪钝翁、朱竹垞、姜西溟等均以文著，洋洋乎盛世之音。

　　乾隆初年，李穆堂、陈全斋、全榭山亦皆以能文名，为近代所罕有。顾是时以文章称海内，上接震川，称文家正轨者，则有桐城诸子。桐城发源于方望溪，望溪因文见道，其要旨在以韩欧之文达程朱之理。同时，刘大櫆海峰以古文自命，望溪以韩欧相推，姚范南菁亦时与方、刘相切劚。其后，姚鼐姬传问法海峰与其世父南菁，盖能大望溪之传者。诸公皆籍桐城，谈文艺者称之曰"桐城派"。当姬传时，有阳湖恽敬子居与同州张惠言皋文商榷经艺治古文，一时文人亦多和之，世号曰"阳湖派"。此派虽不如桐城派之盛，然自两派并立，嘉、道以来，言古文者争相摹仿，而能卓然名家者颇不乏人。其实两派皆守唐宋八家范围，读其文者皆推为一代正宗。

当乾嘉之时，学者各分门户，文体亦因之猥杂。博古者以征实见长，有书卷而无情绪；师心者以标新自异，有神致而无体裁。且其时沿明代八股取士陋习，文风愈坏，其赖以维斯文于不敝者，桐城、阳湖两派之功居多。学者循流溯源，以经史诸子植其根本，造成文学家不难矣。

第二节　清代各家之文学

侯方域

方域，字朝宗，商邱人。豪迈不羁，多大略，少与杨廷枢、夏允彝醉登金山，临江悲歌，指评当世人物，而料事尤多奇中。遭时多乱，发愤为诗及古文辞，倡韩欧之学于举世不为之日。行文极爽快，尝游吴下。将刻集，集中文未脱稿者，一夕补缀立就。其文才气奔放，为志传能写生，得迁固神理，有《壮悔堂集》十卷。

魏禧

禧，字冰叔，宁都人。际国家多乱，隐居教授，一时文人多相从，以古文学相切磋。生平喜读史，尤好左氏传及老苏。其为文主识议，凌厉雄健，遇忠孝节烈事，则益感慨。康熙戊午，诏举鸿博，以病笃放归。禧与兄祥、弟礼称"宁都三魏"，有集七十二卷；又与彭士望、林时益、李腾蛟、邱维屏、曾灿、彭任并其兄弟为"易堂九子"，有《易堂九子文集》行世。

汪琬

琬，字苕文，号钝翁。晚居尧峰，又因以自号，长洲人。少孤，读书五行俱下，肆力古文，尝慨然念隆、万以后，古文道衰，乃由南宋上溯韩欧，卓然思起文运之颓势。尝语学者曰："学问不可无师承，议论不可无根据，出处不可无本末。"其文根柢六经，出入庐陵、震川间，著有《钝翁类稿》一百十八卷，亦号《尧峰集》。世人举其文与侯、魏合刻，故清初论文者，有侯、魏、汪三家之称。

邵长蘅

长蘅，字子湘，江苏武进人。少称奇童，十岁为诸生，试必高第，应行省试，辄不售，乃弃举子业，潜心经史及唐宋诸大家文，加意研讨。久之，融会贯通，大放厥词，文名大振。走京师，友人强之入太学，试吏部，宋德宜得其文，惊曰"今之震川也"。擢第一，例授州同，不就。著有《青门集》。

朱彝尊

彝尊，字竹垞。康熙己未，开鸿博科，竹垞与李因笃、严绳孙、潘耒四人俱以布衣授检讨，而竹垞为之魁。竹垞于世间有字之书无不披览，故能以布衣升入词馆。时王渔洋工诗而疏于文，汪钝翁工文而疏于诗；阎百诗、毛西河工考证，而诗文皆次乘；惟竹垞独能兼之。其文雅洁渊懿，根柢盘深，其题跋尤擅长，著有《曝书亭集》。

姜宸英

宸英，字西溟，一字湛园，浙江慈溪人。少工诗、古文辞，为文雅健，师法欧苏。魏冰叔尝论侯、汪及西溟之文曰："朝宗肆而不醇，尧峰醇而不肆，惟西溟在醇肆之间。"时韪其言，著有《湛园集》。

方苞

苞，字灵皋，桐城人，移居江宁，学者称望溪先生。少为古文即工，与兄舟及同邑戴名世共相切磨，而望溪名独高。游京师，万斯同奇之，谓之曰："勿读无益之书，勿为无益之文。"望溪终身诵之，以为名言。望溪生于康熙七年，康熙四十五年举进士，六十一年充武英殿总裁[①]，至乾隆十四年，年八十二始卒。其生平所作古文及杂著，不自收拾，诸多散佚，门弟子为之萃集成编，曰《望溪集》。其为文以法度为主，尝谓"周秦以前，文之义法无一不备，唐宋以后，不无过差"。是以所作，上规《史》《汉》，下仿韩欧，不肯少轶于规矩之外，故大体雅洁。凡所涉笔，必抉经心，类为扶世翼教，有关风化之至文，所以为文家正轨。望溪极推同邑刘海峰有韩欧才，姚姬传受学海峰，能大其传。当时谓天下文章，尽在桐城，后人称为桐城派，望溪实为之祖也。

姚鼐

鼐，字姬传，为文兼义理、考据、词章三者。少从其世父范受经学，而别受古文法于刘海峰。当乾隆中叶，学者多尚新奇，厌宋元以来儒者，诋为空疏，肆力攻击。姬传独反复辨论，尝谓人曰："诸君皆欲读人间未见书，某则愿读人所常见书。"其文学海峰，而自以为所得为文，不尽用海峰法。论者谓："望溪之文质，恒以理胜。海峰以才胜，学或不逮。姬传则理至而才亦无不逮焉。"著有《惜抱轩文集》。姬传于乾隆二十八年举进士，

---

① 原书作"总裁"，疑误，故改之。

选庶吉士，历任山东、湖南副考官。四库馆开，为纂修官。晚主钟山书院讲席，门下著籍者以姚莹、方东树、管同、梅曾亮诸人为最著。至其授受相承，桐城宗派得以绵延弗绝者，曾文正公《欧阳生文集序》详言之。

恽敬、张惠言

敬，字子居，号简堂，阳湖人；惠言，字皋文，武进人。初皆崇尚声韵考订之学，时有钱鲁思者，受业海峰，每述其师说于子居、皋文之前，二人恒善之，遂从事于古文学。皋文治古文，视子居尤勤。无何，皋文殁，子居慨然曰："古文失传久，吾向不多作者，以有皋文在也。今皋文死，吾当并力为之。"其为文喜持独见，得力于周秦诸子，尤喜韩非、李斯文。其所作与苏明允相上下，近法家言，叙事矜严，似班孟坚、陈承祚，尝自谓其文"自司马子长以下无北面者"。与桐城派相对待，而别树一帜，故世称之为阳湖派也。子居著有《大云山房集》八卷，《言事》二卷。

皋文少工词赋，尝拟扬马，及壮为古文，乃法韩欧，而尤以经学见称于世。著有《茗柯文编》五卷，卓然名家，皆世所称为阳湖派者。此派恽、张而外，董士锡、李兆洛、陆继辂，其著者也。

曾国藩、张裕钊、吴汝纶

国藩，字伯涵[①]，谥文正，湖南湘乡人。道光十八年进士，官至武英殿大学士。洪杨之乱，公以书生治军，卒能勘定。其勋业既足不朽，本不以文章传，然就文而论，实当时之泰斗。盖公

---

① 原书作"字涤笙"，改作"字伯涵"。

笃守惜抱之说，所作文字悉守桐城义法，而廉悍沉雄，每突过之，观其全集可见。公幕府能文之士以张裕钊、吴汝纶为最。裕钊，字廉卿，汝纶，字挚甫，均著有文集行世。近世治古文者，欲由桐、阳两派上翔韩欧，多取法两氏也。

第三节　清之史学

前清史学，创作颇多，如康熙十七年始事，乾隆四年蒇事及后所修成之《明史》，皆所谓正史也。其编年史，则有《通鉴纲目三编》及《通鉴辑览》，又有徐乾学与万斯同、阎若璩、胡渭等修元明人所修而未善之《续通鉴》成《通鉴后编》，皆沿前朝体例，而精博实过于前著。若纪事本末，则有谷应泰所纂之《明史纪事本末》，蔡毓荣所作之《通鉴本末纪要》八十一卷。考蔡作乃于纪事本末之中备列各帝之纪，合编年、纪事本末两体而成，此为特创新例者。他如孙奇逢所著《理学宗传》、万斯同所作《儒林宗派》均仿黄宗羲《明儒学案》而为之者。其书皆上溯孔子，下逮明末，述其授受源流，亦颇精赅。

乾嘉以后，考据学大兴。史学家之作亦遂多取旧史而加以改正，如沈炳震所著之《新旧唐书合抄》，折衷二史之异同而审定之。至魏源之《元史新编》、彭元瑞之《注五代史》、周济之《晋略》亦皆较原著为精当，惟《晋略》序论皆用骈体，则不足尚也。若编年书之改正旧史者，以毕沅、王鸣盛、钱大昕、邵晋涵所修之《续资治通鉴》为最善，是书因徐氏本始宋终元，成二百二十卷，至今称为定本。陈鹤又著《通鉴明纪》，笔法颇谨严。此外，考订旧史，则有王鸣盛之《十七史商榷》、钱大昕之

《二十二史考异》；补辑前史，则有厉鹗之《辽金拾遗》、洪亮吉之《补各史地志》、洪钧之《元史译文证补》，皆于史学界有所裨益者也。

第四节 清之诗学及词学

清初诗家首推顾炎武、黄宗羲，次有江左三大家，即钱谦益、吴伟业、龚鼎孳是也，而以钱谦益为最著。其诗以少陵为宗，出入韩、白、苏、陆诸家，为一代正宗。继起者有宋琬、施闰章、王士禄、王士祯、程可则、汪琬、沈荃、曹尔堪之海内八大家，而士祯得名独盛。士祯，字贻上，号阮亭，又号渔洋，山东新城人，以诗鸣海内五十余年，其诗以神韵胜，一时诗家均不能与之敌，诚一代诗豪也。

乾嘉之际，诗人有袁、翁、沈三家。随园之诗，新奇轶荡，不守前人规矩，诗名虽盛，诗品则卑；覃溪之诗，不为空调，特拈肌理，然失之语语征实。惟归愚堪称为诗家正轨。归愚，名德潜，字确士，长洲人。其诗古体宗汉魏，近体宗盛唐，尤喜学老杜，诗人皆奉为泰斗。诗家师传之广，未有如归愚者也。

清之词学，初以吴伟业为杰出，其词学直上追东坡。继之者有宋征舆、钱芳标、王士祯、沈谦、陈维崧诸子，大抵皆摹仿北宋，是为词学最盛时代。与陈维崧齐名者，复有朱彝尊。康乾之际，言词者多以陈、朱二家为依归，师传颇广，其末流乃失之纤佻粗厉。厥后，张惠言出，与其弟琦选唐宋词四十四家、百六十六首为《词选》一书，于是，常州词派起。二张之词皆沉郁疏快，宛转缠绵，其友人恽敬、陆继辂、李兆洛亦皆一时作者。皋文之甥董士锡则尤能传其学者，同时周济友于董士锡，其论词宗旨谓"词非寄托不入，专寄托不出"，此二语实能阐明张氏之宗旨而光大之者也。

第五节　曲及小说

清代以曲鸣者，初则归庄有《万古愁传奇》，李渔有《怜香伴》《风筝误》等曲，孔尚任有《桃花扇》《小忽雷》等曲，而《桃花扇》描写南渡诸人面目毕肖，此为曲之极佳者。康熙中，洪昇作有《长生殿》《天涯泪》诸曲，而《长生殿》尤为杰作。乾隆时，蒋士铨作有《香祖楼》诸曲，则书味盎然，与世之惯作优伶俳语者不同，此为曲之颇有价值者也。

清之小说，作者颇多，率用宋元以来之章回体。清初，金圣叹特创评论新体，以《西厢》《水浒》与《庄》《骚》并称，谓天下才子书有六，一《庄子》、二《离骚》、三《史记》、四杜诗、五《水浒传》、六《西厢记》，乃特加评论。为文巧恣，雅俗杂糅，亦振奇之士也。清代小说以《红楼梦》为最著，《花月痕》文亦较佳，评之者谓《花月痕》自熟读《红楼梦》得来。

至关于历史小说（即演义类），则有《东周列国志》《隋炀艳史》《说唐全传》《残唐五代》《南北宋志传》《说岳全传》等作。又有记述琐闻零事之小说，以蒲松龄所作之《聊斋志异》为最善，此书作者探访搜讨，萃力二十年而成，篇中最多狐鬼之谈。王渔洋 [①] 曰："姑妄言之妄听之，豆棚瓜架雨如丝。料应嫌

---

① 原书作"王渔详"，疑误，故改之。

作人间语，爱听秋坟鬼唱诗。"此书虽语多怪诞，然文笔极佳。袁简斋亦著有《子不语》，然不及松龄之事新语妙。

清末小说尤为发达，往往取他国小说而翻译之。林纾琴南译著在百种以上，其他各家译著者亦复不少，比旧小说思想较新，颇盛行一时，亦足见小说之进化也。

第六节　新闻学之创作

清季，新闻杂志流行，而报章文体兴焉。清季最著名之新闻记者，首推王韬。韬，字紫诠，江苏长洲人，号子九，又号弢园。绝意仕宦，赴欧游历，西纪一千八百七十年，亲观普法战争之战况，作《普法战记》一书。后游日本，作《扶桑游记》一书。游历既广，眼界颇高，后乃为《申报》主笔，于光绪二十一年殁[①]。

《申报》而外，以《湖报》为著。谭嗣同、唐才常、梁启超均《湖报》主笔。谭、唐刑死后，梁逃海外，创《新民丛报》及《国风报》，虽多袭取日文，然其文字气充词沛，有意必达，为新闻界之佳作。同时，《天津国闻报[②]》主笔有夏曾佑、严复。复颇有名，复，字幾道。曾译赫胥黎之《进化论》，改名曰《天演论》，为译书之倡导者。学识既优，故为报章主笔，极负时誉。当梁启超与其师康有为走海外，倡立保皇党时，章炳麟作书驳之，被逮入狱，后亦走日本，与孙文、黄兴力提革命。章为

---

① 说王韬殁于光绪二十三年（1897）。
② 原书作"天津新闻报"，改作"天津国闻报"。

《民报》主笔，与康、梁互相攻驳。以文论，康、章皆文豪，且兼策士之习。此后，报章家体裁虽或有稍异，而要不出康、章两家报体之范围。近日新闻学见发达，当以倡导善政、开瀹群智为天职，宗旨不可不纯正也。